Marbella

Joyce.

Linda van Rijn

Marbella

Thriller

uitgeverij marmer

Hoofdstuk 1

MET EEN DROGE KLIK SPRONG DE AUTO VAN HET SLOT. Suze Peters stapte in en startte de motor, die zacht gromde. Een geluid dat Maarten altijd een glimlachje bezorgde, maar haar liet het koud. Ze richtte de blower op haar gezicht en voelde de warmte wegtrekken. Dit was het moment om de wagen in z'n achteruit te zetten, om zich heen te kijken, het parkeervak te verlaten. Maar ze deed het niet. In plaats daarvan staarde ze als verdoofd voor zich uit.

Ze legde haar handen om het stuur om het trillen tegen te gaan. Het was alsof de woorden die in haar hoofd terugkwamen, nu pas hun effect op haar hersenen sorteerden.

Ze waren met z'n tweeën geweest. Lena Gomez en haar collega, een man van een jaar of vijftig die Suze eerder had gezien maar wiens naam haar was ontschoten. Hij leidde het onderzoek, maar Lena voerde het woord. Sommige gesprekken lieten zich nu eenmaal makkelijker in een moedertaal voeren, en die van zowel Suze als Lena was Nederlands. Het wegnemen van een taalbarrière had de boodschap echter niet kunnen verzachten.

'We hebben onze richtlijnen', had Lena Gomez verteld. 'We hebben onze protocollen gevolgd om vast te stellen of er sprake is van onvrijwillige verdwijning, maar daarvoor hebben we geen aanwijzingen gevonden. Daarom richten we ons nu op andere onderzoeken en zullen we in deze zaak alleen nog verder rechercheren als er nieuwe informatie boven tafel komt.'

Suze had niet geweten wat ze moest antwoorden. Dat ze het begreep? Dat ze snapte dat een volwassen vrouw ook vrijwillig kon verdwijnen, en dat dat Maria's goed recht was? Op rationeel niveau was dat misschien wel zo. Het was nu ruim drie maanden geleden en de appjes toonden aan dat er geen sprake was van dwang of geweld. Of de dood.

'Maar het klopt gewoon niet', had ze echter gezegd, met droge mond en verhitte wangen door de opwinding en de kapotte airconditioning. Rationeel kon er zoveel gezegd worden, er was ook nog zoiets als gevoel en dat zei, nee schrééuwde, al vanaf de eerste dag dat er meer aan de hand was. De appjes waren niet in Maria's stijl geschreven, het briefje was haar handschrift niet.

'Als er nieuwe informatie komt, zullen we uiteraard het onderzoek voortzetten', had de rechercheur gezegd en Lena had het weer vertaald. 'Maar voor nu sluiten we het dossier.' In de donkerbruine ogen van Lena Gomez had Suze gemeend professioneel medeleven te zien. 'Het spijt me', had de vrouw erbij gezegd, al was het niet duidelijk wat haar precies speet: de boodschap zelf of dat zij degene was die hem moest overbrengen?

'Maar wat als het niet zo is?' had Suze gevraagd. Ze wilde niet wanhopig klinken, maar haar stem had automatisch wel die toon aangenomen. 'Maria zou niet zomaar verdwijnen...'

'Op dit moment moeten we concluderen dat Maria Kovac er zelf voor heeft gekozen om weg te gaan en ergens anders haar leven voort te zetten', had de rechercheur geduldig gezegd, al was aan zijn stem te horen geweest dat hij het gesprek ging afronden. 'Ik begrijp dat dat een lastig te verwerken boodschap is, maar soms maken mensen keuzes die we niet kunnen volgen. En ze hebben het recht om dat te doen.'

Het geluid van een claxon haalde haar uit de herinnering. De bestuurder van een rode Seat maakte wilde gebaren en leek niet gelukkig met de tijd die het haar kostte om weg te rijden. Ze stak verontschuldigend haar hand op, draaide het parkeervak uit en reed de weg op. Ze moest Celine bellen, en Maarten. Maar ze hield haar handen op het stuur en met haar hoofd in de koude luchtstroom zocht ze haar weg door het drukke stadsverkeer.

*

'Hé.'

Lena Gomez schrok op toen ze een bekende stem achter zich hoorde. Ze keek om, in het lachende gezicht van Juan. 'Wacht je tot je ijskoffie hebt?' vroeg haar man met een blik op de cappuccino die ze onder het apparaat had laten staan terwijl ze in gedachten verzonken uit het raam had staan staren. Daar was niet veel te zien: aan de achterkant van het politiebureau boden de ramen uitzicht op een parkeerplaats en wat vuilcontainers.

Lena grijnsde. 'Zoals je weet, drink ik hem het liefst lauw.' Dat klopte wel, ze stond erom bekend dat ze altijd haar koffie vergat tot die zo ver was afgekoeld dat de smaak er ook wel zo'n beetje vanaf was.

'Drukke dag?' Juan overhandigde haar haar beker en ging in de kastjes op zoek naar een schoon exemplaar voor zichzelf. Lena keek naar zijn rug. Onder zijn strakke polo waren zijn spieren goed te zien en haast automatisch gingen haar gedachten terug naar gisteravond, toen...

'Nou?' vroeg Juan omdat een antwoord uitbleef. Ze knipperde even. Als je bij dezelfde organisatie werkte als je echtgenoot liepen werk en privé al snel door elkaar, maar ze moest zichzelf nu tot de orde roepen.

'Ja', zei ze uiteindelijk. 'En jij?'

Hij plaatste zijn beker onder het koffiezetapparaat en drukte op de knop voor espresso. Daarna knikte hij. 'De harddrives zijn binnen en worden nu klaargemaakt voor onderzoek. Dat kan heftig worden.'

Lena knikte begrijpend. Juan kon nooit erg veel delen over waar hij zich binnen de zedenpolitie mee bezighield, omdat zijn geheimhoudingsplicht hem belette inhoudelijk op de onderzoeken in te gaan. Maar Lena wist dat zijn team kort geleden een grote hoeveelheid datadragers in beslag had genomen, waarop zeer heftig beeldmateriaal te zien was. De zedenrechercheurs sloten zich bij toerbeurt op in een speciale ruimte waar ze zich door de duizenden foto's en video's heen werkten. Nooit langer dan een uur achter elkaar, dat kon geen mens verdragen.

'Vanavond El Pincho?' stelde ze voor, omdat ze wist dat Juan na zo'n heftige dag behoefte had aan tapas en een goed glas wijn. Dat was zijn manier om stoom af te blazen.

'Goed idee.' Hij glimlachte naar haar en stak zijn hand uit, waarmee hij een haarlok achter haar oor plaatste. 'Dank je wel dat je altijd weet wat ik nodig heb.'

Even gleden haar gedachten naar die ene vakantie, nu vier jaar geleden. Die ene dag dat ze op het strand een man had gezien aan wie haar oog onmiddellijk was blijven hangen. Een man van wie ze meteen voelde: ik moet jou leren kennen. Waarna ze, geheel tegen haar natuur in, op hem af was gestapt om een praatje aan te knopen, aangemoedigd door haar vriendinnen. De dag, kortom, waarop ze Juan ontmoette en waarop ze nog niet had kunnen vermoeden dat ze bijna twee jaar later haar appartement in Den Bosch zou inruilen voor een appartement in Marbella, haar betrekking bij de Nederlandse politie voor een baan als agent in Marbella en haar oer-Hollandse achternaam Jansen voor het Spaanse 'Gomez'. Of eigenlijk voor het dubbele 'Jansen-Gomez', maar ze gebruikte alleen de naam van haar echtgenoot.

'En jij?' vroeg Juan, waarmee hij haar uit haar gedachten haalde. Zijn blik was onderzoekend. 'Je ziet er wat aangeslagen uit? Heftige inzet gehad?'

Ze schudde haar hoofd. Als agent maakte ze de nodige dingen mee op straat, maar vandaag was ze alleen nog maar op het bureau geweest. 'Nee, dat niet. Wel een lastig gesprek net.'

'O?' Hij fronste. 'Met wie?'

'Die verdwijningszaak van Lopez, waar hij me heeft gevraagd om te tolken. Er is besloten die zaak voorlopig te sluiten.'

'O?' Juan fronste. 'Waarom?'

'Het onderzoek ligt helemaal stil, er is geen enkele aanwijzing gevonden dat ze tegen haar wil is meegenomen. Het heeft er juist alle schijn van dat ze gewoon weg wilde en is vertrokken zonder haar vriendinnen in te lichten.'

'Maar...?' vroeg Juan, die zoals gewoonlijk haarfijn aanvoelde wat ze níét uitsprak. Lena draaide haar koffiebeker rond in haar handen. 'Ik weet het niet. Misschien laat ik me te veel meeslepen, maar ik vond het lastig om dat gesprek te voeren vandaag. Alsof ik zelf ook de frustratie voelde die ik bij die vriendin zag. Er moet toch íéts te vinden zijn?'

Juan knikte een paar keer. 'Ik denk dat vermissingen het lastigst te accepteren zijn, zowel voor ons als voor de omgeving van de vermiste. Mensen hebben een vorm van afsluiting nodig, zelfs als daarmee hun ergste nachtmerrie bewaarheid wordt. Alles is beter dan niet-weten.'

Ja, bedacht Lena al knikkend, dat was precies wat ze bedoelde. Ze haalde diep adem en glimlachte naar haar man. 'Maar nu: weer aan het werk. Er wachten zes processen-verbaal op uitwerking, dus voorlopig ben ik nog wel even onder de pannen.'

Hij wenste haar succes, pakte zijn koffie en drukte snel een kus op haar wang voor hij wegliep. Lena dacht nog even aan het gesprek dat ze net had gevoerd. Eigenlijk had ze niets met de zaak van de verdwenen vrouw te maken, als agent werd ze ingezet op spoedmeldingen en om de openbare orde te bewaken. Het was haar droom in de toekomst bij de recherche te werken, maar eerst moest ze meters maken, ervaring opdoen. Toen Bernardo Lopez, de teamchef van de recherche, haar had gevraagd te assisteren bij de zaak-Maria Kovac, had ze die kans dan ook met beide handen aangepakt. Ze werd voornamelijk ingezet als tolk tussen de Nederlandssprekende vriendinnen van Maria en de leden van het rechercheteam, maar Lopez had haar ook gevraagd kleine dingen uit te zoeken. Daardoor voelde ze zich nu meer betrokken bij de zaak dan ze als agent geweest zou zijn. Maar het was tijd om los te laten. De zaak was vooralsnog gesloten, er wachtten honderd andere klusjes op haar. Met haar koffie liep ze de gang op, terug naar haar werkplek. Resoluut sloot ze het nieuwsbericht over de vermissing van Maria dat ze had zitten lezen en met een zucht trok ze het eerste proces-verbaal naar zich toe. Het zou nog een lange dag worden.

*

Vaga wist het zodra ze de straat uit liepen. Links was een klein blokje om, rechts was voor het strand. Hij keek naar haar om, als om bevestiging te zoeken. Suze knikte. De overtuiging dat de hond haar menselijke communicatie kon begrijpen was misschien belachelijk, maar Vaga bewees elke dag haar gelijk. 'Ja jongen', zei ze met de opgewekte stem die ze speciaal voor hem bewaarde, ook al voelde ze zich verre van opgewekt. 'We gaan lekker zwemmen.'

Meer aansporing had hij niet nodig. Met een rotgang schoot hij weg, de straat uit, de hoek om. Toen ze hem weer in het zicht kreeg, ontweek hij behendig een fietser voor hij over het lage muurtje sprong dat het fietspad van het strand scheidde.

'Deze wordt het', had Suze maanden eerder beslist gezegd bij de bezichtiging van het appartement. Of nee: penthouse, zoals de makelaar het consequent had genoemd, waarschijnlijk om de fikse huurprijs te rechtvaardigen. Uitzicht over de zee, het strand op minder dan vijf minuten lopen. Het centrum op korte afstand. Fietsafstand, al had diezelfde makelaar haar wat bevreemd aangekeken toen ze dat zei. De inrichting van het huis had haar een maand gekost en naast vele nieuwe volgers ook vijf lucratieve samenwerkingen opgeleverd. Maarten had soms grinnikend geluisterd naar haar telefoongesprekken. 'Dus je krijgt van hen én een meubelset van een klein, Spaans jaarsalaris én twintigduizend euro om erover te posten?' had hij ongelovig gevraagd, al kende hij na hun drie jaar samen de mechanismen van haar werk minstens zo goed als zijzelf. Toch kon ze zijn verwondering wel begrijpen. Ze voelde die zelf soms ook nog.

Later dan haar hond bereikte ze de waterlijn. Ze trok haar slippers uit en hield die in haar hand terwijl ze evenwijdig aan de zee begon te lopen. Vaga sprong in en uit het water, hapte vrolijk naar de golfjes en stormde onstuimig over een woest keffende jack russell heen. Suze grinnikte en ontweek de geërgerde blik van de eigenaar van het hondje door haar slippers schoon te spoelen in het water en haar weg te vervolgen. Haar hond meldde zich met een tikje van zijn natte neus tegen haar hand en opspattend water op haar broek toen hij zich opnieuw in de golven stortte. Suze haalde haar telefoon uit haar tas en wachtte tot Vaga opnieuw het water deed opspatten. Toen maakte ze een foto, de waterdruppels haarscherp, Vaga's lichtbruine vacht vaag ertussen. Ze verschoof haar zonnebril naar haar haar en vouwde haar hand om het scherm van haar telefoon. Met samengeknepen ogen keurde ze de foto. Goedkeurend knikte ze. Ze zou hem later vandaag op haar story's plaatsen. Hij zou haar vele reacties met hartjes en sterretjes opleveren. Haar volgers hielden bijna nog meer van haar hond dan zijzelf.

Vagabundo, zo had Maria hem altijd bij zijn volledige naam genoemd. Dan was er soms iets dromerigs in haar blik verschenen, of misschien was het herkenning. Vagabundo, de zwerver. Had die naam iets bij haar losgemaakt?

De gedachte aan Maria bezorgde haar een benauwd gevoel dat ze inmiddels als vertrouwd was gaan beschouwen, maar dat zich door het gesprek bij de politie weer had verdiept. Drie maanden en vier dagen, zo lang was het nu geleden dat ze Maria voor het laatst had gezien. Drie maanden en twee dagen sinds ze naar de politie was gegaan. Een afwachtend beleid, dat had het protocol in eerste instantie voorgeschreven. 'Maar we hebben al twee dagen afgewacht', had Suze gezegd. 'Misschien is er wel iets gebeurd. Misschien ligt ze in haar huis en heeft ze hulp nodig.'

Vierentwintig uur later had ze op de stoep voor de flat gewacht terwijl vier agenten de trappen naar de derde verdieping beklommen en de deur van het kleine appartement van Maria forceerden. Niets te vinden, concludeerden ze al snel. Geen Maria, geen aanwijzingen dat er iets vreemds aan de hand was, gewoon helemaal niets. Ook geen persoonlijke bezittingen meer, of je moest haar meubels en keukengerei daartoe rekenen. Haar kleding was verdwenen, haar computer ook. De badkamer was leeg genoeg om de indruk te wekken dat ze had gepakt voor in elk geval één nacht weg, en misschien langer. Suze wist alleen niet wat er normaal gesproken allemaal stond, ze was vreemd genoeg maar één keer eerder in het appartement geweest.

Naast het bed had ze een inpaklijstje gevonden: kleding, opladers, een paar titels van boeken. Maria had precies opgeschreven wat ze wilde meenemen. Zie je wel, zei de politie, ze had haar vertrek zelf gepland. Maar wie van plan was al haar bezittingen mee te nemen, hoefde toch geen lijstje te maken? Bovendien was haar handschrift hoekiger dan normaal. Suze had het zelf vergeleken met het schuinschrift waarin Maria een kaartje voor haar verjaardag had geschreven. Maria verbond de letters met elkaar, op het briefje stonden de blokletters los. Het leek op elkaar, ja, maar het was niet hetzelfde.

De handschriftdeskundige van de politie was het met haar eens geweest, maar de marge stond toe dat het handschrift op het lijstje nog altijd aan Maria werd toegeschreven. Wie een kaart schrijft, doet meer z'n best, dat was blijkbaar een universeel gegeven. Zwieriger, krulleriger, netter – zo'n kaartje deed ertoe. Anders dan een lijstje waarop je snel wat aantekeningen krabbelde. Dus ja, het kón, dat verschil in handschrift.

Het kón allemaal, had Suze de afgelopen maanden vaak met enige frustratie gedacht. De berichten die Maria had gestuurd nadat ze eerst een week van de radar was verdwenen, zou je met gemak als een geruststelling kunnen opvatten: het bewijs dat ze in leven en veilig was, zelfs dat ze er met haar volle verstand voor had gekozen om opnieuw naar het buitenland te vertrekken – had ze dat immers niet al eerder gedaan?

Maar dat Maria na haar jeugd in Slowakije ervoor had gekozen naar Spanje te verhuizen, zei alleen dat ze voor zichzelf een betere toekomst zag dan te trouwen met een boer en diens familieboerderij voort te zetten, zoals haar ouders graag hadden gezien. Een leven van vrijheid, zowel financieel als in haar keuzes, dat had ze voor ogen gehad. En dat had ze gekregen, hier in Marbella nog meer dan op de plekken waar ze eerder was geweest.

'Ergens blijven wordt niet louter gemotiveerd door een gebrek aan redenen om te vertrekken', had de recherche haar eerder in het onderzoek voorgehouden. 'Mensen maken keuzes die impulsief zijn, ondoordacht. Of juist maandenlang doordacht maar niet gedeeld. In het onderzoek moeten we blijven kijken naar de feiten en die zijn dat ze haar spullen heeft ingepakt en vertrokken is, en heeft laten weten dat het goed met haar gaat.'

'Ze heeft haar huur niet opgezegd.'

'Niet betalen komt op hetzelfde neer.'

Het was niet te weerleggen, behalve met dat ene argument, dat argument dat voor Suze telde maar voor het onderzoek niet: het gevoel klopte niet. Het klopte al niet toen Maria niet was verschenen in het restaurant waar ze Suzes tweeëndertigste verjaardag vierden. Het klopte eigenlijk daarvoor al niet, toen Suze die ochtend bij het ontwaken was bedolven onder de berichtjes om haar te feliciteren maar een bericht van Maria ontbrak. Het was haar eerst nog niet zo opgevallen, maar toen ze rond de lunch een lang spraakbericht kreeg van Dion – was zes jaar niet genoeg om te accepteren dat het uit was? – waarin hij zelfs in het Spaans een verjaardagsliedje voor haar zong en zich realiseerde dat haar vertrek uit Nederland niet tot vergetelheid bij haar oude vrienden – voor zover je Dion daartoe kon rekenen – had geleid, realiseerde ze zich ineens dat van haar nieuwe vrienden alleen Maria nog niets van zich had laten horen. En dat was ongewoon voor iemand die elk wakker uur paraat leek te zijn om berichten te versturen en te beantwoorden.

Suze had in haar hoofd voorrang gegeven aan de gebruikelijke verklaringen: misschien was Maria de verjaardag vergeten of had ze telefoonproblemen. En Maria hoefde natuurlijk ook helemaal niets te sturen. Bovendien zouden ze elkaar die avond in het restaurant zien. Dat was een ideetje van Maarten: met een klein groepje en lekker eten het nieuwe levensjaar inluiden. Suze had plannen gehad voor een groot feest, maar gaandeweg was haar enthousiasme voor haar eigen ideeën afgenomen, tot ze half wanhopig tegen Maarten had verzucht: 'Help me onthouden dat we nooit een bruiloft organiseren.' Toen had hij voorgesteld om het hele feestplan in te ruilen voor een etentje met zeven personen bij de bar waar Maria werkte en waar Suze maar niet kon kiezen wat er lekkerder was: de tapas of de cocktails.

Reikhalzend had ze die avond naar de komst van Maria uitgekeken, maar de enige die na een halfuurtje aan hun tafel was verschenen, was Enrico, de restauranteigenaar. 'Ik vroeg me al af of ze hier wel zou zijn', had hij wat bars gezegd, maar een blik op de lege stoel had hem zijn antwoord verschaft.

'Hoe bedoel je?' had Suze gevraagd.

'Omdat ze me gisteren heeft laten zitten. Ze zou een late dienst werken, maar kwam niet opdagen. Ik had geen vervanging en heb wel tien keer gebeld.'

Het etentje was daarna aan Suze voorbijgegaan, hoe Celine en Max ook hun best hadden gedaan de sfeer erin te houden. Maarten had duidelijk niet goed geweten wat hij met de situatie aan moest en had wel tien keer gezegd dat Maria wel weer zou opduiken – waar dat ook op gebaseerd mocht zijn. Alleen Alexandra en Jorien hadden haar zorgen gedeeld.

Maria's telefoon stond wel aan, merkte Suze toen ze haar vriendin die avond talloze malen belde. Vreemd was dat eigenlijk, die neiging om maar zoveel mogelijk oproepen te stapelen als de voorgaande niet werden beantwoord. Alsof iemand bij de achtste oproep zou denken: o, je wil me echt spreken. Alsof opnemen de beloning was na de moeite van extra vaak bellen.

Zo werkte het nooit en dus ook niet bij de tien oproepen naar Maria vanuit het restaurant en de nog eens tien – het konden er ook vijftien zijn, of twintig, ze had ze niet meer geteld – die Suze die avond en nacht thuis nog had gedaan. De volgende ochtend had ze naar de politie gebeld in de hoop dat de verdwijning daar meteen werd opgepakt, maar de agent aan de telefoon vertelde haar dat de politie in dergelijke gevallen de eerste uren een afwachtend beleid hanteerde. Na wat een eeuwigheid leek, had Suze de uren afgeteld om zich de volgende dag op het bureau te melden. Uiteindelijk was de politie dan naar Maria's appartement gegaan. In de tussentijd was Suze zelf natuurlijk allang bij het huis geweest, maar wat kon ze beginnen voor een dichte deur? Nog maar eens bellen en luisteren of de telefoon binnen overging. Wat niet het geval was, al was het maar omdat de oproep toen voor het eerst direct naar de voicemail werd gestuurd. Misschien had ze het toen al geweten, nog voor het politieonderzoek, nog voor de maanden die volgden zonder enig teken van leven. Maria was verdwenen.

Vaga meldde zich weer met zijn snuit tegen haar hand. Een snuit die nat was van zeewater en goudkleurig van het zand. Dat deed hij vaak, zo'n tikje tegen haar hand. Hij hoefde er niet hoog voor te springen en wist dat hij altijd reactie kreeg. Zo ook nu, nu ze in haar tas naar zijn balletje zocht en dat voor hem in het water gooide. Blaffend vloog hij erachteraan, verdween even helemaal onder water en kwam toen weer boven.

Het deed haar denken aan de woorden die Maarten die eerste dagen bijna als een mantra had herhaald: die komt wel weer boven water. Suze bleef staan en staarde uit over de zee. De weerkaatsing van het zonlicht deed haar ondanks haar zonnebril haar ogen tot spleetjes knijpen. Vaga gooide zijn balletje voor haar voeten en ze wierp het opnieuw het water in.

Die komt wel weer boven water.

Het eerste berichtje was na zes dagen gekomen. *Maak je geen zorgen om mij, lieve Suze. Ik kies voor een nieuw leven.* En daarna, twee weken na Maria's verdwijning: *Laat mij gaan, laat het nu maar rusten. Love you xx*

Beide berichten waren zo 'niet Maria' dat het bijna pijn deed aan Suzes ogen om ze te lezen. Haar stoere, onverschrokken vriendin die ineens dingen zei als 'lieve Suze' of 'love you xx', dat sloeg nergens op. Dat had ze bij de politie ook duidelijk proberen te maken, ze had sterk het gevoel dat deze berichten door iemand anders waren opgesteld. Het lag zo voor de hand dat ze niet begreep waarom de politie het niet als serieuze mogelijkheid kon onderzoeken. Ze had zelfs nog een hele avond gegoogeld naar vermissings- en moordzaken waarin daders hetzelfde hadden gedaan, een zoektocht die haar een nacht vol nare dromen had opgeleverd omdat ouders, echtgenoten, broers, zussen, kinderen en minnaars kennelijk in staat waren hun ooit geliefden of dierbaren de meest gruwelijke dingen aan te doen. Daden die ze daarna met meer of minder succes probeerden te verbergen door te doen alsof het slachtoffer digitaal nog in leven was. Hoe vaak die tactiek wel slaagde, viel natuurlijk moeilijk te zeggen.

De politie had haar speurwerk serieus genomen, maar er was verder niet zo gek veel mee gebeurd. Er was geprobeerd de telefoon van Maria te lokaliseren, een onderzoek waarvan Suze veel had verwacht maar de resultaten waren niet erg duidelijk. Alle mogelijkheden die een iPhone bood voor opsporing waren uitgeschakeld. Het enige wat overbleef, was de laatste zendmast waarmee het toestel contact had gemaakt en dat was die in de buurt van Maria's huis geweest, ook al was ze toen al twee weken niet meer gezien.

Na het laatste berichtje was er geen contact meer geweest en omdat de telefoon nu uitstond, was er ook geen mogelijkheid om die nog uit te peilen. Nog wekenlang had Suze zo nu en dan geprobeerd te bellen, maar elke keer kreeg ze de voicemail. Op één moment na, nu bijna drie weken geleden. Ineens was de telefoon overgegaan, om na twee keer alsnog op de voicemail te schieten. Meteen daarna had Suze opnieuw gebeld en toen nog een keer, maar ze had niets anders meer gehoord dan Maria's vooraf opgenomen stem die haar vertelde dat ze nu even niet kon opnemen maar natuurlijk later zou terugbellen.

Een ingeblikt muziekje uit haar tas haalde haar uit haar gedachten. Ze pakte haar mobiel. Celine, las ze in het scherm en ze nam op. 'Hé.'

'En?' vroeg haar vriendin meteen, zonder begroeting. 'Of ben je nog niet geweest?'

Ze had Celine zelf moeten bellen, bedacht Suze, maar ze had het telefoontje voor zich uit geschoven. Alsof het nieuws daarmee nog meer realiteit werd dan het al was. Ze had haar vriendin gisteren verteld dat de politie haar had gevraagd vandaag naar het bureau te komen, ergens in de ochtend. Dat er iets te vertellen was dat beter persoonlijk dan via de telefoon kon. Het gebrek aan spoed had Suze al doen vermoeden dat het gesprek niet zou gaan over een belangrijke nieuwe wending, een spectaculaire aanwijzing die eindelijk naar het beslissende spoor zou leiden. Na drie maanden en het continu afschalen van het onderzoek had haar verstand allang beseft dat de kans daarop met de dag kleiner werd. En dat andere zaken prangender waren en meer bezetting vroegen.

'Nee...' zei Celine ademloos toen Suze vertelde wat ze te horen had gekregen. 'Dus ze geven het op?'

'Ze zeggen dat ze bij nieuwe informatie het onderzoek weer zullen oppakken.'

'Dat klinkt in mijn oren als hetzelfde. Ze weten het niet en ze stoppen ermee. Jammer voor Maria, jammer voor ons.' Celine snoof hoorbaar. Ze kon lief en soms bijna popperig overkomen, maar als ze zich ergens druk om maakte, kwam haar onverzettelijke Rotterdamse aard naar boven. Een onverwachte eigenschap die Suze juist zo leuk aan haar vond. 'We moeten iets doen, Suus', zei Celine nu strijdlustig. 'Ik weet zeker dat Maria ergens op ons wacht. Dat ze onze hulp nodig heeft. Ik weet zeker dat...'

Ze maakte die zin niet af. 'Wat?' vroeg Suze na een paar seconden. 'Wat weet je?'

Maar Celine gaf geen antwoord. In plaats daarvan richtte ze het woord tot iemand die blijkbaar bij haar was. Suze meende de stem van Max te herkennen. 'Heeft het zin als we nog eens gaan praten?' vroeg Celine toen ze zich weer tot Suze richtte. 'Nog één poging?'

'Alleen als we met nieuwe en doorslaggevende informatie komen waar de politie echt niet omheen kan.'

'Zoals?'

'Tja.' Suze haalde kort haar schouders op. Alsof ze daar niet al over had gepiekerd nog voor het onderzoek werd gesloten. Alsof die informatie niet al die tijd al rondzwierf en alleen nog maar door haar naar de politie gebracht moest worden. 'Een lichaam?' gokte ze cynisch.

'Niet doen', zei Celine. 'We mogen de hoop niet opgeven. Luister, ik moet gaan maar we hebben het er nog over.'

‘Oké, bye’, zei Suze snel, maar de verbinding was al verbroken. Ze opende WhatsApp en stuurde er een berichtje naar Celine achteraan. *Straks een drankje bij Piña?*

Even wachtte ze, maar het bericht bleef onbeantwoord. Toen sloot ze WhatsApp, belde Maarten maar die nam niet op, en riep Vaga terug uit het water. Met een zwaar gevoel liep ze terug naar huis.

Hoofdstuk 2

ZE WAREN ER ALLEMAAL. CELINE HAD MAX MEEGENOmen en Suze had Alexandra en Jorien gevraagd te komen. Alleen Maarten zou later aansluiten, hij zat nog in de studio en werkte aan de laatste seconden van een nieuwe track van een dj die meer noten op zijn zang dan volgers op zijn Instagram had. Maar de jongen werd getipt als hét nieuwe talent dat deze zomer de clubs in niet alleen Marbella, maar ook Ibiza en zelfs Dubai plat zou spelen. Maartens naam en carrière konden ook een vlucht nemen als de track waar nu zo minutieus aan werd gesleuteld, straks de hitlijsten zou bestormen. Daarvoor werd nu al wekenlang iedere milliseconde ervan onder de loep gelegd, bijgeschaafd, gekeurd en zo nodig aangepast. Na het werken met allerlei bekende dj's en jonge zangers was Maarten wel wat gewend, maar nooit eerder had Suze in zijn ogen de aanzet van de wanhoop gezien die soms op zijn gezicht lag als hij thuiskwam. Ze had het ook in zijn stem gehoord toen ze hem vanmiddag aan de telefoon had gehad. 'Gelukkig is de deadline over drie dagen', had hij gezegd. 'Dan kan er niets meer aan veranderd worden.'

Hij had beloofd zo snel mogelijk naar haar toe te komen, maar dat kon alles betekenen tussen vijf minuten en vijf uur. Met de anderen had Suze net de hele tijdlijn van Maria's verdwijning nog eens doorgenomen, niemand had iets toe te voegen dat niet al tientallen keren was besproken. Er waren vijf cocktails gebracht en toen de glazen leeg waren en een nieuw rondje was besteld, vouwde Max zijn handen als een driehoekje onder zijn kin. 'Onpopulaire mening', zei hij en keek de groep rond met een spijtige trek rond zijn mond. 'Wat als het terecht is?'

'Wat?' vroeg Suze.

'Het stoppen van het politieonderzoek. Wat als ze gelijk hebben en Maria er zelf voor heeft gekozen om weg te gaan?'

Het was warm op het terras en Suze haalde haar benen van elkaar. Ze plakten een beetje. 'Ik geloof het niet', zei ze en ze probeerde de blik in Max' ogen te peilen. Een briesje bracht wat verkoeling maar niet genoeg.

'Natuurlijk niet', zei Celine, een stuk feller dan Suze. 'In hun ogen zal het terecht zijn en volgens de protocollen.' Bij dat woord tekende ze met haar vingers aanhalingstekens in de lucht. 'Maar zij kennen Maria niet zoals wij haar kennen.'

'Ze verliet Slowakije ook zomaar', bracht Max daartegen in. 'Ze heeft zelf verteld dat ze haar familie niet van haar plannen op de hoogte had gebracht.'

'Omdat ze haar niet zouden hebben laten gaan', zei Celine. 'Ze was bang dat ze haar desnoods zouden opsluiten om haar te beletten te vertrekken.'

Max spreidde zijn handen. 'Jullie zouden haar ook niet hebben laten gaan. Als een soort nieuwe familie aan wie ze zich opnieuw moest onttrekken.'

'Doe normaal', zei Celine nu ronduit geïrriteerd. 'Als Maria had willen verhuizen, had ze ons dat kunnen vertellen. Dan hadden we haar gesteund en opgezocht in haar nieuwe woonplaats.'

'Ze heeft het weleens genoemd', zei Alexandra nadenkend. 'Niet dat ze wilde vertrekken, maar dat ze zich altijd ergens een zwerver voelde. Of nee, dat woord gebruikte ze niet.'

Vaga, dacht Suze. Vagabundo.

'Meer iets van nomade of zo. Het ging toen over je thuis voelen op een plek waar je niet geboren bent, of meer: een land waar je niet geboren bent. Maria zei dat ze nooit het gevoel zou kwijtraken dat ze hier niet echt hoorde.'

'Maar dat geldt voor ons allemaal', zei Suze. 'Niemand van ons heeft hier een jeugdherinnering en toch voelen we ons hier thuis.' Ze keek Max en Celine aan. 'Jullie hebben zelfs nog een huis in Nederland, maar dat doet aan dat gevoel niets af. En trouwens, volgens mij was Slowakije de plek waar Maria zich het minst thuis voelde.'

'Toch is het vreemd dat haar familie daar niet is gevonden', zei Max. 'De politie zegt dat ze er onderzoek naar hebben gedaan. Volgens mij dachten ze dat Maria terug was gegaan.'

Maar een Kovac zoeken in Slowakije is niet zo eenvoudig, was gebleken. De naam kwam veel te veel voor om een spoor te kunnen ontwarren. Maria had haar paspoort meegenomen en de kopie die ze had moeten overleggen toen ze bij Piña was gaan werken, bleek onvindbaar. Dat ze haar kleine flat onderhuurde en dus geen contract had, hielp ook niet.

'Mag ik iets vragen?' Er dook een onbekende vrouw naast hun tafeltje op. Ze keek met een mengeling van aarzeling en nervositeit naar Max. 'Jij bent toch Max Poelen?'

Max' glimlach werd breed. 'Ze zeggen het.'

'Oh my God.' Ze wapperde met haar handen en keek naar haar vriendinnen die minder dapper waren en op een afstandje waren blijven wachten. 'Ik dacht het al, maar ik wist het niet zeker en...' Haar glimlach was zo opgewonden dat die pijn moest doen aan haar mondhoeken. 'Ik had op je insta gezien dat je in Marbella was.'

Daar viel ook lastig aan te ontsnappen, dacht Suze bij zichzelf. Waar ze zelf iedere Instagrampost zorgvuldig bepaalde en bijschaafde, en er nooit meer dan vijf per week plaatste, vuurde Max op social media gerust vijftien story's per dag op zijn volgers af. Soms was het niet meer dan een filmpje van hoe hij door de stad liep, door de verplichte maximalisatie van vijftien seconden opgeknipt in wel acht of negen story's. Max' volgers vonden het allemaal even interessant.

'En Celine', zei de fan nu. 'Ik vind dit zó cool.'

'Een foto?' stelde Max voor omdat zij het zelf niet deed en natuurlijk ging de vrouw grif op het aanbod in. Celine en Max stonden op en posteerden zichzelf in het midden van het vriendinnengroepje. Max liet zijn bekende glimlach zien en spreidde zijn armen, wat hij altijd deed op de foto's met zijn fans, of met Celine. Als je zijn Instagramtijdlijn zou uitpluizen, zou je zien dat hij op bijna alle foto's dezelfde pose aannam, dacht Suze.

'De echte Max', zei Maarten weleens, 'is een goede gast. Maar ik heb geen idee wie die jongen is die hij speelt als er fans in de buurt zijn.'

De vrouwen liepen weg terwijl ze de foto's op hun telefoon bekeken en erop inzoomden, en Max keek het groepje rond. Net toen hij iets wilde zeggen, voelde Suze twee warme handen op haar schouders en Maartens lippen in haar nek. 'Sorry dat ik zo laat ben.'

'Geeft niet', zei ze en ze draaide haar gezicht naar hem toe. 'Hoe ging het?'

Hij trok een gezicht dat zoiets moest betekenen als dat het beter maar ook slechter had gekund en begroette de vrouwen met een kus op hun wang en Max met een slag op zijn schouder. Hij kroelde Vaga over zijn kop en ging daarna naast Suze zitten. Met zijn hand op haar knie vroeg hij: 'Gaat het?'

Ze knikte. Hij kneep even in haar knie en bestelde daarna een biertje bij de serveerster. 'Dus de politie geeft het op?' vroeg hij daarna.

Suze knikte. 'Daar komt het wel op neer.'

'En nu?'

'We moeten blijven zoeken.' Terwijl ze de woorden uitsprak, hoorde Suze zelf hoe loos die waren. Blijven zoeken, ja, maar waar? Alsof ze niet alle mogelijkheden al een keer had bedacht of onder de loep had genomen. Alsof ze de stad, of het land, door kon reizen op zoek naar iemand die misschien wel ergens verborgen werd gehouden – als ze tenminste nog leefde? Nooit eerder had ze de machteloosheid gevoeld die hoorde bij niet weten waar een dierbare was. 'Ik zou nog liever weten dat ze dood was', had ze een keer een radeloze moeder in een documentaire over vermiste kinderen horen zeggen. Toen had ze die opmerking op een abstract niveau kunnen begrijpen, nu voelde ze daadwerkelijk de radeloosheid die erbij hoorde.

'Laten we eerlijk zijn', zei Max, die de draad oppikte alsof het intermezzo niet had plaatsgevonden. 'Wie van ons weet nu echt wat er in haar omging? Wat haar plannen en dromen waren?'

Suze sloeg haar benen over elkaar. Ze had het hier zo vaak met Maria over gehad. 'Haar droom was om haar eigen bar te openen', zei ze toen. 'Om cocktails te serveren aan gasten die met hun voeten in het zand van de zon zouden genieten.'

Zo had ze het letterlijk gezegd, Suze wist nog precies wanneer. Het was op het dakterras geweest van hun penthouse. Maria had met haar blote benen languit op de loungebank gezeten, fantaserend over de toekomst. Het was een week of zes voor ze verdween en met haar bruine krullen rommelig samengebonden in een knot en een goudbruine zweem op haar huid die van nature amper bruinde, had ze er meer ontspannen en gelukkig uitgezien dan ooit tevoren in het jaar dat Suze haar toen kende. In het begin had Maria voortdurend een gejaagde indruk gemaakt, de eerste paar keer dat Suze haar bij Piña had gezien had ze zich afgevraagd of de nieuwe serveerster wel geschikt was voor het werk. Maar langzaamaan was Maria gaan ontspannen. Na een week of vier hadden ze op een rustige avond de tijd gehad om te praten, over Maria's verleden in Slowakije, Suzes leven in Nederland en het opbouwen van een nieuw bestaan in Marbella. Suze beschouwde die avond als het begin van hun vriendschap. Een vriendschap die had geleid tot niet alleen die cocktails, maar vooral ook mooie gesprekken, strandwandelingen en het gevoel dat ze, ondanks hun totaal verschillende achtergrond, thuisland en levens, net zo goed zussen hadden kunnen zijn.

Het gesprek ging nog even door, maar Suze was afgehaakt. Max' theorie vond geen bijval, maar geen van de anderen had een idee wat nu te doen. Acceptatie was het enige wat hun restte, maar daar waren ze niet klaar voor.

'Wanneer vliegen jullie eigenlijk?' vroeg Maarten nu aan Max. 'Morgen toch?'

'O, hadden we dat niet verteld?' Max keek hem aan. 'We hebben de vlucht geannuleerd. Celines optreden ging niet door, dus we kunnen tot eind van de maand blijven. Dan beginnen die strandconcerten die we organiseren.'

Dat was, vond Suze, niet helemaal het goede woord. Max en Celine organiseerden geen concerten, maar verbonden hun naam aan evenementen, waarna de bezoekersaantallen omhooggingen en zij hun commissie kregen – in dit geval ging het om een reeks concerten op het strand van Bloemendaal waar grote namen uit de Nederlandse popmuziek hun opwachting zouden maken. Die commissie, dat waren geen kleine bedragen, wist Suze, die ook weleens voor dergelijke constructies werd gevraagd. Met haar bijna negenhonderdduizend volgers had ze een bereik dat bedragen met de nodige nullen waard was en ze hoefde alleen maar in aanloop naar zo'n evenement een aantal keer erover te posten, plus op enkele van de concerten zelf als publiek verschijnen. Soms kon ze amper geloven hoeveel geld ze daarvoor kreeg aangeboden, maar ze was huiverig om ja te zeggen. Er waren niet zoveel concerten of andere gelegenheden die ze zo leuk vond dat ze haar eigen naam eraan wilde verbinden en bovendien wist je natuurlijk pas op het moment zelf of het concert echt de moeite waard was.

Celines stem haalde haar uit haar gedachten. 'Dat betekent dat we morgenavond ook op de Lourdes zijn', zei haar vriendin verheugd. 'Dat had ik nog helemaal niet gezegd.'

Suze keek verrast. 'O, echt? Dat vind ik gaaf.' De Lourdes was het jacht van Joery Busscher, een bekende Nederlandse voetballer die zijn sporen, en miljoenen, in de Spaanse competitie had verdiend. En met wie zowel Maarten als Max via verschillende wegen bevriend was geraakt. Nu de competitie er net op zat, had de voetballer zijn jacht afgemeerd in de haven van Marbella voor een van zijn befaamde feesten, voordat hij in aanloop naar het nieuwe seizoen weer strak in het sportgareel moest. Vorig jaar waren Suze en Maarten ook present geweest en Suze herinnerde zich nog de vier dagen die ze nodig had gehad om te herstellen. Maar het was het waard geweest.

'Nog eentje?' vroeg Max, wijzend naar haar lege glas. Suze keek naar hem en daarna naar Maarten, die zijn eerste drankje op had en een beweging met zijn hoofd maakte. Ze schudde van nee. 'We gaan zo op huis aan', zei ze. 'Eerst nog even met Vaga naar het strand.'

De hond, die ogenschijnlijk diep in slaap was geweest, hief meteen zijn kop bij het horen van zijn naam in combinatie met zijn favoriete woord. Suze liep naar binnen om af te rekenen en omhelsde haar vrienden een voor een voordat ze samen met Maarten het terras verliet.

'Gaat het?' vroeg haar vriend toen hij haar hand pakte. Met zijn andere hand nam hij de riem van Vaga van haar over. De hond keek naar hen beiden op, zijn tong uit zijn bek, de verwachting in zijn ogen.

Suze knikte. 'Ja, jawel.'

'Zit je in over Maria?'

'Niet meer dan gisteren of vorige week. Maar ergens had ik toch nog hoop dat er iets uit het politieonderzoek zou komen en die hoop is nu weg.'

'Hebben ze gezegd dat ze het onderzoek echt sluiten? Of alleen dat ze nu geen aanknopingspunten meer hebben?'

'Dat laatste, maar wat is het verschil?' zei Suze schouderophalend. 'Als het onderzoek stilligt komen er ook geen nieuwe aanknopingspunten meer. Uiteindelijk zal het dan wel gesloten worden.'

Maarten humde iets dat instemmend of nadenkend kon zijn. Hij bukte zich om de riem van Vaga los te maken, waarna de hond voor de tweede keer die dag naar de zee rende. Zijn capriolen ontlokten Suze zoals gewoonlijk een glimlach. Ze ging met Maarten op het lage muurtje tussen het strand en het fietspad zitten. Vaga vond een speelkameraad in een schichtige podenco die na enig aarzelen wel mee wilde het water in.

Maarten sloeg zijn arm om haar heen en ze liet haar hoofd tegen zijn schouder rusten. De zee kabbelde met kleine golfjes het strand op, verderop voeren wat jachten voorbij. Verdrinking, dat woord kwam bij Suze op zoals ze tegenwoordig bijna geen enkel moment van ontspanning meer kon beleven zonder dat er een gedachte aan Maria voorbijkwam, ofwel iets uit het politieonderzoek ofwel het zoveelste scenario dat haar hersenen als vanzelf aan haar voorschotelden. De mogelijkheid van verdrinking was door de politie al snel terzijde geschoven. Er was geen enkele aanwijzing in die richting en bovendien was het niet te rijmen met de berichten die later nog vanaf haar telefoon waren gestuurd. Die 'ze had gestuurd', zoals de politie het vaak noemde, maar Suze weigerde die formulering over te nemen. Iedereen die Maria's telefoon in handen had, kon die berichten hebben gestuurd.

'Heb je zin in morgen?' vroeg Maarten nu en Suze dwong zichzelf haar gedachten een andere kant op te sturen.

'Het feest, bedoel je?'

'Ja. Dimitro gaat draaien, vertelde hij.'

'O?' Suze trok haar wenkbrauwen op. 'Ik dacht dat hij helemaal vol zat deze zomer.'

Dimitro Dekov, met wie Maarten samenwerkte, was een van de dj's die een jaar van tevoren al niet meer te boeken was omdat de grote en meest bekende clubs hem dan al hadden ingepland.

Maarten haalde kort zijn schouders op. 'Kennelijk toch nog een gaatje gevonden.'

Een van de redenen dat Maarten zo makkelijk laveerde door een wereld van grote namen, veel geld en de bijbehorende ego's en slangenkuilen, was dat hij voor beide kanten van die medaille weinig ontzag had. Hij deed niet aan de vererende bewondering die de grote dj's gewend waren en tegelijkertijd liet hij zich niet beïnvloeden, laat staan meeslepen, door de grote muren van belangrijkheid die de muzikanten, of hun managers, om hen heen bouwden. Misschien kwam het doordat in de studio, ontdaan van alle opsmuk en het letterlijke en figuurlijke klatergoud, bijna niemand dichter bij hen kwam dan Maarten. Daar waar ze teruggingen naar de essentie, de muziek, telde niet veel meer.

'Ik ga morgen wel even langs Rein', zei Suze nadenkend. 'Ik had hem beloofd een van de jurken te dragen op een mooie gelegenheid en de Lourdes is er wel zo eentje.'

Maarten knikte vaag. De naam Rein Kuijper deed bij hem vast geen belletje rinkelen, ook al had Suze eerder verteld dat ze de jonge, Nederlandse ontwerper onlangs via Alexandra had leren kennen en onder de indruk was van zijn cocktailjurken die net zo makkelijk een beachclub als een audiëntie bij de Spaanse koning aankonden. 'Ik wil hem graag een beetje helpen', zei ze nu, al moest ze eerlijk toegeven dat het feit dat ze er drie jurken van elk een kleine duizend euro voor terugkreeg, haar ook weer geen altruïst maakte.

Vaga meldde zich weer, druipend van het zoute water en met in zijn bek een tennisbal die niet van hem was. 'Zullen we gaan?' vroeg Maarten en aan zijn licht tappende voet kon Suze zien dat zich in zijn hoofd een melodie had ontvouwd die hij snel in zijn laptop wilde zetten voor hij hem weer kwijt was. Glimlachend stond ze op.

Thuis dook Maarten zijn werkkamer in, terwijl Suze de trap op liep naar het dakterras. Nu, rond halfacht in de avond, was het licht op z'n mooist. Golden hour, zo noemden mensen dat die de indruk wilden wekken dat ze veel van fotografie wisten. Suze ging op een van de loungebanken zitten, draaide haar gezicht naar de nog altijd warme avondzon en pakte haar telefoon. Daar zocht ze de foto op die ze eerder die dag van Vaga had gemaakt, bewerkte hem zo dat het filter de kleuren mooi deed uitkomen en de passanten op de achtergrond verdwenen waren en plaatste hem op haar Instagram-story's. Het bleef fascinerend om te zien dat de story binnen een minuut al meer dan honderd keer bekeken was, en binnen vijf minuten meer dan duizend keer. Er kwamen hartjes binnen in haar inbox en symbooltjes van een vlam. Er waren mensen die hun hond, kat of kind een eigen Instagramkanaal gaven, iets wat Suze voor Vagabundo ook even had overwogen. Maar daarna was de absurditeit van die situatie tot haar doorgedrongen: een Instagramkanaal voor een hónd? Ze had het idee van zich afgezet en Vaga gewoon zijn eigen plek op haar eigen kanalen gegeven. Hij was het meest populair op Instagram, maar had inmiddels ook een schare fans op haar TikTok.

Ze wachtte tot het aantal views tot boven de vijftienhonderd was opgelopen en legde haar telefoon toen aan de kant. Vaga was haar naar boven gevolgd en naast haar op de bank gekropen, zijn kop op haar bovenbeen. Ze legde haar hand erop en streelde hem zacht met haar duim.

Hoofdstuk 3

VANAF HAAR SCHERM SPATTE HET WATER VAN DE Middellandse Zee – blauwer dan in het echt – en het oranje van de cocktail haar tegemoet. Lena Gomez keek op toen precies op dat moment zo'n zelfde drankje voor haar werd neergezet. Ze glimlachte dankbaar naar de ober, legde haar telefoon aan de kant en nam zich voor gewoon te genieten van het moment. De werkdag zat erop, de zon scheen nog en vanaf het terras van El Pincho was het heerlijk om te kijken naar de mensen die voorbijliepen. De stroom was zo divers dat juist dat mensen kijken Lena nooit verveelde. Slechtgeklede toeristen liepen naast vrouwen die eruitzagen alsof ze zo van de catwalk kwamen. Mannen van hun werk onderweg naar huis, in strak gesneden pakken, liepen zij aan zij met Britten op een vrijgezellentrip. In het begin had ze erg moeten wennen aan de drukte in Marbella en de mengelmoes van bewoners die de stad inmiddels aan zich had gebonden. En ja, als je op zoek was naar het authentieke Spaanse leven, was dit niet helemaal de plek waar je moest zijn. Maar inmiddels hield ze van de stad met de überhippe clubs naast simpele maar geweldige restaurantjes, de peperdure winkels naast kleine, onontdekte shopjes, de jachten waar een normaal mens alleen maar van kon dromen en de stranden waar je je kon vergapen aan compleet strakgetrokken mensen om wie Lena vaak een beetje moest lachen. Toch voelde ze zich er als, zoals ze het zelf omschreef, vrouw met normale vormen ook niet uit de toon vallen. En had ze een keer genoeg van die stranden, dan was het helemaal niet ver rijden naar plekken waar de drukte van de Costa del Sol juist ver te zoeken was en waar je je op een tropisch eiland waande.

Haar telefoon liet een pinggeluidje horen en maakte daarmee een einde aan haar voornemen om het scherm nu echt even te negeren. Er was een berichtje van Juan dat hij werd opgehouden op het bureau en dat hij iets later zou zijn. Ze nam een slokje van haar drankje, dat zoet en schuimig smaakte, en opende om de tijd te verdrijven toch weer de Instagram-app.

Haar laatste zoekopdracht was blijven staan. Het was het account van Suze Peters, waar de ene prachtige foto de andere afwisselde. Het hoorde erbij als influencer, wist Lena inmiddels, om met perfecte plaatjes te strooien alsof het echte leven ook zo zonnig en zorgeloos was. Al moest ze zeggen dat Suze niet, zoals andere influencers vaak wel deden, de indruk wekte dat haar hele leven bestond uit dagen in de zon, perfecte kleding en een relatie die altijd maar van een leien dakje ging. Lena moest lachen om een foto van Suze en haar hond op het strand, waarbij Suze duidelijk geen make-up op had, de hond haar gezicht likte en de bijbehorende tekst suggereerde dat er een stevige huiselijke discussie had plaatsgevonden over het uitlaatschema. Dat maakte haar menselijk.

Misschien kwam het ook doordat ze Suze de afgelopen maanden met enige regelmaat had gesproken en had gezien dat zij oprecht bezorgd was om haar vriendin. De berichten die ze daarover op Instagram had geplaatst, waren geen losse flodders voor aandacht. De angst en het verdriet om Maria's verdwijning waren echt, en dat gold ook voor Suzes vriendin Celine. Misschien dat Lena het daarom vandaag lastig had gevonden het slechte nieuws met Suze te delen.

Ze nam nog een slok van de cocktail. Nu zat ze alwéér aan dat gesprek te denken. Als elke zaak of elk voorval waar ze in haar werk mee te maken kreeg zo in haar hoofd bleef zitten, zou ze binnenkort niet meer in staat zijn haar baan uit te voeren. Loslaten was een van de belangrijkste vaardigheden die je bij de politie moest hebben, dat leerde je al op de opleiding. Normaal kostte haar dat ook niet zoveel moeite.

Klaar nu, zei ze in gedachten streng tegen zichzelf. Ze draaide haar glas rond aan het pootje en richtte haar blik op een sportauto van een ongetwijfeld duur merk die ronkend z'n weg door de drukke straat zocht. Onwillekeurig glimlachte ze, omdat ze zich voorstelde hoe Juan zou hebben gekeken als hij naast haar had gezeten. Het kwijl zou nog net niet over zijn kin hebben gelopen. Ze mocht hem graag plagen met zijn liefde voor snelle auto's, aangezien hij zich het grootste deel van de tijd op een scooter door het stadsverkeer verplaatste.

De wagen trok de nodige bekijks en een paar Nederlandse toeristen wrongen zich naar voren om er snel een selfie mee te kunnen maken. Toen kwam de ober weer langs en zette een bakje olijven op haar tafeltje. Haar hand ging automatisch naar haar telefoon, maar ze trok hem terug. Geen Instagram meer. Ze moest het nu echt loslaten.

*

De zon verdween langzaam maar het bleef nog warm en licht. Suze zette het lichtsnoer aan en er viel een gelige gloed over het terras. De zee was nu grijs, met een donkerblauwe zweem. Hoelang ze hier ook woonde, het uitzicht wende – of verveelde – nooit, zeker niet op haar favoriete moment van de dag.

Geluk is blijven verlangen naar wat je reeds hebt, schreef Augustinus. Ze liet die uitspraak door haar hoofd gaan. Mooi om te posten, dacht ze onwillekeurig. Haar eigen gedachte bezorgde haar een gevoel van irritatie. Niet alles was Instagram.

Het was wel waar. Blijven uitkijken naar wat je al bezat nam die eeuwige jacht naar nieuw en meer weg. En hoe zou iemand ooit níét van dit uitzicht kunnen genieten? Vaga trok in zijn droom zijn lip op en bewoog zijn poten, alsof hij een imaginair konijn probeerde te vangen of misschien in een denkbeeldige zee sprong.

Het was niet altijd makkelijk, blijven verlangen naar wat je had. Wat dat betreft had ze niet de meest eenvoudige woonplaats gekozen. Op de plaats waar vierkante meters voor status stonden – die van een villa of die van een jacht – en geld voor succes, was het niet alleen makkelijk maar zelfs gebruikelijk om mee te gaan in de race naar altijd maar meer. 'Waarom Marbella?' had haar vader verwonderd gevraagd toen Suze en Maarten hun verhuisplannen aankondigden.

Omdat ze graag naar de Spaanse zon wilden en Ibiza inmiddels meer influencers dan zogenaamd onontdekte strandjes telde, had Suze grinnikend geantwoord. Ze hield van het eiland, maar de laatste jaren leek het wel een toevluchtsoord voor iedereen die z'n paar duizend volgers elke dag wilde overtuigen van het droomleven dat hij of zij leidde – op de tijdlijn, uiteraard. In Marbella had ze zich op een of andere manier thuis gevoeld vanaf het moment dat ze er drie jaar geleden voor het eerst kwam toen ze net met Maarten was en hij twee weken lang in de stad had moeten zijn voor allerlei werkafspraken. Als hij aan het werk was, had ze in haar eentje rondgewandeld of koffie gedronken op terrasjes. Samen hadden ze genoten van het strand- en nachtleven. Suze had zich meteen thuis gevoeld in de combinatie van de relaxte strandsfeer en het mondaine leven, de immer schijnende zon, de aantrekkingskracht van de stad op jonge ontwerpers en kunstenaars die zijn weerslag had in de straten. De combinatie van dat alles had uiteindelijk de doorslag gegeven om voor Marbella te kiezen, en natuurlijk hadden de dj's met wie Maarten samenwerkte zijn vertrek naar de Zuid-Spaanse stad van harte toegejuicht. Voor Maartens carrière had de verhuizing misschien nog wel beter uitgepakt dan voor de hare, al had ze rondom hun vertrek duizenden volgers extra gekregen die wilden weten hoe het haar hier verging en merkte ze dat ze meer internationale volgers had sinds ze hier woonde.

Dat bleef, bedacht ze met haar blik op de grijsblauwe zee gericht, toch iets vreemds. Bijna vijfhonderdduizend mensen die elke dag wilden weten wat ze deed, met wie ze was, wat ze droeg, waar ze at en naar het strand ging of hoe het met Vaga was. Op dagelijkse basis was ze eraan gewend, als influencer was dit immers haar leven. Maar als ze, zoals nu, bij de ondergaande zon een moment nam om over haar leven na te denken, was het eigenlijk een absurd idee. Als ze nu een foto postte van haar in slippers gestoken voeten op de lage tafel, zou ze binnen vijf minuten tientallen direct messages in haar inbox hebben. Waar had ze die slippers gekocht? En de tafel? En de lichtroze nagellak? Welke bodylotion gebruikte ze, aangezien haar benen er zo zacht uitzagen? En over die benen gesproken: er was altijd wel een anonieme volger met een nepaccount te vinden die haar berichtte over de plannen die hij – ze ging er tenminste van uit dat het mannen waren – met die benen had, en niet alleen met die benen. Dergelijke accounts blokkeerde ze meteen, maar er doken altijd weer nieuwe op. Alexandra, die als haar socialmediamanager belast was met het bijhouden van de inbox, zat erbovenop, maar je hield het ontstaan van zulke accounts en het versturen van berichten en reacties bijna niet tegen.

Het hoorde erbij en Suze keek er maar niet te veel naar, al werd er soms volop beledigd, gescholden en geschoffeerd. Gelukkig was het overgrote deel van de reacties positief en had ze zelfs volgers die lieten weten dat ze haar, ook al hadden ze elkaar nooit ontmoet, als een vriendin beschouwden. Lief, maar ergens ook ongemakkelijk. Het beeld dat ze van haar hadden was er eentje van perfectie. Ze kon eigenlijk alleen maar tegenvallen als ze elkaar ooit in het echt zouden ontmoeten, al was de kans dat dat zou gebeuren niet erg groot. Maar dat deed voor haar volgers niets af aan de band die ze met haar voelden.

Dat had ze nooit kunnen vermoeden toen ze vijf jaar geleden haar eerste post plaatste over het appartementje in Amsterdam-Oost. Nieuwe vloer, nieuwe keuken, andere badkamer, en dat was het wel zo'n beetje, was haar totaal naïeve idee geweest over de verbouwing die nodig was voor ze in haar nieuwe huisje kon trekken. Dat er gaandeweg het proces rottende plafondbalken, vooroorlogse (en levensgevaarlijke) bedrading, verouderde leidingen en de nodige lekkages aan het licht waren gekomen, had ze toen nog niet geweten. Dat de verkoper met de noorderzon zou vertrekken en zodoende zijn verplichting om op te draaien voor verborgen gebreken ontliep, ook niet. Uit frustratie was ze er op haar Instagram over gaan posten, kennelijk net op een moment dat er in Amsterdam meerdere van zulke huizen waren verkocht. Een item op AT5 waarin ze vertelde dat ze haar avontuur op zoek naar gedeelde smart op Instagram was gaan delen, leidde tot een stroom aan nieuwe volgers. Het was verslavend geworden om de vorderingen, of het gebrek eraan, te delen met mensen die ze niet kende en te lezen hoe ze meeleefden of tips gaven. Al snel was ze overal een post in gaan zien, tot haar tijdlijn haar gedachten bijna meer beheerste dan de verbouwing zelf: de binnenkant van de plafondbalken die niet zozeer vochtig was maar gewoon vergaan, de lekkende leidingen die nog achter de toch al verouderde leidingen vandaan kwamen, de twee bouwvakkers die dronken in slaap waren gevallen in een hoek van de woonkamer, maar ook de dag dat de nieuwe houten vloer er eindelijk in lag en ze zittend op het kale hout een fles champagne had geopend, of het moment dat ze voor het eerst de kaarsjes kon aansteken in haar nieuwe badkamer – ongeveer een jaar later dan gepland. Na de hoogte- en dieptepunten van haar verbouwing had ze gedeeld hoe ze haar appartement had ingericht, hoe ze de kleuren van de muren had gekozen, de meubels, de accessoires. En daarna, omdat ze vragen kreeg van volgers, ook welke kleren ze droeg, welke sieraden, en waar ze graag uit eten of op vakantie ging.

Tegen die tijd had ze al bijna vijftienduizend volgers en dat leidde tot de eerste aanbiedingen van bedrijven om samen te werken. Ze herinnerde zich nog precies welk bericht ze voor het eerst in haar inbox had gekregen: of ze in ruil voor aandacht op haar tijdlijn misschien een kaarsenpakket van ruim driehonderd euro wilde ontvangen? Destijds had dat haar een absurd aanbod geleken, inmiddels waren er heel wat hogere bedragen mee gemoeid en liet ze zich nog maar heel zelden in uitsluitend spullen betalen. Grote bedrijven waren gewend aan influencermarketing en de bedragen die erbij hoorden, en betaalden grif voor een post op haar tijdlijn of een story waarin ze al dan niet nadrukkelijk een bepaald product liet zien – maar alleen als ze dat product vooraf had uitgeprobeerd en er daadwerkelijk enthousiast over was. Nog liever ging ze samenwerkingen aan met merken en bedrijven waar ze inspraak had in het product zelf. De lijn met sieraden die ze onlangs bij een groot, Nederlands merk had gelanceerd was ook bijzonder lucratief en ze werd nog steeds blij als ze naar haar eigen ontwerpen keek. Dat had ze liever dan dat ze haar volgers vooraf moest vertellen hoe gaaf een concert zou zijn of hoe goed een product, ook al had ze geen idee of het echt zo leuk of goed was. Dat ging in tegen haar eigen richtlijn dat ze alleen maar wilde promoten waar haar hart echt naar uitging – een instelling waarover soms lacherig werd gedaan, want ging het uiteindelijk niet allemaal om geld? Suze was opgehouden uit te leggen dat die twee zaken echt samen konden gaan, juist in haar werk waarin haar belangrijkste handelsmiddel zijzelf was. Niet iedereen begreep dat. Zelfs haar eigen vader had lange tijd niet geweten wat hij moest antwoorden als iemand vroeg wat zijn dochter voor werk deed. Maar inmiddels had hij door dat 'influencer' weliswaar een vreselijk woord was, maar ook het werk waar Suze oprecht gelukkig van werd. En waar ze, vooral in de ogen van haar vader niet onbelangrijk, een prima belegde boterham mee verdiende. Haar baan in de sales had ze binnen twee jaar na de eerste post over haar appartement met gemak kunnen opzeggen.

En nog altijd was wat ze deed blijkbaar niet uitgewerkt. Haar volgersaantal groeide al jaren gestaag, de verkoopresultaten die voortkwamen uit haar posts waren goed volgens haar klanten en door strak te waken over wat ze wel en niet wilde posten, had ze de persoonlijke insteek van haar socialmediakanalen weten te behouden. Of persoonlijk... Ja, ze postte over haar leven in Marbella, over Maarten, over Vaga. Over als ze met vrienden afsprak, zeker als het om bekende vrienden ging. Ze was zichzelf laatst tegengekomen in een lijstje met 'BN'ers die naar het buitenland vertrokken' en daar had ze om gelachen. Zij? Een BN'er? Dat leek haar meer een benaming voor iemand als Celine, die zangeres was, of Joery, de voetballer. Hun bekendheid had hun de vele volgers opgeleverd, niet andersom zoals bij haar. Maar die scheidslijn was tegenwoordig niet meer zo dik als hij ooit was geweest. En het maakte misschien ook niet uit: ze nam haar volgers mee en zij lieten hun waardering blijken in views, likes en aankopen van wat zij promootte. Regelmatig kreeg ze de opmerking dat ze in de zee van nepheid die social media waren, oprecht overkwam. Open, ook. Dat er genoeg was waarover ze niet postte, vermeldde ze natuurlijk niet. Het was geen verplichting om haar volgers te vertellen waarom ze haar moeder sinds haar zestiende niet meer had gesproken en over het verdriet dat daarmee samenhing. Over de man die toen haar moeders leven was binnengewandeld met de mededeling dat hij haar wel wilde maar geen ruimte in zijn leven zag voor haar twee puberdochters. Over de pijn die het een kind deed als je keihard werd afgewezen – nee, ingeruild – door een ouder. Dat ze nog nooit een klus had aangenomen die ook maar iets te maken had met moeders – en ze was in de loop der jaren vaak genoeg gevraagd om moeder-dochtersieraden, -vakanties of -wellnessweekenden te promoten, zeker als Moederdag er weer aan kwam – wisten haar volgers niet. Wat ze wel deed, was rond Vaderdag een persoonlijke post plaatsen over de bijzondere band die ze had met de man die had weten te bewerkstelligen dat ze ondanks het grote verdriet zich altijd geliefd en geborgen had gevoeld, dat ze haar havo had afgemaakt en dat ze leefde in de veilige wetenschap dat er altijd iemand was die zonder enige voorwaarden van haar zou houden.

Niet dat het haar volgers veel uitmaakte. Zolang ze hen meenam in haar huis, in de stad, naar het strand en naar feestjes, waren ze tevreden. Als ze hun haar ontdekkingen liet zien op het gebied van kleding of verzorgingsproducten, kreeg ze duizenden likes. Soms, als ze in een cynische bui was, dacht ze weleens dat ze het leven moest leven zoals haar volgers het graag wilden zien, maar zo'n gedachte duurde nooit erg lang. Het was juist andersom. Ze leefde het leven dat ze wilde en het grootste deel ervan deelde ze met mensen die er graag in mee wilden gaan. Om dat werk te kunnen noemen, voelde nog altijd als een luxe.

Het geluid van haar telefoon haalde haar uit haar gedachten. 'Hé,' zei ze toen ze zag dat het haar zus was, 'hoe is het?'

Aan de andere kant van de lijn klonk de vermoeide stem van Nikki. 'Heet', was het antwoord. 'Het was vandaag tweeëndertig graden, maar het voelde als tweeënzestig. Ik ben trouwens voor mijn gevoel ook al tweeënzestig maanden zwanger.'

Suze grinnikte. 'Je hebt het zwaar?'

'Ik begrijp niet waarom baby's niet gewoon met zes maanden volgroeid en wel ter wereld kunnen komen. Laten we eerlijk zijn: het is niet zo dat ze met negen maanden echt afgerond en zelfstandig worden geboren, toch? Een giraffenjong kan binnen vijf minuten staan, wist je dat?'

'Het lijkt me best heftig om een giraffenjong te baren.'

Nikki grinnikte. 'Je hebt gelijk. Sorry, ik ben vandaag niet de gezelligste, geloof ik. Het is gewoon nog steeds zo warm en plakkerig en ik vraag me af waarom mijn kind altijd nét als ik ga liggen een soort lambada gaat uitvoeren in mijn buik.'

'Ik snap het', zei Suze, al kon ze hier niet over meepraten. Ze begreep sowieso niet hoe haar zus, die nu echt flink zwanger was en een fulltimebaan had bij de rechtbank, het allemaal volhield. Soms voelde ze zich op een vreemde manier schuldig over haar eigen leven, dat op veel dagen zo kalm verliep.

'Ik belde trouwens helemaal niet om te zeuren', zei Nikki nu. 'Ik wilde weten hoe het met je is, na vanochtend.'

Ondanks de fysieke afstand waren ze altijd betrokken gebleven bij elkaars leven. In zekere zin spraken ze elkaar nu vaker dan toen ze nog allebei in Amsterdam woonden. In de dagelijksheid van het leven was het makkelijk elkaar uit het oog te verliezen. Met de afstand nam ook de urgentie om elkaar in het vizier te houden toe. Suze was betrokken bij Nikki's leven en andersom kende Nikki Suzes vrienden in Marbella. Maria had ze tijdens haar bezoeken aan Spanje ontmoet en toen zij was verdwenen, had Nikki meteen aangeboden om naar Marbella te komen en te helpen zoeken. Hoe lief ook, Suze had het aanbod afgeslagen.

'We weten niet eens waar te zoeken', had ze gezegd en dat was misschien wel het meest machteloze gevoel dat ze ooit had gehad.

'Tja', zei Suze nu en ze liet haar hand rusten in het zachte bont in Vaga's nek. 'Het was te verwachten natuurlijk. Ze hebben in het begin van het onderzoek een aantal richtingen uitgezet en die zijn allemaal opgevolgd. Zonder resultaat.'

Ze merkte dat ze nu, uren na het nieuws, rationeler werd. Het wás ook te begrijpen, ook al maakte dat het niet makkelijk te accepteren.

'Maar dan nog...' Nikki klonk nu nadenkend. 'Jij hebt zoveel volgers, er moet toch wel iemand zijn die meer weet. Die de tip kan geven waardoor de politie opnieuw gaat zoeken.'

Suze had uiteraard over de verdwijning van Maria gepost en gehoopt dat er tips binnen zouden komen, maar dat was niet gebeurd. Althans, geen bruikbare. Wel hadden zich twee waarzeggers en een medium gemeld, alle drie met de mededeling dat ze Maria konden opsporen. Suze had teruggestuurd dat alle hulp welkom was. Van twee van de drie had ze niets meer gehoord, eentje had laten weten dat ze 'Azië' had doorgekregen: daar zou Maria zich bevinden. Een paar dagen later was er een nieuw bericht gekomen: Australië.

Suze praatte nog even door over de tips en vroeg daarna naar Nikki's werk. Uiteindelijk rondde ze het gesprek af en wenste haar zus succes met de warmte en de dansende baby. Ze trok haar benen onder zich op de bank. Vaga opende loom één oog. Maarten verscheen op het dakterras, maar verdween weer toen zijn telefoon ging. Suze pakte haar mobiel en opende de Instagram-app. Ze scrolde door haar tijdlijn. Er kwam een melding dat ze in enkele tientallen berichten was getagd. Vluchtig keek ze ernaar. Alleen de laatste opende ze, een foto van Celine van vanavond. Geen gezichten, maar vijf cocktailglazen tegen elkaar, van de bovenkant gefotografeerd. Celine had er twee hashtags bij gezet: #friends #findmaria. Die laatste gebruikten ze allebei bij hun posts over de verdwijning.

Het was aan Celines bekendheid te danken dat de zaak rondom Maria door de Nederlandse én Spaanse media was opgepikt. Of meer: de bekendheid van Celine en Max samen. Waar de lokale nieuwswebsites in Marbella eerst weinig interesse hadden getoond in de verdwijning van een Slowaakse serveerster, hadden ze binnen een paar dagen Celine gebeld voor een interview toen zij haar contacten bij *De Telegraaf* had aangewend voor een uitgebreid artikel in die krant.

Met een tikje van haar duim tegen het scherm kwam ze terecht op de tijdlijn van Celine. Er waren foto's van haar en Max samen, op een ligbedje in La Sala by the Sea, een van de hipste beachclubs van de stad, waar ze kind aan huis waren. De foto's waren van een paar dagen geleden. Suze swipete erdoor. Op één foto hield Max een magnumfles rosé in zijn ene hand, zijn andere had hij om de schouders van een bekende Nederlandse acteur geslagen. Die had op zijn beurt zijn arm bezitterig om de taille van zijn knappe en veel jongere vriendin.

Celine had ook gepost over hun Spaanse huis – een mooie villa halverwege een berg, net buiten de drukte van de stad. De post had duizenden likes gekregen, maar niet zoveel als een foto van Celine met haar handen omhoog in de Middellandse Zee. Suze keek naar een andere foto waarop Celine te zien was met een klein jongetje op een podium. Ze glimlachte een beetje vertederd. Dat was Julian, een jochie met de ziekte van Duchenne. Celine had zijn ouders leren kennen en was zo geraakt door het verhaal van het kind dat ze haar socialmediakanalen had gebruikt om geld in te zamelen voor onderzoek naar zijn ziekte.

Suze kende ze ook, de verhalen die online over Celine en Max te vinden waren: die twee waren nep, deden alles voor geld en lachten alleen als er een camera draaide. Maar zo kende ze haar vrienden niet. Celine was een van de liefste mensen die ze om zich heen had, met een groot hart voor haar vrienden en familie. En voor iedereen die haar op straat aansprak en een foto wilde, ook al was het de zoveelste keer die dag en had ze eigenlijk haast. Voor Max gold hetzelfde, ze had hem nog nooit een fan zien afsnauwen.

Suzes blik bleef hangen aan een post van vijf dagen geleden. Celine en Max waren in Málaga geweest en hadden een kerk bezocht. Dat was niets vreemds: vooral Celine was dol op de prachtige oude kathedralen die Spanje te bieden had. Als ze er eentje tegenkwam, wilde ze altijd even naar binnen, rondkijken, ook al had ze die kerk al tientallen malen bezocht. Vaak stak ze een kaarsje op. 'Voor oma', zei ze eerst altijd. Tegenwoordig was het: 'Voor oma en Maria.'

Ook deze keer had ze dat gedaan, getuige de foto op Instagram. Oma werd nu niet genoemd, er stond alleen 'voor Maria' bij. Maria's Instagramnaam was getagd in de post. Suze scrolde door de reacties. Veel hartjes, een paar vragen of er nog nieuws was. Ze wilde al bijna Instagram afsluiten toen haar blik viel op een reactie die ze eerder over het hoofd had gezien.

Viem, ako ti pomôcť.

Ze fronste. De taal deed in eerste instantie geen belletje rinkelen. Ze keek naar de naam van het account. Daaruit was niets op te maken: *Spanishlife29600*. De cijfers vormden een postcode die bij Marbella hoorde en 'Spanishlife' was zo vaag dat het van alles kon betekenen. Het account had geen volgers en volgde zelf slechts een handjevol mensen, een teken dat het vrijwel zeker nep was. Maar toch kon ze die reactie niet zomaar negeren. Ze kopieerde de tekst en liet Google Translate z'n werk doen. Verwonderd keek ze naar de uitkomst.

Ik weet hoe ik je kan helpen.

De tekst was Slowaaks. Suze voelde haar hart even opspringen. *Hoe ik je kan helpen...* Werd Celine hier aangesproken? Of Maria? Dat laatste was logisch aangezien de tekst in haar moedertaal was geschreven, maar het kon net zo goed een boodschap aan Celine zijn. Ze maakte een screenshot van de vertaling en daarna van de post waaronder die was geplaatst en stuurde beide naar Celine. Die kwam, zoals Suze van haar gewend was, meteen online.

Heb ik ook gezien, schreef ze terug. *Vaag toch?*

Suze begon een antwoord te typen, maar het werd lang en niet heel duidelijk. Daarom tikte ze Celines nummer aan. 'Hé', zei haar vriendin vrijwel meteen. 'Rare reactie, vind je niet?'

'Is het naar jou bedoeld of naar Maria?'

'Ik weet het niet.'

'Dat account lijkt nep, maar dan zou je een ander soort reactie verwachten.'

Ze wisten allebei dat fakeaccounts vrijwel altijd werden gebruikt om seksistische, racistische of bedreigende opmerkingen te plaatsen, waarbij bij zowel Suze als Celine de eerste categorie oververtegenwoordigd was.

‘Kun je niet een bericht sturen?’ vroeg Suze. ‘Ik ben toch wel benieuwd wat diegene hiermee bedoelt. En waarom een account dat het Spaanse leven in z’n naam heeft, bericht in het Slowaaks.’

Celine aarzelde even, maar ging toen overstag. ‘Oké’, zei ze. ‘Ik stuur wel een dm. Ik laat het je weten als ik een reactie krijg.’

Suze bedankte haar en beëindigde het gesprek. Daarna legde ze haar telefoon aan de kant en liet haar vingers weer in Vaga’s zachte vacht verdwijnen. De zon was nu definitief verdwenen, de hemel was diepblauw gekleurd, de zee nog een paar tinten donkerder. Aan de andere kant van het terras waren de bergen te zien, zwarte vlakken met her en der verspreid lichtjes waar zich huizen bevonden. De bewegende lampen van auto’s lieten zien waar de weg liep. Dichterbij, evenwijdig aan de kustlijn, waren de lichten van de stad te onderscheiden. Daar werd gegeten, gedanst, gefeest, gelachen. Hier, op dertig meter boven de grond, was het verrassend stil. Een lichte bries speelde met een loshangende haarlok. Vaga bewoog in zijn slaap. Suze sloot even haar ogen, maar in plaats van het gebruikelijke gevoel van kalmte dat een avond op het dakterras haar gaf, voelde ze zich onrustig. Voor haar geestesoog kwam de tekst terug.

Ik weet hoe ik je kan helpen.

Wat als dat wel iets te betekenen had?

Hoofdstuk 4

SUZES TELEFOON LEEK WEL ONTPLOFT. INSTAGRAM-meldingen, appjes, gemiste oproepen van, zo te zien, een journalist van RTL *Boulevard* en eentje van een entertainmentwebsite. Haar zus had een foto gestuurd met daarbij een smiley met hartjesogen. Suze liet de foto ongeopend, net als de rest van haar whatsappberichtjes. Het enige waarnaar ze keek was de tijd. Het was iets na halfeen in de middag en ze herinnerde zich dat ze het halfzeven in de ochtend had zien worden voor ze ging slapen. Ze legde haar telefoon weg en draaide zich om. De plek naast haar was leeg. Typisch Maarten, die kon nooit na tienen nog in bed liggen, zelfs niet als hij tot de ochtend was doorgegaan. Suze zelf liet haar ogen weer dichtvallen. Ze voelde zich alsof ze amper een uur had geslapen.

Toch dommelde ze niet meer in. Beelden van gisteravond kwamen terug in haar hoofd. Joery had zichzelf overtroffen. Of misschien moest ze zeggen: het bureau dat hij had ingehuurd om het feest te organiseren. Van de beats van Dimitro Dekov tot aan de uitzinnige cocktails, het eten, het vuurwerk dat midden in de nacht ineens was verschenen – ze had nog nooit zoiets meegemaakt. Dat Joery zelf om klokslag middernacht zijn vriendin Elodie, een topmodel met wie hij minder dan een halfjaar samen was, ten huwelijk had gevraagd met de grootste en waarschijnlijk ook duurste ring die Suze ooit had gezien, was een van de redenen dat de spreekwoordelijke vlammen nu uit haar telefoon sloegen. Foto's van het feest en al z'n genodigden gingen social media over en iedereen die iets wilde schrijven over hét aanzoek was op zoek naar informatie. Suze vermoedde dat haar beeltenis op de nodige websites te vinden was. Ze was blij dat ze gisteren de moeite had genomen om langs Rein te gaan en een van zijn nieuwste creaties te dragen.

Omdat de slaap niet meer wilde komen, sloeg ze haar benen over de rand van het bed. Ze aarzelde even, maar opende toen toch WhatsApp. De foto die Nikki had gestuurd was een screenshot van een nieuwsbericht van hetzelfde RTL *Boulevard*, dat niet alleen had gebeld maar ook haar voicemail had ingesproken. Ze keek naar zichzelf in die goudkleurige jurk, haar haren nog mooi opgestoken zoals aan het begin van de avond het geval was geweest. Ze hield haar arm om Maartens middel en lachte stralend in de camera. Ze wist nog precies wanneer en door wie die foto was gemaakt – Joery had zelfs een fotograaf ingehuurd om zijn gasten vast te leggen. Blijkbaar gingen zelfs die foto's snel de wereld over.

Ze keek naar de overige whatsappberichten. Er waren er een paar bij van nummers die ze niet had opgeslagen. Allemaal mensen die ze gisteravond had ontmoet, zag ze toen ze de berichten opende. Nu ze de foto's bekeek, kwamen er herinneringen terug. Met een lach dacht ze aan het gesprek dat ze had gevoerd met een surfdame uit Portugal, een vriendin van Joery's gloednieuwe verloofde. 'Ik hou niet eens van feestjes', had de vrouw gezegd toen Suze haar op het bovendek van de Lourdes had aangetroffen. 'Maar Elodie heeft het voor elkaar gekregen mij uit mijn camperbusje te halen en me hiernaartoe te praten.'

'En?'

'Hoe kun je het hier níét naar je zin hebben?' had ze met een grijns gezegd. 'Al ben ik blij dat dit niet mijn wereld is.'

Suze had aan haar lippen gehangen toen ze vertelde over haar leven dat bestond uit in haar camperbusje langs de kust van Spanje en Portugal rijden, zo nu en dan een tijdje werken, heel veel surfen en ondertussen een blog bijhouden over wat ze allemaal beleefde. 'In de ogen van de wereld ben ik mislukt', had ze gezegd. 'Ik heb geen gezin, geen goede baan, geen koophuis, geen bezit. Ook geen bitcoin trouwens.' Dat laatste had ze met een grijns toegevoegd. 'Maar ik geloof dat ik tot de gelukkigste mensen op aarde hoor.'

Die woorden hadden Suze geraakt. Inspiratie, dat was bij haar opgekomen. Was niet iedereen daarnaar op zoek? Kon ze daarin niet een rol spelen door op haar eigen socialmediakanalen meer inspirerende vrouwen aan het woord te laten?

Dat idee speelde nog door haar hoofd toen ze op een link klikte die Rein had doorgestuurd. Ze kwam op een Spaanse website met daarop een heel verslag van het feest. Joery was in Spanje misschien nog wel bekender dan in Nederland en de site had uitgepakt met een lang artikel en heel veel foto's.

Je bent de beste! had Rein geschreven. *Vandaag al meer bestellingen binnengekregen dan in de hele afgelopen maand.*

Ze stuurde een hartje terug en liet hem weten dat ze de hele avond complimenten over de jurk had gekregen. Dat was ook zo, zelfs Elodie had willen weten wie de ontwerper was. Suze hoopte dat ze contact met Rein zou opnemen. Als Elodie een creatie van hem zou dragen, zou dat een nog veel grotere vlucht voor zijn carrière betekenen dan wanneer Suze dat zelf deed.

Ze sloot even haar ogen. Op haar netvlies kwamen

beelden terug van het feest. De peperdure champagne die er uit magnumflessen werd geschonken, de beats van de dj, de schare celebrity's die er zij aan zij hadden gedanst – hier in de beslotenheid van haar eigen stille slaapkamer leken het flarden uit een andere wereld.

Ze ging verzitten. Haar voeten deden nog pijn van het dansen op hoge hakken en ze had zelfs spierpijn in haar benen en rug. Maar bij de herinneringen kwam er een glimlach op haar gezicht. Net als bij de foto's die de entertainmentsite schijnbaar zonder limiet had geplaatst. Ze bleef maar scrollen. Even hield ze stil bij een foto van Max en Celine, stralend in outfits die subtiel op elkaar waren afgestemd. Max zag er glamoureus uit in zijn strak gesneden witzijden overhemd. De ceintuur van Celines eveneens strakke mini-jurk was van hetzelfde materiaal gemaakt. In de jurk zag ze eruit alsof niet Elodie maar zij het topmodel was, en haar haar golfde spectaculair over haar schouder. Twee uur kapper, één uur visagie, wist Suze.

Max en Celine lachten professioneel naar de camera, hun monden precies zo ver geopend dat hun lach oprecht leek maar niet ordinair was. Zijn ene hand lag om haar smalle taille, zijn andere hield hij open naar de camera, alsof hij de fotograaf verwelkomde als een oude vriend. Suze zoomde in op de prachtige oorbellen van Celine die ze gisteravond in het echt had gezien.

'Cadeautje van Max', had ze stralend verkondigd. 'Net als deze.' Ze had haar pols omhooggehouden met daaraan een armband van goud met, net als bij de oorbellen, diamantjes erop.

Suze keek op toen Maarten binnenkwam. 'Hé', zei hij en gaf haar een kop koffie. 'Hoe voel je je?'

'Overreden', zei ze met een lachje en een schorre stem. 'Ik zit de foto's van gisteren te kijken. Er zijn heel wat websites die over het feest schrijven.'

Ze scrolde verder en Celine en de diamanten verdwenen van het scherm. Ze kroop terug in bed en leunde tegen de kussens. Maarten kwam naast haar liggen en pakte zijn eigen telefoon. Een tijdje waren ze allebei verdiept in hun eigen scherm.

Suzes blik viel op een foto van een Spaanse realityster die met haar vrouw poseerde voor de fotograaf. Op de achtergrond zag ze Max, zonder Celine maar met een man in een compleet zwarte outfit. Ze hielden de hoofden naar elkaar.

'Wie is dit?' vroeg Suze en ze hield de telefoon naar Maarten op.

Maarten fronste. 'Laat eens zien.' Hij pakte de mobiel aan en zoomde in op de foto. 'O, dat is Ben. Heb je hem gisteren niet gezien op het feestje?'

Suze pakte haar telefoon weer terug en hield de foto dicht bij haar gezicht. Nu Maarten het zei, zag ze dat de andere man inderdaad Ben Karmgaard was. Ze had hem gisteren nota bene nog gesproken, maar de foto was zo korrelig dat ze hem niet had herkend. 'Ze hebben blijkbaar nogal iets te bespreken', zei ze toen ze verder scrolde. 'Hier, moet je kijken: al deze foto's zijn gemaakt op hetzelfde punt met telkens andere mensen ervoor. Maar die twee blijven de hele tijd op de achtergrond staan.'

Het had bijna iets komisch om de twee mannen op opeenvolgende foto's met de hoofden naar elkaar gebogen te zien staan, en even later ook met de handen bijna in elkaar verstrengeld. Dat laatste deed Suze haar wenkbrauwen fronsen. 'Wat doen ze hier eigenlijk?'

Maarten keek haar aan met een blik die van alles kon betekenen. 'Nee toch?' vroeg Suze. 'Ze gebruiken toch geen...'

'Nee joh, geen drugs.' Hij keek nog eens goed naar de foto. 'Ik begreep dat Max plannen heeft om te investeren in een van Bens projecten, misschien hebben ze het daarover. Hij zei er afgelopen week iets over, maar ik wist niet of ik dat al te serieus moest nemen.'

Suze glimlachte licht. Dat wist je bij Max nooit helemaal zeker.

'Al zijn Max en Celine de laatste tijd wel bezig met de aankoop van vastgoed', zei Maarten. 'Wist jij dat ze vier appartementen in Málaga hebben gekocht? Die gaan ze verhuren.'

'Nee', zei Suze en ze legde haar telefoon aan de kant. 'Dat wist ik niet. Of misschien heeft Celine het wel genoemd, maar heb ik het niet onthouden.'

Aandelen, vastgoed, crypto – Maarten en Max, en ook Ben, mochten graag discussiëren over manieren om hun geld te laten renderen, maar zelf had Suze moeite er enthousiasme voor op te brengen. Nu het haar financieel voor de wind ging, had ze een adviesbureau in de arm genomen dat haar geld beheerde zodat het haar meer opleverde dan de rente van de bank. Maar verder vond ze gesprekken over geld en investeringen oersaai. Ze wist dat het een voorrecht en een luxe was dat er altijd genoeg was en dat ze niet wakker hoefde te liggen van de huur of de boodschappen.

Er kwam een bericht binnen van Alexandra. *Vanmiddag naar Luuma?*

Suze aarzelde. 'Heb je zin om vanmiddag naar Luuma Beach te gaan? Alexandra vraagt dat.'

'Als we dan toch met die kater moeten dealen, is dat wel de beste plek', zei Maarten met een grijns. 'Strandbedje, zee, volgens mij is dat het ideale middel.'

Suze schreef terug dat zij en Maarten van de partij zouden zijn, Alexandra liet weten dat Jorien er ook was en dat ze Max en Celine zou vragen. Suze sloot haar telefoon af en pakte haar koffie. Vanuit het slaapkamerraam zag ze de wolkeloze hemel. Maarten had gelijk: alleen al het vooruitzicht van een ligbedje deed haar hoofd wat meer opklaren.

Ze kwam nu toch echt uit bed en liep naar de badkamer die aan de slaapkamer grensde. Het hete water van de douche voelde weldadig. Daarna zette ze haar haar vast met een klem, werkte de ergste wallen weg met wat make-up en trok alvast haar bikini aan met een zomerjurkje eroverheen. 'Kom mee', zei ze tegen Maarten toen ze de slaapkamer weer binnenliep, maar het enige antwoord kwam in de vorm van een licht snurken. Grinnikend bleef ze even staan kijken, daarna liep ze naar de woonkamer, waar Vaga verwachtingsvol kwispelend op haar stond te wachten. 'Kom maar mee, jongen', zei ze tegen hem en pakte de riem. Even later draaide ze op straat haar gezicht naar de zon en ging op weg naar het strand.

'Het is druk', stelde Maarten droogjes vast toen ze hadden geparkeerd en de rij voor de ingang van Luuma Beach in het oog kregen. Het was weekend, lunchtijd en warm – een geijkt recept voor lange rijen bij populaire strandclubs. Het was een wonder dat Alexandra nog ligbedjes had kunnen reserveren, al leek zij bij alle populaire restaurants, bars en clubs over contacten te beschikken die nooit nee tegen haar zeiden.

'Alexandra is er al', zei Suze, die een berichtje op haar telefoon binnen zag komen. Ze schreef terug dat ze in de rij stonden en stuurde een foto van de wachtende mensen. Een paar minuten later hoorde ze een mannenstem van vooraan de rij: 'Suze!'

Ze keek op en zag het lachende gezicht van Pablo. Opnieuw riep hij haar naam, die met zijn Spaanse tongval klonk als 'Soezie'.

Hij wenkte haar en Maarten en met een enigszins ongemakkelijk gevoel liep Suze langs de rij. Ze beantwoordde Pablo's omhelzing en keek daarna hoe de manager van de strandtent Maarten met een klop op zijn schouder begroette. 'Kom, kom', zei Pablo in het Spaans en hij nam hen mee naar de ligbedjes op de eerste rij. Alexandra zwaaide vrolijk en kwam overeind om hen te begroeten. Vanaf diverse bedjes draaiden, zoals gewoonlijk, mannen hun hoofd door de combinatie van haar strakke lijf en minuscule bikini. Suze moest er altijd een beetje om lachen.

Pablo verdween en keerde al snel terug met flessen bruisend water en een koeler met een fles rosé. Suze kreunde zacht. 'Ik heb net ontbeten.'

'Maar alcohol is het beste middel tegen een kater!' hoorde ze een vrolijke stem achter zich zeggen en het volgende moment kreeg ze een kus op haar wang van Max. 'En geloof me, dat kan ik wel gebruiken.'

Suze lachte en begroette daarna Celine, en Jorien die tegelijk met hen aankwam. Pablo ontkurkte de rosé en Suze liet haar verzet varen. Ze trok haar zomerjurk uit en vlijde zichzelf neer op het zachte ligbedje. Ze hoorde Max vertellen over het feestje van gisteren en Maarten lachte om iets wat hij zei. 'Ik had me voorgenomen om nooit meer te drinken', zei Celine met een klein stemmetje naast haar. 'Waarom vergeet ik toch altijd dat alcohol en ik niet goed samengaan?'

'Niemand gaat goed samen met zulke hoeveelheden', zei Suze met een glimlachje. 'Hoe laat waren jullie thuis? Volgens mij waren wij voor jullie weg.'

'Dat kan bijna niet anders', zei Celine. 'Het was al licht toen wij naar huis gingen.'

Ondanks de korte nacht, of wat daarvoor door moest gaan, zag Celine er uitgeslapen uit. 'Het geheim is een goede zonnebril', grinnikte ze toen Suze daar een opmerking over maakte. Ze schoof haar grote, zwarte bril even naar haar voorhoofd en Suze lachte ook. 'Oké, laat maar', zei ze bij de aanblik van Celines kleine oogjes en donkere wallen. 'Ga je mee zwemmen?'

Ze zette haar glas weg en liep naar het water, dat net fris genoeg was om verkoelend te zijn maar niet zo koud dat ze ervan huiverde. Celine volgde haar en naast elkaar dobberden ze in de kleine golven. Suze proefde het zout op haar lippen. Met haar blik volgde ze een tweetal met een luchtbed en drie tieners die met een bal overgooiden. Een van de jongens miste de bal elke keer met veel misbaar zodat hij zogenaamd per ongeluk in de buurt van het meisje naast hem moest zijn om hem te pakken. Ze glimlachte om de opzichtigheid waarmee hij te werk ging.

'Het was wel leuk gisteren, hè?' zei Celine. 'Ik ben blij dat we er toch bij konden zijn.'

Suze knikte. 'Joery heeft weer uitgepakt. Niet normaal hoeveel sites erover hebben geschreven, trouwens.'

'Ja, wat wil je.' Celine duwde haar zonnebril wat rechter op haar neus. 'Als je zo'n beetje heel bekend Marbella en Amsterdam uitnodigt...'

'Nu klink je echt als een snob', grinnikte Suze. 'Alsof er geen belangrijkere steden bestaan op de wereld.'

Celine moest ook lachen. 'Dat klonk wel een beetje verwend', gaf ze toe. 'O, volgens mij wil Max aandacht.'

Vanaf het strand stond haar vriend met grote gebaren te zwaaien. Daarna wees hij naar iets wat hij tussen zijn vingers geklemd hield. 'Zo te zien heeft hij oesters besteld', zei Celine.

Suze kneep haar ogen samen. 'Dat is voor mij een reden om hier te blijven', zei ze. 'Je weet hoe vies ik die dingen vind.'

'Er is vast nog wel iets anders', zei Celine grinnikend. 'Kom mee.'

Suze volgde haar vriendin naar de kant. Er bleken niet alleen oesters te zijn maar een hele schaal met fruits de mer, vis en heerlijk vers brood. Suze hapte genietend in zalm, tonijn en calamares en strekte zich daarna kreunend uit op haar bedje. Ze staarde een tijdje voor zich uit, probeerde wat te lezen maar elke keer werd haar aandacht afgeleid. Er arriveerden andere gasten, kinderen renden lachend voorbij, er kwam een ober met een nieuwe fles rosé. Alexandra zei tegen Suze dat er ondanks het feit dat het weekend was, allemaal aanvragen voor nieuwe samenwerkingen waren binnengekomen. Suze knikte loom. 'Laten we er morgen naar kijken', zei ze omdat het haar aan de energie ontbrak om vandaag aan werk te denken. Ze blikte opzij. Naast haar was Celine verdiept in iets op haar telefoon. Suze zag hoe ze ingespannen naar het scherm staarde, met twee vingers inzoomde en het scherm toen nog wat dichter bij haar gezicht bracht. Zachtjes stootte ze haar vriendin aan. 'Heb je nog antwoord gekregen op die dm?'

Ze praatte zo zacht dat de rest het niet kon horen, al wist ze zelf niet goed waarom. Ze had die reactie op Celines post ook niet met Maarten besproken.

Celine keek op. 'Welke dm?'

'Van dat vreemde account, Spanishlife.'

'Nee.' Celine schudde haar hoofd. 'Niets meer van gehoord.'

Suze keek even voor zich uit en nam een slokje van haar rosé. 'Denk je dat we het aan de politie moeten doorsturen?'

Celine keek in haar richting, maar gaf geen antwoord. Suze wist zelf ook dat de kans klein was dat de politie iets zou doen met een vage opmerking van een nepaccount. Was het niet juist Oost-Europa waar vele nepaccounts werden aangemaakt en beheerd om de informatievoorziening in andere landen te verstoren? Zou het kunnen dat de media-aandacht die Maria's verdwijning had gegenereerd, ertoe had geleid dat het account van Celine in de scope van de internettrollen was gekomen?

Het gebrek aan een antwoord maakte voldoende duidelijk dat de reactie niet serieus genomen moest worden, en de politie zou er al helemaal niets mee doen. Het was alleen... Bij een gebrek aan strohalmen wilde ze zelfs het kleinste sprietje vastpakken en bij zich houden. Maar ze moest het loslaten.

‘Suus!’ De stem van Maarten haalde haar uit haar gedachten. ‘Wat doe je morgen?’

Ze moest even omschakelen. ‘Werken, hoezo?’

‘Heb je afspraken?’

‘Nee, ik heb alleen...’

‘Mooi!’ Dat was Max. ‘Dan gaan we sportief doen.’

Suze keek vragend. ‘En dat houdt in...?’

‘We moeten die verwende lichamen van ons in beweging krijgen’, grijnsde Max. ‘Het enige wat we doen is op een bedje liggen en oesters eten.’

‘Dat is het enige wat *jíj* doet’, verbeterde Celine hem. ‘Ik sta elke dag op de loopband, mocht je dat hebben gemist.’

Suze knikte. Zelf ging ze met gemak drie keer per week naar de sportschool en dan rekende ze de wandelingen en hardlooprondjes met Vaga nog niet eens mee. ‘Maar ik ben het met je eens dat het voor jou geen kwaad kan om te sporten’, zei ze plagend.

‘En jullie gaan mee’, zei Max. ‘Maarten kan ook, zegt hij. Ik heb een website ontdekt met mooie wandelroutes rond Marbella. Ongelooflijk dat we dat niet eerder hebben gedaan, de omgeving is hier prachtig. Ik heb even gekeken en als we elke week een wandeling willen maken, heb ik een mooie volgorde gevonden.’

Typisch Max, bedacht Suze, om niet voor te stellen een keertje te gaan wandelen, maar meteen een heel plan uit te stippelen én uit te voeren. ‘Oké’, zei ze lachend omdat ze die eigenschap van hem eigenlijk wel kon waarderen. Max was in staat om zelfs van het kleinste moment een feest van jewelste te maken. 'En waar gaat de wandeling naartoe?'

'Vanuit Ojén naar de mirador', zei Max. 'Je hebt vanaf het uitzichtpunt echt een prachtig zicht op de stad en de omgeving.'

Automatisch dacht Suze al aan de foto's die ze zou maken en de tekst die ze erbij zou zetten. Ze wist dat veel mensen als ze naar Marbella gingen, op haar account keken voor wat ze in de stad konden zien en doen.

'Laten we om tien uur in Ojén verzamelen', zei Max. 'Ik stuur de locatie van de parkeerplaats nog door.'

Suze humde instemmend. Daarna richtte ze haar blik weer op de zee en nam nog een slokje rosé. Die verdreef de kater niet, maar maakte haar alleen maar loom. Even overwoog ze een foto te maken om op Instagram te delen, maar ze kon zich er niet toe zetten. In plaats daarvan pakte ze haar boek uit haar tas en liet zich meevoeren in het verhaal. Maar al na een paar minuten zakten haar ogen dicht en ook al probeerde ze de slaap te weerstaan, ze zonk uiteindelijk weg in de diepte.

Hoofdstuk 5

HET WAS HIER METEEN EEN STUK RUIGER. ZE HADDEN de auto geparkeerd op een parkeerplaats die alleen via een weg vol hobbels te bereiken was. Vaga had vanaf zijn plek op de achterbank eerst verwonderd gekeken en was toen bij elke kuil en hobbel wat ineengekrompen, zoekend naar evenwicht. Het was maar goed dat hij in een speciale hondengordel vastzat, anders was hij van de bank gegleden.

Maarten had de auto stilgezet en toen ze de deur opende, merkte Suze dat de temperatuur hier lager was dan in de warme stad, waar de zon vandaag brandde en de hitte tussen de gebouwen bleef hangen. 'Heerlijk', zei ze en ze keek om zich heen naar de begroeide berghelling aan de ene kant en de weide aan de andere kant van de parkeerplaats. Het gras was geel verkleurd. Iets verderop was een klein hotel.

Maarten opende het portier en maakte de gordel van Vaga los. De hond sprong eruit en begon onmiddellijk te snuffelen. Er klonk geronk van een zware motor en even later draaide de sportwagen van Max en Celine de parkeerplaats op. Een auto van het soort dat het prima deed op de asfaltwegen rond de stad en de boulevards langs de stranden, maar duidelijk niet gebouwd was voor onverharde hobbelwegen. Zeker niet voor stoffige hobbelwegen, te oordelen naar de beige nevel over de witte lak.

'Is het hier niet prachtig?' zei Max toen hij uitstapte en met een brede lach om zich heen keek. 'Alsof je op nog geen dertig minuten van de stad in een heel andere wereld bent.'

Dat gold, bedacht Suze, voor het hele achterland van de Costa del Sol. Aan de kust had je de pracht en praal van Marbella, Málaga en de andere kustplaatsen waar het Spaanse toeristenleven van zon, zee en strand – en eten – hoogtij vierde. Maar nog geen dertig kilometer verderop, in het binnenland, zag het leven er anders uit. Bergachtige natuur, slingerweggetjes en rustige dorpjes, alsof de drukbevolkte en volgebouwde kustlijn niet op minder dan een halfuur rijden lag.

'Deze kant op', zei Max toen de rugtassen uit de auto

waren gehaald, de veters nog eens extra gestrikt en de route bestudeerd. 'De wandeling duurt ongeveer anderhalf uur en als we geluk hebben komen we steenbokken tegen, want die leven hier in de bergen.'

Hij ging voorop naar het begin van het wandelpad. Celine liep naast hem, Maarten en Suze volgden daarachter. Vaga sloot de rij, maar al snel draafde hij naar voren, zodat hij voor Max en Celine kwam te lopen.

Het eerste stukje ging steil omhoog. Suze voelde haar kuiten trekken en haar bovenbenen protesteren. Gelukkig kwamen ze al snel op een wat vlakker pad. Onder haar voeten vormde het losse zand stofwolkjes. Rechts van haar keek ze omhoog langs de rotswand met grote keien, links had ze mooi uitzicht over de omgeving. De witte huisjes van het dorpje Ojén lagen te schitteren in de zon. Ze keek naar Maarten die duidelijk genoot. Misschien was dit precies wat hij nodig had nu de deadline van zijn stressklus verstreken was en hij moest wachten tot de definitieve goedkeuring vanuit de platenmaatschappij zou komen.

Ze volgden het pad verder omhoog. Nu eens versmalde het zich en moesten ze dicht langs de houten balken lopen die hen van de steeds dieper wordende afgrond scheidden, dan weer was het pad breed en werd het zand afgewisseld met brede en puntige rotsblokken.

'Kijk daar!' riep Maarten en hij wees ver boven zich. Suze volgde de richting van zijn vinger en zag een steenbok die op zeker dertig meter boven hen op een smalle richel stond. Het dier hield zijn kop met daarop indrukwekkende hoorns omhoog en staarde over de omgeving alsof hij de koning was en de berg zijn rijk.

'Wauw...' zuchtte ze, al voelde ze haar hartslag wat toenemen. 'Wat een mooi dier. Maar ze zijn niet gevaarlijk, toch?'

'Volgens mij niet, zolang je afstand van ze houdt', zei Maarten. 'Maar als ze jongen hebben, kunnen ze zich wel verdedigend gedragen.' Hij grinnikte toen hij naar haar keek. 'Je ziet eruit alsof ik heb gezegd dat hier tijgers rondlopen.'

Suze keek bevreesd. Sinds ze als kind op de kinderboerderij een geit had getroffen die met zijn hoorns duidelijk had gemaakt dat hij vond dat hij het brood in haar hand niet snel genoeg kreeg, was ze voorzichtig met alle dieren met hoorns.

Ze liepen door en Suze kwam naast Celine te lopen. Ze haakte haar arm in die van haar vriendin. Max en Maarten liepen nu een meter of tien voor hen.

Al snel volgden Suzes voetstappen hetzelfde ritme als die van Celine.

'Ik wil iets met je bespreken', zei ze.

Suze keek opzij. Er was iets in Celines stem dat haar deed fronsen. 'Wat dan?'

'Niet nu.' Celine schudde kort met haar hoofd. 'Heb je morgen tijd? Ik heb een tafel geregeld bij Nosso voor de lunch.'

'Ja, tuurlijk', zei Suze. 'Maar als er iets is...' Ze hield

haar pas wat in. 'Je weet dat je me alles kan vertellen, toch?'

Celine knikte en schudde daarna haar hoofd. 'Liever morgen. Ik heb om één uur gereserveerd. Alleen jij en ik, oké?'

'Ja', zei Suze en ze keek nog een keer opzij, maar Celines gezicht verraadde niets. Maarten kwam naast hen lopen. 'Er vliegt daar een steenarend', zei hij en hij wees omhoog met fascinatie op zijn gezicht. 'Wat een vogel, hè?'

Suze keek omhoog en zag de grote vogel zweven, maar haar blik gleed weer naar Celine. Haar vriendin had echter haar pas versneld, zodat ze naast Max kwam te lopen. Die ging voorop als een reisleider, met verende tred en wijzend naar wat hij om zich heen zag. Maarten liep nu weer naast Suze. Hij pakte haar hand en kneep erin. 'Mooi hier, hè?'

Suze knikte, keek om zich heen en zette toen de gedachte aan Celine van zich af. Wat er ook aan de hand was, ze zou het morgen wel horen.

Ze passeerden een tegemoetkomende wandelaar. Suze groette met een glimlachje, maar Vaga beschouwde de tegenligger als een oude vriend en sprong enthousiast om hem heen. De man lachte, haalde de hond aan en vervolgde toen zijn weg.

'Wat als wij dat zouden doen', grinnikte Maarten.

'Wat?'

'Iedere onbekende bespringen alsof onze hele dag niet meer stuk kan als we juist diegene tegenkomen.'

'Lijkt me vermoeiend', zei Suze lachend. 'Al zou de wereld er misschien wel gezelliger van worden. Dan moet je mij trouwens ook begroeten alsof ik vijf jaar weg ben geweest, elke keer als je me langer dan drie minuten niet ziet.'

Maarten lachte nu voluit. 'Je zou gek van me worden.'

Samen keken ze met vertedering naar hun hond die enthousiast kwispelend voor hen uit rende. Ook al hadden ze hem pas een jaar, Suze kon zich niet meer voorstellen hoe het leven zonder hem zou zijn. Ze geloofde steeds meer dat het geen toeval was dat uitgerekend zij het nestje met drie puppy's had gevonden toen ze eerst verkeerd was gereden en daarna een lekke band had gekregen. Op het verlaten bouwterrein net buiten de stad zou ze anders nooit terecht zijn gekomen. En ze zou er nooit zijn gestopt als haar auto er niet ratelend en hobbelend de brui aan had gegeven. En dan had ze ook nog amper bereik op haar telefoon.

Balend van de hele situatie was ze uitgestapt, om vast te stellen dat een serie grote spijkers en schroeven de rechtervoorband had doorboord. Ze probeerde het nummer op te zoeken van de Spaanse variant van de Wegenwacht, waarvan ze het lidmaatschap automatisch bij elke onderhoudsbeurt van de auto kreeg, maar zonder netwerk was dat een kansloze missie. Net zo kansloos als haar volgende plan om Maarten te bellen voor hulp.

Ze raakte niet snel in paniek, maar met de wetenschap dat het een heel eind lopen was naar huis, dat het bouwterrein niet een paar uur maar zo te zien al maanden verlaten was en dat ze in de brandende zon geen water of iets anders te drinken bij zich had, was haar hart gaan bonken en had ze zweet in straaltjes op haar rug gevoeld. Met gevoel voor drama had haar geestesoog haar meteen beelden voorgeschoteld van haar eigen lichaam, uitgedroogd op het gravel van het bouwterrein, weken nadat ze hier was gestrand.

Misschien, had haar ratio het toen overgenomen, moest ze even naar een hogergelegen stukje lopen en had ze daar wel bereik op haar telefoon. En anders kon ze natuurlijk altijd nog met die kapotte band verder rijden. Het zou ongetwijfeld de velg slopen en misschien nog wel meer schade toebrengen aan de auto, maar zolang de motor het deed kon ze vast wel ergens komen waar haar telefoon het deed of waar ze om hulp kon vragen.

Een eindje bij de auto vandaan was het bouwterrein iets omhooggelopen en daar had ze geprobeerd netwerk op haar telefoon te krijgen. Terwijl haar mobiel naar bereik zocht, was haar aandacht echter afgeleid door een zacht piepen. Het leek nog het meest op wat ze vroeger in het kippenhok van haar tante op de boerderij had gehoord en ze was er automatisch van uitgegaan dat het van vogels kwam. Maar toen ze verder liep was het piepen doordringender geworden, minder vogelachtig ook. Er zat zelfs een klein, hoog blafje bij. En toen, terwijl haar telefoon het nog steeds niet deed, had ze het nestje gezien, verborgen in een spleet tussen het omhooglopende gesteente.

Van schrik en ontzetting had ze haar telefoon bijna uit haar hand laten vallen. Meteen was ze de autoband vergeten, net als het gebrek aan netwerk. Drie paar puppyogen hadden haar aangestaard. Drie kleine bolletjes lichtbruin bont, waarvan eentje met een wit en eentje met een zwart vlekje op z'n neus. De hondjes waren hooguit een paar weken oud en een moederhond was nergens te bekennen. Suze had haar hand uitgestoken en ondanks vuil en korstjes de zachtheid van de vachtjes gevoeld. Een van de hondjes, die met het witte vlekje op zijn neus, had met zijn scherpe puppytandjes zachtjes haar wijsvinger gepakt om haar daarna met zijn grote bruine ogen intens aan te kijken, en dat was het moment dat ze had geweten dat ze hem niet meer zou laten gaan.

Een paar meter van de vindplaats had haar telefoon weer netwerk gehad en ze had Maarten gebeld met de mededeling dat ze vanaf nu een hond hadden, en o ja, de auto was ook kapot. Hij had er niets van begrepen maar ze had via WhatsApp haar locatie doorgestuurd en een halfuurtje later was zijn auto de bouwplaats op gedraaid. Met z'n tweeën hadden ze de puppy's voorzichtig opgetild en in een deken gewikkeld die onderdeel bleek uit te maken van het noodpakket in Maartens auto. Alle drie waren ze op weg naar de stad in een diepe slaap gevallen. Op haar telefoon had Suze een dierenasiel opgezocht waar ze twee van de drie hondjes naartoe hadden gebracht en waar ze hadden betaald voor de verzorging, medische kosten en herplaatsing van de beestjes. De derde was met zijn pootje in haar hand op haar schoot onderweg naar huis rustig verder gaan slapen. Pas uren later had Suze verschrikt gevraagd hoe ze haar auto eigenlijk terug zouden krijgen, maar dat bleek Maarten allang te hebben geregeld.

De puppy was in een jaar tijd uitgegroeid tot een middenmaat hond waar de dierenarts iets van labrador, podenco en herder in meende te zien, maar eigenlijk was de term 'vuilnisbakkenras' meer van toepassing. Het kon Suze ook niet echt schelen welke rassen Vaga in zich had, wat veel meer telde waren zijn lieve karakter en vrolijke aard. Het was natuurlijk een onbezonnen actie geweest om zomaar een gevonden puppy in huis te nemen en ze wist dat ze geluk had met hoe goed die actie had uitgepakt. Al had ze er nooit aan getwijfeld dat dat zou gebeuren – de zekerheid dat ze dit moest doen lag al besloten in de eerste blik in die bruine ogen.

Nu waren de bruine ogen strak op de grond gericht, omdat Vaga meende iets belangrijks op het spoor te zijn. Met zijn neus naar de grond draafde hij ingespannen voor hen uit. Plotseling bleef hij staan, stak zijn kop in de wind en keek om zich heen. Toen vervolgde hij zijn speurwerk. 'Wat zou hij ruiken?' vroeg Suze aan Maarten.

'Iets spannends, blijkbaar. Hij gaat er helemaal in op.'

Suze richtte haar blik op Max en Celine, die druk in gesprek waren. De afstand was te groot om te horen wat ze zeiden, maar het leek of Celine zich ergens over opwond. Max keek af en toe opzij en antwoordde dan, maar hij was duidelijk kalmer dan zij. Suze keek naar Maarten, maar die had zijn blik nog steeds naar boven gericht om de hemel af te speuren naar meer bijzondere vogels.

Het pad werd nu weer wat smaller en voerde hen rond de berg. De afgrond was ook hier met horizontale houten balken afgeschermd. Suze wierp een blik naar beneden. De steile helling was begroeid met struiken. Her en der zag ze een richeltje, verderop waren meer steenbokken te zien. Ze riep Vaga die een beetje was achtergebleven. Hij rende langs hen en haalde ook Max en Celine in, waarna hij om de bocht uit het zicht verdween. Max en Celine bleven staan en wezen naar iets dat zij al wel maar Suze en Maarten niet konden zien. 'Een hele groep!' riep Max enthousiast.

'Moeten we Vaga niet even aan de riem doen?' vroeg Suze benauwd.

Maarten riep de hond, maar er gebeurde niets. Even leek het erop dat hij de benen had genomen, maar toen verscheen hij toch weer. Suze haakte snel de riem aan zijn halsband, liep verder en toen zag ze wat Max bedoelde. Voor hen op het pad stond een groep van zo'n tien steenbokken, stokstijf en met de blikken op hen gericht. Meteen bonkte haar hart in haar keel. Vaga was blijven staan en keek nieuwsgierig naar de vreemde wezens. Toen begon hij te kwispelen en trok aan de riem om dichterbij te komen, maar Suze hield hem bij zich. Ze keek verontrust naar de dieren, maar die leken rustig en vooral nieuwsgierig.

'Kunnen we erlangs?' vroeg ze aan Max die het dichtstbij stond. 'Of moeten we wachten?'

'Ik denk dat we wel door kunnen lopen', zei hij. 'Hoewel, heb je dat gehoord van die Belgische toerist laatst?'

'Hou op', zei Suze nerveus. Ze kende de gewoonte van Max om op net de verkeerde momenten de meest enge verhalen op te diepen. Toen ze een keer gingen vliegen, had hij zich vooraf verdiept in de ergste vliegrampen en hun oorzaken. Kennis die hij tijdens het opstijgen best even wilde delen.

'Wat was daar dan mee?' vroeg Maarten, maar Max gaf geen antwoord. In plaats daarvan zette hij een paar passen naar voren om de reactie van de bokken te testen. Een van de dieren hief zijn kop, de rest reageerde niet. Suze staarde naar de imposante hoorns en de scherpe punten aan de uiteindes ervan. Ze huiverde en zette een stapje achteruit. Vaga dribbelde wat onzeker heen en weer.

'Kom maar', zei Max, die nu dicht bij een van de bokken stond. 'Volgens mij kunnen we er gewoon langs lopen.'

Maarten nam Vaga's riem van Suze over en zij liep achter Celine aan naar de steenbokken. Alsof die haar angst opmerkten, hieven twee bokken hun kop. Suze stond als aan de grond genageld. Het volgende moment kwam de groep in beweging. Suze slaakte een kreet en één moment lang zag ze voor zich hoe de bokken over haar heen zouden stormen, maar toen schoten ze tegen de bergwand omhoog. Voor even vergat Suze haar angst en keek vol bewondering hoe de dieren over het steile steen klommen alsof ze onzichtbare lijm aan hun hoeven hadden.

Met een pufje liet ze haar adem ontsnappen, maar haar hart bleef hameren. Ze liepen verder. Maarten maakte de riem van Vaga weer los. 'Verderop is het uitzichtpunt', zei Max, die de route op zijn telefoon bestudeerde. 'Met dit heldere weer zou je een mooi zicht op Marbella moeten hebben.'

Ze liepen verder en Suze voelde hoe haar hart langzaam weer normaal begon te doen. 'Ik hoop maar dat die bokken ons nu met rust laten', zei ze nog wat huiverend tegen Maarten.

Celine keek om. 'Gaat het?'

'Doodeng, die beesten.' Suze huiverde nog even. 'Ik dacht echt dat ze me zouden aanvallen.'

Met haar hand veegde Suze het zweet van haar voorhoofd. 'Dat uitzicht kan maar beter de moeite waard zijn', zei ze met een trillend lachje.

Ze volgden het pad, dat hier breed was en eerst licht en toen steiler omhoogleidde. Max keek opnieuw op zijn telefoon. 'We zijn er bijna', riep hij naar Suze en

Maarten, waarna hij op een drafje naar Celine liep. Zij liep een stukje voor hem en hield een hoger tempo aan dan de rest. Suze keek eerst fronsend naar haar vriendin en daarna naar Maarten. 'Heeft ze haast?'

Hij trok met zijn mond en haalde zijn schouders op. Suze richtte haar blik op Max, die Celine nu had ingehaald en met zijn hand haar elleboog pakte. De armbeweging waarmee zij die wegtrok, was onmiskenbaar. Ze blikte opzij om te zien of het Maarten ook was opgevallen, maar hij had weer alleen maar oog voor de vogels die hoog boven de bergen cirkelden. Vluchtig dacht ze aan de afspraak van morgen. *Alleen jij en ik...*

Misschien kwam het doordat ze in gedachten was geweest, misschien doordat de beesten ondanks hun grootte zo vlug en behendig waren, maar ze had de groep niet opgemerkt tot ze ineens recht voor haar stonden. Met een kreet kwam ze tot stilstand. De bokken staarden haar aan, niet vriendelijk, niet vijandig, gewoon starend. 'Maarten!' riep Suze in paniek.

'Rustig maar', klonk de vertrouwde stem van haar vriend achter haar. 'Ze gaan zo wel aan de kant.'

'Waar is Vaga?' vroeg Suze gealarmeerd. Ze keek om zich heen, maar de hond was nergens te bekennen. Verderop klonk de stem van Max, maar ze had geen aandacht voor hem. 'Vaga!' riep ze paniekerig. 'Kom hier!'

De hond liet zich echter niet zien. Maarten draaide om en liep een stukje terug, maar Suze was bang om de bokken haar rug toe te keren. Liever wilde ze zien wat de dieren deden. Daarom zette ze een aantal passen achteruit. De bokken bewogen niet.

'Ik heb hem!' riep Maarten en ze hoorde aan zijn stem dat hij ook geschrokken was. Vlug keek ze over haar schouder om te zien hoe hij de hond aan de riem deed. Meer dan een paar seconden kon het niet zijn geweest, maar ineens stond de voorste bok op minder dan een meter afstand van haar. Ze had hem niet eens zien bewegen. Hij bewoog zijn kop omlaag en maakte dreigende bewegingen met zijn hoorns. Suze gilde en probeerde hem met wilde armgebaren te verjagen, maar het dier liet zich niet zomaar wegsturen. Hij stootte met zijn kop en kwam nog wat dichterbij. Suze week achteruit, maar voelde het hete steen van de rotswand tegen haar rug. Dichtbij maakte Maarten harde, dreigende geluiden. Vaga blafte onophoudelijk. Ze hoorde een schreeuw, maar wist niet van wie die kwam – misschien van haarzelf?

Daarna gebeurde er van alles tegelijk. Woest blaffend schoot Vaga naar voren. Hij sprong naar de poten van de bok en maakte happende bewegingen. 'Vaga, nee!' schreeuwde Suze. 'Niet doen!' Eén verschrikkelijk moment lang dacht ze dat de bok naar voren zou stormen en met zijn hoorns de hond zo hard zou stoten dat hij levensgevaarlijk gewond zou raken, of erger. Toen leek het hele beeld even stil te staan. Automatisch hield ze haar adem in, Maarten was verdwenen.

De bok hief zijn kop en toen, alsof hij een inschatting van de situatie had gemaakt en niet zeker kon zijn van zijn overwinning, draaide hij zich opzij en stormde de berg op.

De opluchting duurde niet lang. De gil die ze net al had gehoord verlengde zich. Het geluid kwam niet van haarzelf, dat wist ze nu zeker, en automatisch rende ze in de richting waar ze het hoorde. 'Celine!' riep ze, zeker wetend dat ook haar vriendin door de steenbokken in de problemen was gekomen. Even verderop bleef ze staan. Het uitzichtpunt strekte zich vlak en stoffig uit van het pad tot aan het hek op de punt, een meter of tien verder. Aan weerszijden van het uitzichtpunt werd de afgrond afgeschermd door lage bosjes met hier en daar een opening. Max stond bij het pad en keek haar kant op, zijn handen geheven, zijn gezicht volledig ontredderd. 'Ik...' bracht hij met moeite uit. 'Ze...'

Achter hem, waar Maarten stond, schoot een bok weg, en toen nog eentje. Automatisch volgde Suze de dieren met haar ogen, terwijl haar hart nog veel harder begon te hameren.

'Waar is Celine?' vroeg ze aan Max met een stem die hoog en hard klonk door de paniek die zich nu door haar lichaam verspreidde. 'Waar is...'

'Celine!' Dat was Maarten die nu naar voren rende en woest om zich heen keek. 'Celine!'

'Ze is...' Max zonk nu op zijn knieën en vouwde zijn handen voor zijn ogen. 'Nee...'

'Waar is ze?' Maarten rende heen en weer, trok Max overeind en schudde hem aan zijn schouders heen en weer. 'Waar is Celine?'

'De bokken.' Hij keek ontredderd heen en weer tussen Suze en Maarten. 'Ze waren er ineens. Ik rende naar haar toe, maar... maar...'

'Maar wat?' Maarten liet Max los en rende nu naar het hek. Hij keek eroverheen en slaakte een kreet. Met zijn handen voor zijn mond gevouwen bleef hij staan.

Max staarde met grote ogen naar Suze. 'Ze waren met zoveel en ze begonnen te dreigen en toen...'

Suze wilde haar oren bedekken met haar handen als een kind dat geloofde dat je daarmee de wereld kon buitensluiten. Niet zeggen, smeekte ze in gedachten. Niet zeggen. Dan was het niet gebeurd.

'Ze renden zo naar haar toe.' Max maakte weinig specifieke handgebaren. Hij hijgde en zweet droop van zijn gezicht. 'Met die hoorns. En ze... ze...'

'We moeten bellen!' Dat was Maarten die zich met een krijtwit gezicht bij hen voegde. 'De politie! Nee, de reddingsdienst. Een helikopter!' Hij trok zijn telefoon uit zijn zak. Suzes oren suisden inmiddels, waardoor zijn woorden vertraagd door leken te komen. Met het gevoel dat de grond onder haar golfde liep ze bij Max en Maarten vandaan. 'Celine!' riep ze zo hard dat het pijn deed in haar keel, maar ergens wist ze al dat ze geen antwoord zou krijgen. Vaga liep met haar mee, maar hield stil op een paar meter van de rand. Automatisch dirigeerden haar voeten haar verder. Het hek kwam tot haar heup, maar het was niet lang, hooguit een meter of twee. Links en rechts stonden struiken.

Haar hart knalde bijna uit elkaar, haar maag trok samen. Alles in haar schreeuwde dat ze moest omkeren, behalve dat ene niet te negeren instinct dat zei dat ze haar angst de baas moest worden, haar nek moest uitstrekken en over de rand moest kijken.

Ze haalde zo diep adem dat het pijn deed in haar longen. Toen leunde ze iets naar voren en deed wat haar onderbewuste haar opdroeg. Automatisch sloot ze haar ogen, maar een paar tellen later opende ze ze weer en keek over de rand. Alles leek in slow motion te gaan. Haar hersenen weigerden door te geven wat haar ogen zagen, tot ze echt niet meer kon ontkennen wat ze meters lager zag. Want tussen het groen van de struiken en het grijs van de rotsblokken stak het roze shirt fel af. Blond haar waaierde uit. De armen gespreid, de benen in een onnatuurlijke hoek. Misselijkheid vloog als een golf door Suzes lichaam en toen ze haar mond opendeed, echode het geluid van haar schreeuw tegen de bergwand.

Twee maanden later

Hoofdstuk 6

EVEN DACHT LENA GOMEZ DAT ZE HET NIET GOED had gezien, maar het klokje onder in het scherm van haar computer gaf het toch echt aan: 21.36 uur. Ze trok haar wenkbrauwen op. Hoe konden er twee uur zijn verstreken sinds ze zich had voorgenomen naar huis te gaan?

Ze keek op haar telefoon. Een berichtje van Juan, al bijna een uur geleden gestuurd. Ze opende de foto. Twee bakjes van haar favoriete traiteur en een geopende fles wijn.

Snel stuurde ze een bericht terug, vol excuses en met plaatjes van gevouwen handjes om haar woorden te ondersteunen. Juan reageerde vrijwel meteen. *Dushi vond het heerlijk.* Hij had er een smiley met lollig rollende ogen bij gestuurd om aan te geven dat hij niet serieus meende dat hun kat het eten had verorberd.

Lena liet hem weten dat ze eraan kwam en sloot het computerprogramma waarin ze had zitten werken. De aangifte van een autodiefstal die ze vandaag had opgenomen, moest maar tot morgen wachten. Ze sloot ook haar mailprogramma en wilde hetzelfde doen bij de internetbrowser, maar haar blik bleef hangen aan de webpagina die ze als laatste had geopend. Een nieuwsbericht over Celine de Rooij. In de kop werd spectaculair aangekondigd dat er nieuwe ontwikkelingen waren, in de tekst bleek dat een foto van Celines vriend Max die zich op een feestje bevond tot die 'nieuwe ontwikkelingen' was opgeklopt. Clickbait, maar toch had het bericht haar aandacht getrokken. Zoals nog steeds alles rondom dat vreemde ongeluk haar aandacht trok.

Het dossier was gesloten en ze gingen er geen tijd meer aan besteden, daarin was Bernardo duidelijk geweest. Het klopte ook, theoretisch gezien. Alles wees op een ongeval. De deskundigen die ze hadden geraadpleegd, hadden bevestigd dat steenbokken agressief gedrag konden vertonen. De ondergrond op het uitzichtpunt was weliswaar grotendeels vlak, maar ook rommelig, met losliggende keien en verraderlijke inhammen bij de afgrond. In paniek had Celine niet gekeken waar ze haar voeten neerzette, toen ze door de bokken steeds verder achteruit was gedwongen. Tot ze onder haar voeten geen steen meer had gevoeld.

De puzzelstukjes pasten in elkaar en leidden automatisch naar de getrokken conclusie: ongeval. De zaak was gesloten en Lena was er ook deze keer slechts zijdelings bij betrokken geweest, voornamelijk in het contact met Celines vriend en met Suze en Maarten. Het sluiten van de zaak had natuurlijk het einde van dat contact betekend en het was logisch dat de zaak daarmee uit haar hoofd verdween.

Maar dat gebeurde niet. Ten eerste omdat Celine de Rooij zelfs na haar dood nog zo mediageniek was om bijna wekelijks in het nieuws te komen, maar dat was niet de enige reden. Het kwam ook door die zaak. Ergens in haar zat een gevoel van onrust, al wist ze zelf niet goed waarom. Een gevoel dat het ondanks het sluiten niet afgesloten was. En tegelijkertijd kon ze met dat gevoel geen kant op, want elk spoor was meerdere keren nagelopen en wees in de richting van de officiële uitkomst. Het enige wat ze er feitelijk over kon zeggen was dat de feiten en protocollen de sluiting van de zaak volledig rechtvaardigden, maar dat haar intuïtie het daarmee oneens was. Ze klikte op een link in het artikel en kwam op de Instagrampagina van Celine uit. Die had ze al helemaal doorgespit, inclusief de vele reacties – zowel voor als na haar dood. Veel reacties waren in het Nederlands: haar moedertaal, dus het was niet vreemd dat zij binnen het team belast was met het doornemen ervan.

Uren had ze daaraan besteed, maar er was niets vreemds te vinden geweest.

Ze keek naar de foto's van Celine op jaloersmakende plekken als de turquoise zee, de meest exclusieve beachclubs of in een peperdure cabrio. Voor de nodige bezinning was ze ook te zien in kerkjes en er kwam zelfs een processie voorbij. Lena wist niet goed wat ze ervan moest denken. Het enige wat ze wist was dat Celine in Nederland razend populair was en ook in Spanje begon haar bekendheid toe te nemen. Het duizelingwekkende aantal van ruim een miljoen mensen wilde haar dagelijkse belevenissen maar al te graag volgen. Nu, twee maanden na haar dood, was dat aantal vreemd genoeg alleen maar toegenomen.

Ze scrolde wat. Haar vinger bleef zweven boven de muis van haar computer toen ze langs die reactie kwam waar Suze eerder op had gewezen. *Spanishlife29600*. Het account was het schoolvoorbeeld van een nepidentiteit, zoals er op social media zoveel te vinden waren. Normaal gesproken, had Lena inmiddels geleerd, werden die accounts zo ingesteld dat ze communiceerden in de taal van het land waar ze actief waren, maar in dit geval was het bericht in het Slowaaks. Dat was als ongebruikelijk aangemerkt en dus was de digitale recherche erin gedoken, maar uiteindelijk was er niets opvallends gevonden. De uitkomst was precies zoals verwacht: een fakeaccount, de moeite van het onderzoeken niet waard.

Uit automatisme klikte ze erop en ze verwachtte dat ze precies hetzelfde als de vorige keer te zien kreeg: vijftien volgend, nul volgers. Ze had de pagina al bijna meteen weer weggeklikt, toen haar blik er toch aan bleef hangen.

Het account had een volger gekregen. De naam was even algemeen als vreemd en ze fronste licht. Ene *@comefindme* had de moeite genomen om Spanishlife te volgen, hoewel er op het account geen enkele activiteit te bespeuren was. Ze klikte verder, maar ook Comefindme was een leeg account, net zo nep als Spanishlife. Misschien werkte het zo, bedacht ze. Misschien gingen die lege accounts elkaar volgen om nog even bestaansrecht op Instagram te hebben en niet te worden gevangen door de software die nepaccounts opspoorde en verwijderde?

Het scherm van haar telefoon lichtte weer op. Opnieuw een berichtje van Juan. Ze opende de foto en zag het zwarte kopje van haar kat naast het bakje van de traiteur. Ze sloot haar computer nu echt af en pakte haar tas. Aan Juan antwoordde ze dat ze hoopte dat Dushi nog wat wijn voor haar over had gelaten en daarna liep ze de kamer uit, de stille gang op. De diverse werkruimtes waren nu uitgestorven. Alleen van beneden, waar de agenten met nachtdienst bij elkaar zaten, klonken stemmen. Ze nam de achteruitgang en stapte in haar auto, waarna ze de donkere avond in reed.

*

Het dier torende hoog boven haar uit. Het was verbazend hoe goed ze de details kon zien: het zonlicht dat weerkaatste op de hoorns, het wit van de ogen als die heen en weer gingen, de neusvleugels die bewogen op het ritme van de ademhaling. Maar Suze had er geen oog voor. Ze voelde alleen maar het hameren van haar hart, het zweet dat overal op haar lichaam prikte. De scherpe geur van het dier had zich in haar neus en mond genesteld. Haar ademhaling ging hijgend, zuigend bijna. Ze onderdrukte een gil toen een van de voorpoten trillend bewoog.

De stenen drukten scherp in haar rug. Ze deed haar mond open om om hulp te roepen, maar hoe ze het ook probeerde, geluid kwam er niet. De bok liet zijn kop zakken. Zijn puntige hoorns gingen rakelings langs haar gezicht. Ze hield haar adem nu in tot haar longen pijn deden. Het dier bewoog naar voren, twee hoeven naast haar hand. Ze trok hem weg, maar de bok was sneller. Met zijn linkerhoef porde hij tegen haar zij. Eén bizar moment lang was het alsof hij haar naam riep, maar dat moest verbeelding zijn. Hij boog dieper en duwde met zijn hoorn tegen haar aan. Ze verzette zich, maar haar hand zat verstrikt in iets wat ze pas in tweede instantie als haar herkende. Lang, blond haar...

Ineens was de bok niet meer alleen. Een hele groep kwam op haar af, talloze hoeven om haar heen. Ze probeerde op te staan, maar het haar zat niet alleen om haar handen, het had zich als een visnet om haar hele lichaam gewikkeld. Als een willoos object rolde ze om en toen nog een keer en nog een keer, tot ze op haar buik naast een rand kwam te liggen. Met grote ogen staarde ze in de afgrond, tientallen meters diep. Iemand riep nog een keer haar naam, maar ze luisterde niet. Vele hoeven duwden tegen haar lichaam. Ze verzette zich, maar had geen kracht meer. Ze rolde nog een keer, voelde dat ze viel. Toen kwam de schreeuw alsnog.

Met een ruk kwam Suze overeind. In haar oren weerkaatste het geluid dat van haarzelf afkomstig moest zijn. Het geluid van een gil. Het was donker om haar heen, zelfs door de kieren van de gordijnen kwam geen enkel streepje licht. Zacht zoemde de airconditioning. Ze haalde diep adem en voelde de rauwheid van haar keel. Er liep zweet over haar rug en van haar gezicht. Ze duwde haar deken weg, die voelde veel te zwaar. Ze keek naar haar handen. Geen blonde haren. Er waren ook geen hoeven. De penetrante geur van wilde dieren was uit haar neus verdwenen. Langzaam durfde ze achterover te leunen tegen haar kussen.

'Gaat het?' De bezorgdheid in Maartens stem was groot. 'Had je die nachtmerrie weer?'

Ze knikte, ineens te uitgeput om te kunnen praten. Alle energie leek uit haar te zijn weggevloeid, tot ze alleen nog maar een pakketje huid en botten was. Haar hoofd bonkte.

'Ik probeerde je wakker te maken', zei Maarten terwijl hij met zijn hand onophoudelijk over haar arm streek. 'Ik riep je zelfs nog, maar je was zo ver weg.'

Even kwam de bok terug in haar hoofd, en de verbeelding dat die haar naam riep. Toen vervloog de droom weer, al had ze hem zo vaak gehad dat ze hem moeiteloos zou kunnen navertellen. Altijd die groep steenbokken, altijd die stenen die haar rug schuurden en butsten, altijd die hoorns en hoeven tegen haar lichaam. Altijd die haren, eerst om haar handen, dan om de rest van haar lichaam. Ze was gebonden, kon niets doen, kon het niet voorkomen. En altijd eindigde het met die val.

Maarten hield op met strelen. Suze trok haar arm terug, blij dat hij haar niet meer aanraakte. Ze wilde hem niet tekortdoen, want hij deed juist zo zijn best om haar te helpen, maar na zo'n intense nachtmerrie was alles haar te veel, ook zijn handen. Het terugvinden van haar kalmte lukte dan niet door liefkozingen, maar door uren wakker te liggen, alles keer op keer door haar hoofd te laten gaan, te herhalen wat haar psycholoog tientallen keren had gezegd. Soms hielp het om ademhalingsoefeningen te doen, al prentte ze zichzelf dat misschien alleen maar in omdat ze zo wanhopig graag iets wilde doen om de beelden in haar hoofd tegen te gaan. Alles was beter dan meegesleept worden naar die vreselijke dag, of het nu was in een nachtmerrie waarin ze zelf de hoofdrol speelde of overdag, in beelden die onverwacht op haar netvlies verschenen – soms als minutenlange video's, soms als bliksemschichten uit het verleden.

'Het moet slijten', had Maarten al eens gezegd, maar wanneer gebeurde zoiets? Niet na een maand, maar misschien ook wel niet na een jaar, of twee jaar. En wat moest er dan slijten? Dat beeld dat zich in haar netvlies had gebrand, die blonde haren op die rots, meters lager? Het donkerrode bloed dat schitterde in de zon? De steenbokken die zich uit de voeten maakten? De ontreddering op het gezicht van Max, maar ook bij de reddingswerkers die ongetwijfeld vaker heel erge dingen hadden gezien maar duidelijk geraakt waren door dit ongeluk? Het beeld van de helikopter die cirkelde boven het gebied en die ondanks het feit dat het een voertuig was en geen mens, iets moedeloos leek te hebben? De reddingswerkers die daar waren neergelaten, de brancard met daarop het afgedekte lichaam, de gesloten kist op de begrafenis, de tranen bij Celines familie? Om dat allemaal te laten slijten, had ze meer tijd nodig dan één mensenleven te bieden had.

'We moeten het in stukjes opknippen', had Andrea gezegd, de psycholoog die ze een week na de begrafenis van Celine had gebeld. 'Ieder deeltje van wat jij hebt meegemaakt, is een trauma op zichzelf dat we gaan behandelen. Ik zou willen dat ik een quick fix voor je had, maar die is er niet.'

Het was in elk geval eerlijk. EMDR-therapie had inmiddels de allerscherpste randen van de herinneringen af gehaald, maar er was nog genoeg over om zich aan te blijven snijden. Ze was gestopt met de sessies bij Andrea omdat ze dacht dat ze het zelf verder wel aankon, maar eigenlijk moest ze weer beginnen. Er was nog veel op te lossen, dat haar nu 's nachts als verknipte herinnering kwam bezoeken, aangevuld met beelden van gebeurtenissen die nooit echt hadden plaatsgevonden, plottwists die nergens anders bestonden dan in haar eigen hoofd. Ze keek op de oplichtende cijfers van de klok naast haar bed. 3.24 uur.

Naast haar begon Maarten weer weg te zakken in de slaap. 'Gaat het weer?' vroeg hij nog en ze humde, ook al ging het niet. Maar er was niets dat hij voor haar kon doen en hij had zijn slaap nodig. In het begin had ze geprobeerd hun verwerking synchroon te laten lopen. Ze hadden hetzelfde meegemaakt, dus ze moesten dezelfde verschrikkelijke herinneringen, dezelfde pijn, hetzelfde schuldgevoel en dezelfde verwarring hebben. Het was een logische gedachte, vond ze zelf, maar zoals wel vaker met logica was die niet toe te passen op het menselijk brein en de emoties die daarin leefden. Hoe harder ze had geprobeerd om samen met hem op te trekken in proberen de gebeurtenissen op een of andere manier te verwerken, hoe meer ze elkaar krampachtig in een richting hadden geduwd die de ander niet op wilde. Suze wilde vooral praten, keer op keer het hele verhaal nog eens doornemen – van het begin van de wandeling, de opgetogenheid bij Max, de bedruktheid die ze bij Celine had gezien. Ze had Maarten verteld dat Celine de volgende dag met haar had willen afspreken, dat ze iets had ontdekt. Urenlang had ze samen met hem proberen te bedenken wat dat kon zijn. Het meest logisch was dat het te maken had met het Instagrambericht dat ze eerder hadden besproken en als dat het niet was, dan toch wel met de verdwijning van Maria. Maar het frustrerende was dat ze niets zeker wist. Misschien ging het wel over iets heel anders. Had ze iets ontdekt over Max dat ze wilde bespreken, of over zichzelf, haar familie, werk, iemand die ze allebei kenden. Misschien was dat het allemaal niet en had ze gewoon zin om samen te lunchen – al had ze duidelijk gezegd dat ze iets moest vertellen. Misschien was ze wel zwanger, had Suze zelfs nog even gedacht, maar als dat zo zou zijn, zou Max het wel hebben verteld.

'Dat geldt voor alles', was Maartens redenering waarmee hij haar al vaak had afgekapt als het over dit onderwerp ging. 'Als het belangrijk was, zou Max ervan hebben geweten. En hij wist van niks.'

Ergens moest Suze hem gelijk geven. Celine en Max waren zo close geweest. Voor zover Suze wist vertelden die twee elkaar alles. Dus als er echt iets groots was geweest, zou Max op de hoogte zijn. Aangezien hij dat niet was, zo redeneerde Maarten, was er dus niets groots aan de hand. Suze had nog steeds het vage idee dat het iets met de reactie op Instagram te maken kon hebben, maar zowel Maarten als de recherche hadden gezegd dat je internettrollen niet serieus moest nemen. Inmiddels had ze het onderwerp zo vaak aangesneden dat het bij Maarten onmiddellijk irritatie wekte. 'Laat je niet zo meeslepen', had hij de laatste keer dat ze erover begon nog gezegd. 'Je weet zoveel van social media, van hoe internet werkt, je gebruikt het zo slim in je werk en je bent er heel groot door geworden, maar hierin gedraag je je ontzettend naïef. Ik snap dat je graag informatie wil, dat je antwoorden wil, maar hier ga je ze niet vinden.'

Bij de recherche had ze iets meer weerklank gevonden, maar na een paar dagen had ze begrepen dat het account hoogstwaarschijnlijk nep was en dat aan de reactie in het kader van het onderzoek naar de dood van Celine weinig tot geen waarde gehecht kon worden. Dat onderzoek was sowieso relatief snel afgerond. De politieagenten die als eerste ter plaatse waren gekomen hadden sporenonderzoek gedaan. De resultaten daarvan strookten exact met wat Max, en ook Suze en Maarten, hadden verteld. De steenbokken waren zeer opdringerig geweest, 'op het agressieve af' in Maartens woorden. Een door de politie ingeschakelde bioloog had vastgesteld dat de kudde een paar zeer jonge dieren te beschermen had en dat gegeven leidde vaker tot defensief gedrag. 'De kans is groot dat het slachtoffer onbewust dicht bij de kalfjes is gekomen en dat de dominante bokken in de groep haar als een gevaar hebben beschouwd', had hij ook in het nieuws gezegd. 'Het is zeldzaam dat steenbokken mensen aanvallen, maar het is niet uitgesloten. En technisch gezien hebben ze haar slechts verjaagd uit de nabijheid van hun kudde.'

Dat Celine daarbij een fatale val maakte was te wijten aan de situatie ter plaatse, niet aan de intentie van de bokken, had de bioloog benadrukt. Die hadden haar weggedrongen en daarmee hun natuurlijke instinct gevolgd. Een bok kon niet inschatten dat een mens een val van zo'n vijftien meter niet zou overleven.

Suze was samen met Maarten teruggegaan naar de plek, twee weken na het ongeluk. In haar hoofd klopte er niets van het plaatje en ze moest het met eigen ogen zien om het te snappen. De rand was duidelijk gemarkeerd met een hek en met lage struiken waarachter de afgrond te zien was. Celine had gezien dat ze die naderde en Suze begreep niet waarom ze niet alles had gedaan om te voorkomen dat ze eraf werd geduwd. Waarom had ze niet gevochten tegen die dieren, geprobeerd dwars door die kudde heen weg te rennen, waarom had ze niet zo hard gegild dat de dieren misschien wel geschrokken waren weggerend, waarom had Max niet alles op alles gezet om ze te verjagen?

Of misschien had hij dat laatste wel gedaan. Bij de politie had hij verklaard van wel, waarna de bokken ook hem als potentieel gevaar in het oog hadden gekregen. Een deel van de kudde was daarna op hem afgestormd, een ander deel had zich op Celine gericht, alsof ze onbewust de taken efficiënt hadden verdeeld. Daardoor was Max' zicht op Celine ook belemmerd geweest en had hij niet precies het moment of het punt gezien waarop de bokken haar over de rand hadden gedwongen. Gezien de plek waar ze terecht was gekomen, moest het links van het hek zijn gebeurd, waar de struiken de rand markeerden. Een val ging recht naar beneden, had de technische recherche gezegd. Een lichaam kon dan bijvoorbeeld op een richel of een punt terechtkomen en daardoor iets van richting veranderen, maar dan viel het iets naast die richel of punt verder omlaag. Een lichaam kon zich niet in een val ineens meters naar links of naar rechts verplaatsen, tenzij er extreem harde wind stond, maar het was die dag wolkeloos en zo goed als windstil geweest.

Een zeer noodlottig ongeval, was de conclusie van de politie na een week onderzoek geweest. De sporen van de vele bokken op de zachte ondergrond waren duidelijk, de aanwezigheid van jongen verklaarde het verdedigende gedrag en de verklaring van Max had genoeg vragen beantwoord om de conclusie te rechtvaardigen.

De vaststelling van een ongeval zou, voor de neutrale toeschouwer, de eventuele last van een schuldgevoel moeten verlichten, of zelfs doen verdwijnen. Suze had die redenering al zo vaak door haar hoofd laten gaan, met of zonder Andrea. 'Vind je dat je schuld hebt?' had Andrea weleens gevraagd als het over dit onderwerp ging. 'Was je in de positie om iets voor Celine te doen en heb je dat nagelaten?'

Suze wist het antwoord natuurlijk wel. Die situatie was niet aan de orde geweest. Suze had niet eens gezien wat er gebeurde. Maar die rationele redenering veranderde niets aan het gevoel dat ze haar vriendin grandioos en fataal in de steek had gelaten.

'Is het een technische schuld of een morele?' Ook een vraag van Andrea. Ook eentje waarop ze het antwoord prima kon geven. Het was bijna jammer dat het om morele schuld ging, omdat die moeilijker te dragen en zeer lastig te plaatsen was. Heb jij dat dan niet, had ze zo vaak aan Maarten gevraagd. Vind jij dan niet dat je haar in de steek hebt gelaten?

Hij vond het niet. Had het ook nooit gevonden. Natuurlijk was hij enorm geschrokken, misschien ook wel getraumatiseerd door wat er was gebeurd. Natuurlijk had hij de nodige uren wakker gelegen, al waren die doorwaakte momenten na een week of twee, drie als vanzelf verdwenen. Maar hij kon, anders dan Suze, aanvaarden dat ongelukken nu eenmaal gebeurden en dat niemand er schuld aan had. Ze wilde dat ze meer van zijn berusting had en tegelijkertijd wakkerde die in haar juist iets aan dat leek op een vechtreactie. Ze wilde niet accepteren wat 'nu eenmaal zo was', ze wilde niet accepteren dat ze bepaalde dingen 'nu eenmaal nooit zouden weten' en ze wilde al helemaal niet, zoals het cliché voorschreef, accepteren dat 'het leven nu eenmaal doorging'.

Ook al probeerden ze elkaar te steunen, ze merkte dat hun wederzijdse begrip op bepaalde punten begon af te kalven. 'Goed zo', had Andrea gezegd. 'Dat is het begin van elkaar loslaten in een eigen proces. Het is een groot misverstand dat je bij heftige gebeurtenissen samen moet optrekken. Dat kan bij klein verdriet heel makkelijk, maar hoe groter de gevoelens, hoe groter de mate van vrijheid die een mens nodig heeft bij de verwerking ervan. Niemand volgt een rechte lijn in emoties en waar de jouwe soms naar links gaat, gaat die van hem juist zo ver naar rechts dat je elkaar niet eens meer ziet staan. Om vervolgens allebei naar het midden te buigen, waar die lijnen misschien even samen opgaan, en misschien botsen. En dat hoort er allemaal bij.'

Met zo'n duidelijke metafoor voor ogen vond Suze het makkelijker te aanvaarden dat Maarten en zij elkaar in het beste geval konden bijstaan maar dat begrip soms lastig was en gezamenlijkheid helemaal ver te zoeken was. 'Ik vind het mooi verwoord', had Maarten gezegd toen ze het mentale plaatje van die lijn met hem had gedeeld. 'En misschien moeten we het proces van Max ook zo zien. Zijn lijn gaat alle kanten op en wij kunnen dat niet veranderen. Dat zal hij zelf moeten doen, of niet.'

Tja, Max... Misschien was dat wel het onderwerp waarop ze elkaar het minst konden volgen. Krampachtig had Suze geprobeerd Maarten ervan te overtuigen dat Max' reactie op de dood van zijn vriendin niet gezond was. Niet normaal, had ze ook weleens gezegd, maar Maarten had daartegen geprotesteerd. 'Je kunt daarover niet oordelen', had hij zijn vriend verdedigd.

'Wat is normaal bij zo'n groot verlies? Dat weet je pas als je het zelf meemaakt en eerlijk gezegd, Suus, dat geldt voor jou niet.'

Daarin moest ze hem gelijk geven. Ze kon niet oordelen over de manier waarop Max rouwde. Ervaring had ze niet en daarnaast zou de bewering dat er geen standaard bestond voor rouw, waarschijnlijk het meest in de buurt van de waarheid komen. Er waren talloze clichés los te laten op het onderwerp. Het kwam in fases, er waren niet altijd tranen bij betrokken, het zag er niet altijd uit als rouw ook al was dat het wel, het liet zich niet wegstoppen hoe hard je het ook probeerde. Misschien waren ze allemaal wel op Max van toepassing, al uitte de rouw zich dan bij hem het meest in extreem feestgedrag, liters alcohol en een algehele ontkenning van hoe slecht hij zich voelde.

Laat hem, had Maarten tegen haar gezegd. Als hij ons nodig heeft, weet hij ons wel te vinden.

Maar Suze kon het niet aanzien. En niet, zoals bij de indruk die ze bij Maarten had gewekt, omdat ze wist dat Max veel pijn had en die alleen maar verdrong. Het gevoel zat anders in elkaar. Het was de ontkenning van Celine die haar stak. Als die liefde voor en verbondenheid met haar zo groot waren geweest, waarom feestte Max dan nu als nooit tevoren? Weglopen, ontkennen – ze vond het te makkelijk geredeneerd. Celine verdiende beter dan dit, dat was waar het op neerkwam. Op een vreemde manier was Max' gedrag een belediging voor haar vriendin, en dat kon Suze slecht aanzien. Celine verdiende het om betreurd te worden, niet om te worden verdrongen in cocktails en party's. Maar de enkele keer dat ze er een opmerking over had gemaakt, had Max haar afgeschud. 'Wat weet jij ervan', zei hij dan. Die opmerking was zo denigrerend dat ze op haar tong had moeten bijten om hem niet van repliek te dienen.

Ze keek op de klok. 3.59 uur. Naast haar haalde Maarten gelijkmatig adem. Zelf durfde ze haar ogen niet te sluiten uit angst dat de droom terugkwam. Met open ogen staarde ze daarom in het donker. De klok versprong, en toen nog eens. Ze haalde diep adem en probeerde niet in paniek te raken bij de wetenschap dat donkere uren zich nog lang en leeg voor haar uitstrekten.

Hoofdstuk 7

HET HAD GEEN ZIN, DAT WIST SUZE OOK WEL. MAAR er was iets dwangmatigs in de manier waarop haar duim maar over het scherm bleef gaan. Naar beneden, weer naar boven. Tientallen keren diezelfde foto's bekijken. Veel uit Marbella, de stranden, de beachclubs, een mooi jacht, het uitzicht vanaf het terras van de villa. Maar dat waren niet de plaatjes waar Suze naar keek. Haar aandacht was gericht op de foto's die op het eerste gezicht niets anders leken dan snapshots uit een stad of tijdens een wandeling. Een kerk in Málaga, een schildering van een Mariabeeld op een stadsmuur. Een bronzen beeld, ook van de Heilige Maagd, waar Celine een hartje bij had gezet. Suze wist niet waar die foto was gemaakt, in elk geval ergens binnen. In een kerk? Hoewel de ruimte er eigenlijk te klein uitzag, het leek meer op een kamer. Er was ook een foto van een smalle straat in een Spaans dorpje, waar een grote groep mensen meeliep in een processie. De priester ging voorop en droeg een kruis, in de lange rij erachter hielden mensen hun hoofd gebogen. De tekst die Celine erbij had gezet was in het Engels: *Holy Mary come to me.*

Ze kon niet geloven dat de foto's haar pas recent waren opgevallen. Natuurlijk had ze ze gezien toen Celine ze had geplaatst, maar op dat moment had ze ze beoordeeld op wat ze waren: snapshots. Pas later, niet lang na Celines dood, was het haar opgevallen dat de foto's met elkaar samenhingen. Het waren kleine, subtiele verwijzingen naar Maria. Vóór Maria, dacht Suze weleens. Alsof Celine had geprobeerd een boodschap aan hun vriendin over te brengen die niet rechtstreeks gezegd kon worden.

Die posts waren er ook geweest: *Maria, als je dit leest, neem contact op.* Of voor anderen: *Heb je haar gezien, laat het ons alsjeblieft weten.* Die posts had Suze ook op haar eigen kanalen geplaatst. Er waren tientallen reacties op gekomen, sommige daarvan leken op serieuze tips. Maria was gezien in Barcelona, op Ibiza, in Marrakech. Maar geen van die tips had iets opgeleverd.

De foto's met de Maria-verwijzingen op Celines tijdlijn waren anders. Ze riep niemand op om naar Maria uit te kijken of tips te geven. Ze riep hooguit Maria op, maar dan in verdekte termen. De foto's konden zelfs gemakkelijk over het hoofd worden gezien, dat was Suze immers ook gebeurd. Celines volgers hadden ze dan ook beloond met substantieel minder likes dan de plaatjes van het strand, haar huis of zichzelf.

Ze bewoog haar duim weer over het scherm. Maar hoe vaak ze ook scrolde, er veranderde natuurlijk niets meer op Celines Instagram. Of het moesten reacties zijn die zelfs twee maanden later af en toe nog werden geplaatst, maar die waren bijna allemaal hetzelfde: *bizar, het is zo oneerlijk, we missen je zo, waarom mogen dieren daar los rondlopen?!* Dat laatste was een groot punt van discussie geworden, ook in de media. Er was gepleit voor toezicht, hekken of zelfs verwijdering van de bokken uit de regio. Daartegenover stonden de deskundigen die in de media hadden bepleit dat wanneer er een keuze gemaakt moest worden, de mens wellicht beter het veld kon ruimen in het betreffende gebied. De storm reacties die daarop was gekomen had Suze maar langs zich heen laten gaan. Vooralsnog was er geen verdere actie ondernomen dan het plaatsen van waarschuwingsborden voor wandelaars en tijdelijke hekken bij het uitzichtpunt waar het ongeluk was gebeurd, al lieten de bokken zich daar vast niet meer zien nu het er drukker was dan ooit met, vooral Nederlandse, toeristen die er een uitje van maakten om met eigen ogen de plek van het ongeval te bekijken.

Suze knipperde en keek even op van haar telefoon. Aan haar voeten strekte Vaga zich uit. De ochtendzon had het dakterras bereikt en beroerde haar voorzichtig met de eerste stralen. Ze had een drukke dag voor de boeg, met straks eerst een bespreking met een klant over een nieuwe samenwerking en daarna een lange meeting met Alexandra waarin ze de nieuwe aanvragen zouden doornemen en de content voor de komende tijd zouden bespreken. De laatste twee maanden had ze voornamelijk op de automatische piloot gefunctioneerd. Ze had de foto's gemaakt die nodig waren, was de afspraken nagekomen die ze had gemaakt, maar haar aandacht was ergens anders geweest en het ontbrak haar aan de energie die nodig was om haar werk goed te doen. Gelukkig had Alexandra voor haar klaargestaan om het grootste deel van het werk op zich te nemen en ervoor te zorgen dat het bedrijf gewoon doordraaide. Suze wist niet wat ze zonder haar assistente had moeten doen.

Ze pakte haar telefoon weer. Maarten verscheen op het dakterras met twee koppen koffie. Hij zette er eentje voor haar neer en strekte zich daarna uit op de loungebank tegenover haar. 'Moet je nog niet weg?' vroeg Suze. 'Je zou toch naar de studio gaan?'

Hij schudde zijn hoofd. 'Rond de middag pas. En daarna ben ik even naar Ben.'

Ze fronste. 'Hoezo?'

'Iets met de opbouw voor morgen.' Maarten haalde kort zijn schouders op. 'Hij vroeg of ik tijd had. Als je het mij vraagt, maakt hij zich veel te druk over dat feestje.'

Suze humde wat. Ze begreep sowieso niet helemaal waarom Ben Karmgaard een farewell-feest voor zijn huis ging geven. Een housewarming voor zijn nieuwe woning leek haar logischer, maar Ben had daar zijn eigen theorie over.

'Farewell is de nieuwe housewarming', had Ben twee weken geleden verkondigd tijdens een etentje met Suze, Maarten, Max en nog een paar kennissen. Zijn vriendin Theresa was er niet, die verbleef bij haar familie op Sicilië. 'Het is veel beter feesten in een huis waarvan je weet dat het binnenkort toch helemaal opnieuw wordt geschilderd, waar nieuwe vloeren in komen en waar de tuin wordt strakgetrokken. Bij een housewarming moet je de hele tijd zenuwachtig zijn dat er geen rode wijn over het hagelwitte stucwerk gaat, bij een farewell-party kun je de hut tot op funderingsniveau afbreken.'

Suze wist niet of ze die redenering helemaal kon volgen, maar Ben was het vooral erg met zichzelf eens geweest, getuige de toost met de champagne die hij daarna brullend van de lach had gemaakt. Maarten had met hem meegedaan en Max had geroepen dat hij wel een feestje kon gebruiken – uiteraard. En zo was het beklonken. Morgenavond zouden ze groots afscheid nemen van zijn villa in de bergen omdat hij naar een andere, bizar genoeg nóg grotere villa ging verhuizen. Een stap die ze ook niet helemaal kon volgen. Ben woonde alleen met Theresa, een vijftien jaar jongere Italiaanse die ze niet zo goed kende. Het enige wat ze wist was dat geen van beiden een kinderwens had, dus wat moesten ze met negen slaapkamers?

'We gaan gewoon', had Maarten gezegd toen ze haar bedenkingen bij het feestje had uitgesproken. 'Ik snap wel dat je hoofd er niet naar staat, maar het is misschien ook niet verkeerd om er weer eens uit te gaan. Je zinnen verzetten.'

Op rationeel niveau wist ze dat hij gelijk had, maar vanbinnen maakte die opmerking haar verdrietig. Twee maanden en hup, door met het leven, feesten alsof Celine al vergeten was. Natuurlijk kon het een naast het ander bestaan, maar zo voelde het nog niet.

Toch had ze ja gezegd, al wist ze zelf niet eens echt waarom. Maar afzeggen kon altijd nog.

Ze richtte zich weer op haar telefoon, waar ze nog maar een keer naar Celines foto's keek. Uiteindelijk legde ze haar mobiel aan de kant, zuchtte diep en pakte haar koffie.

'Wat?' vroeg Maarten, die naast haar zat en zijn ogen niet van het scherm van zijn telefoon losmaakte.

'O, niks.' Suze sloot even haar ogen en draaide haar gezicht naar de zon. 'Soms word ik gek van mezelf.'

'Hm?' Hij keek vluchtig haar kant op. 'Hoezo?'

Ze opende haar ogen en gaf geen antwoord, maar hij wist het al toen hij haar gezicht zag. 'Zat je nu weer op haar Instagram?' vroeg hij, zijn mond wat strak.

Suze sloeg haar blik neer. Ze had dit al vaker met Maarten besproken, maar hij vond dat ze spoken zag.

'En?' vroeg Maarten nu. 'Zie je iets nieuws?'

'Nee, niks.' Ze wimpelde hem af. 'Laat maar. Ik laat me weer eens meeslepen.'

Hij leunde wat naar haar toe, maar was te ver weg om op haar scherm te kunnen kijken.

Suze mompelde iets vaags, waarna Maarten zich weer op zijn eigen telefoon richtte. Ze moest dit niet meer tegen hem zeggen. Ja, Celine had gepost over Maria en ja, die Slowaakse reactie was opvallend, maar zolang de politie er niets geks in zag, waarom zij dan wel?

Ja, de politie. Suze staarde voor zich uit en kon nog net een randje van de Middellandse Zee zien. De politie was kortstondig betrokken geweest bij het onderzoek – standaardprocedure bij een niet-natuurlijke dood, zo had ze begrepen. Opnieuw was het agente Lena Gomez met wie ze een gesprek had gehad. 'Eerst Maria en nu dit', had Suze gezegd, maar meer dan een meelevend knikken had ze niet gekregen.

'Het kán toch niet...' Suze had dat, in verschillende bewoordingen, meer dan eens verzucht. 'Jullie moeten uitzoeken wat er aan de hand is.'

Maar ja, het was te vaag, te weinig inhoudelijk. Natuurlijk kon de politie daar niets mee. Een onderzoek optuigen omdat Celine een lunchreservering had gemaakt en een nieuwtje wilde delen, dat ging niet zonder enig ander bewijs dat er meer aan de hand was. Hetzelfde gold voor een vage Slowaakse reactie van een nepaccount: de politie kon daar niets mee. Celines dood was een ongeluk, Maria's verdwijning een gesloten dossier.

'Wat een verschrikkelijke tijd moet dit voor je zijn', had Lena Gomez uiteindelijk gezegd, om Suze daarna veel sterkte te wensen en uitgeleide te doen.

'Ik ga', zei Maarten en hij stond op.

Suze fronste. 'Vanmiddag toch pas?'

'Ja.' Hij knipperde een paar keer en zette zijn zonnebril op. 'Er is een afspraak bij gekomen.' Hij boog zich naar haar toe en kuste gedag. Daarna kroelde hij Vaga even over zijn kop en nam de trap naar beneden, het huis in. Suze keek hem na toen hij al uit het zicht was verdwenen. Uiteindelijk pakte ze haar telefoon weer, maar weerstond de neiging om voor de zoveelste keer Instagram te openen. Ze kwam overeind, keek naar Vaga die meteen naast haar stond te kwispelen en liep ook naar binnen.

Bij Piña heerste de gebruikelijke drukte. Alexandra was er al en staarde ingespannen naar het scherm van haar laptop. Suze keek van een afstandje naar haar en glimlachte. Ze wist precies wat Alexandra aan het doen was: analyses maken van recente posts, rapporten sturen naar klanten over het bereik van hun campagnes, nieuwe aanvragen alvast selecteren zodat Suze alleen maar op de twijfelgevallen hoefde te reageren. Ideeën bedenken voor nieuwe campagnes en die verwerken in powerpoints voor klanten. Suze was blij dat Alexandra dat allemaal deed, samen met Jorien, omdat ze zelf nu eenmaal goed was in het bedenken en maken van content, niet in al die commerciële rompslomp die inmiddels bij haar werk kwam kijken. Alexandra leek dat juist allemaal moeiteloos voor elkaar te krijgen.

'Hé', zei ze toen ze vlakbij stond. Ze omhelsde haar en sommeerde daarna Vaga om te gaan liggen. 'Is Jorien er nog niet?'

'Die komt niet.' Alexandra knipperde even en schoof haar zonnebril naar haar neus. 'Ze wilde de foto's voor vandaag en morgen finetunen en moest nog een miljoen mailtjes beantwoorden, dus ik zei dat jij en ik het wel alleen afkonden.'

'O.' Suze fronste. 'Oké, prima.'

Ze keek even om zich heen. Alexandra had een rustige plek opgezocht, aan de andere kant van het terras zat een luidruchtige groep mannen met een arsenaal aan lege glazen voor zich. Een ober die Suze niet kende kwam net aan met een dienblad dat tot de rand met nieuwe cocktails was gevuld. Suze keek vluchtig op haar telefoon, het moest nog één uur worden.

'We hebben veel door te nemen', zei Alexandra. 'En ik heb over anderhalf uur een call met iemand van...' Ze viel stil toen vanuit de groep mannen een lachsalvo opsteeg, vermengd met gefluit. Even fronste ze. 'Volgens mij zit Max daarbij.'

Suze staarde ingespannen naar de groep. 'Je hebt

gelijk', zei ze toen. Het verbaasde haar dat ze de luide stem niet eerder had gehoord, want nu ze hem eenmaal in het oog had, was het moeilijk zijn volume te negeren.

'Ze zaten hier al toen ik aankwam', zei Alexandra. 'En dat is bijna een uur geleden.'

Suze floot zacht tussen haar tanden. Max' lach schalde over het terras. Ze schudde even met haar hoofd en deed er het zwijgen toe.

'Laten we het over de campagnes hebben', zei Alexandra monter. 'Kijk, deze heeft het heel goed gedaan.' Ze draaide het scherm van haar laptop zodat Suze mee kon kijken en nam haar in twintig minuten mee door alle cijfers van de laatste tijd. Daarna brainstormden ze samen over nieuwe ideeën en tegen de tijd dat Alexandra weg moest, had Suze zoveel nieuwe energie dat ze het liefst meteen aan de slag ging met het maken van nieuwe foto's en video's voor haar social media.

Ze omhelsde Alexandra en zwaaide nog even, daarna wenkte ze de ober voor de rekening. Ze betaalde en stond op om naar het toilet te gaan. Ongezien probeerde ze langs het groepje rondom Max te komen, wat op de heenweg wel maar op de terugweg niet lukte.

'Suze!' riep hij met een langgerekte stem toen hij haar ook in het oog kreeg. 'Kom hier, drink wat met ons!'

Ze aarzelde even, maar liep toen toch zijn kant op. Nu pas zag ze de andere leden van zijn groep, maar ze kende ze alleen van gezicht. Celine had niet zoveel met de mannen opgehad, wist ze. Max zag hen vaak alleen op feestjes, maar nu waren ze blijkbaar meer dan bereid om samen met hem de bodem van het glas, of beter gezegd: de fles, te bereiken. Ze wist niet waar hij die gasten vandaan had gehaald en wat zijn relatie tot hen was, maar ze vermoedde dat de roem, of wat daarvoor door moest gaan, van Max een grote aantrekkingskracht op het groepje had. Dat, en het feit dat hij ongetwijfeld de rekening betaalde.

'O, Suze...' verzuchtte hij toen ze naast hem stond en hij al zittend onhandig zijn arm om haar middel sloeg. Zijn hoofd rustte tegen haar heup en zelfs van die afstand kon ze de alcohol ruiken. 'Ik ga een cocktail voor je bestellen.'

'Ga naar huis, Max', zei ze, waarbij ze probeerde haar stem overredend te laten klinken. 'Ik hoef geen cocktail. En nog meer drank gaat jou ook niets brengen.'

'Natuurlijk wel!' riep hij jolig. Hij liet haar los en zwaaide met zijn glas door de lucht, waarbij de vloeistof over de rand spatte en op Suzes arm terechtkwam. Ze bracht die even naar haar neus. Negroni, stelde ze vast.

Max kwam stuntelig overeind. Hij wankelde even en greep zich aan Suze vast. Zijn mond was nu vlak bij haar oor. 'Jij denkt dat ik een alcoholprobleem heb, hè?' zei hij, hard genoeg om het ook zijn vrienden te kunnen laten horen. Suze gaf wijselijk geen antwoord.

'Maar nee.' Max hield zijn glas opnieuw in de lucht. 'Want het is pas een probleem als de alcohol op is!' Zijn woorden brachten gelach in de groep teweeg. 'En de alcohol is nog lang niet op. Hier, neem.' Hij duwde haar nu een glas in handen dat hij willekeurig van de tafel griste. 'Margarita, dat vind je lekker, toch?'

Suze zette het glas weg. 'Max,' probeerde ze opnieuw, 'ga gewoon naar huis. Het is voor vandaag wel genoeg geweest. Kom, dan bel ik een taxi voor je.'

Ze had haar telefoon al in haar hand, maar hij wimpelde haar af. Met een ongecontroleerde beweging deed hij haar mobiel bijna door de lucht vliegen.

'Naar huis', herhaalde Max nu mompelend. 'Naar huis. En dan? Het leven moet je vieren en dat doe je niet thuis.' Hij keek haar aan. Zijn ogen waren rood. 'Het is kort, weet je. Het leven.' Hij duwde opnieuw een glas in Suzes handen. Ze pakte het aan voor het op de grond viel en zette het terug op tafel.

'Het leven is kort!' riep een van de vrienden Max na en het groepje proostte voor de zoveelste keer.

Max sloeg zijn arm om Suzes schouders. De warmte was plakkerig en onaangenaam. 'Dat zou jij toch moeten weten. We hebben het allemaal geleerd van Celine. Je moet er alles uit halen wat erin zit, Suus. Voor je het weet is het voorbij. Voor je het weet maakt een stomme bok er een einde aan.' Hij lachte hikkend, hoewel er niets grappigs aan was. 'Een bok. Een bók!'

Een van de vrienden ging meedoen. 'Hallo, politie?' zei hij waarbij hij met zijn duim en pink een telefoon nabootste die hij naast zijn oor hield. 'Ja, ik wil graag een bok aangeven.'

Suze kromp een beetje ineen, maar de rest van de groep vond het blijkbaar erg geestig.

'Veldwachter!' riep Max uit. 'Kunt u de bokken arresteren, alstublieft? Ja, veldwachter?' Hij gierde het nu uit. 'Wat wil de politie doen? Ze achter slot en grendel zetten?'

De grap ontging Suze volledig, maar de rest van de groep kwam niet meer bij. Max zwaaide bestraffend met zijn wijsvinger alsof er een stout kind voor zijn neus stond. 'Niet meer doen, jongens', zei hij tegen de denkbeeldige bokken. Suze sloot even haar ogen en schudde haar hoofd. Dat Max vlak na het ongeluk meerdere keren door de politie was verhoord, had bij hem tot grote verontwaardiging geleid. Sindsdien greep hij elke gelegenheid aan om zijn afkeur van de recherche te laten merken.

'Max, toe nou...' probeerde ze nogmaals, maar de ober verscheen en met zijn vinger draaiend in de lucht maakte Max duidelijk dat er nog een rondje drankjes moest komen. Suze knipperde een paar keer en liep terug naar haar tafeltje. Daar belde ze Maarten, die nog in de studio was. Even dacht ze dat de oproep naar de voicemail zou gaan, maar net voor dat gebeurde nam hij op. 'Hé', zei hij en zijn stem klonk licht hijgend. 'Wat is er?'

Suze vertelde hem wat er aan de hand was. 'Hij is echt straalbezopen en hij blijft maar drinken. Ik heb geprobeerd hem over te halen naar huis te gaan, maar dat wil hij niet.'

'Laat hem dan', zei Maarten. 'Je weet hoe hij is, hij laat zich niet ompraten. Je bent niet verantwoordelijk voor hem.'

'Maar...'

'Suus,' zei Maarten, 'ik moet door, sorry. Voel je niet verplicht Max te behoeden voor wat waarschijnlijk een stomme actie is waar hij morgen met een megakater spijt van heeft. Ik spreek je later, oké?'

Zonder het antwoord op zijn vraag af te wachten verbrak hij de verbinding. Suze keek nog één keer naar Max. Misschien had Maarten gelijk en kon ze hem niet op andere gedachten brengen. Het ging haar ook eigenlijk niet om hem, dat wist ze wel. Het was de pijn om Celine die ze voelde als ze naar hem keek en waar ze moeite mee had. Maar ze moest dat loslaten. De enige die ze ermee had, was zijzelf.

Nog één keer keek ze naar Max die weer het hoogste woord voerde. Ze pakte Vaga's riem en aaide de hond even over zijn kop. Toen liep ze het terras af, de drukke straat op en nam de kortste route naar het strand.

HOOFDSTUK 8

DE AVOND ROOK ZOET EN ZWAAR, NAAR BLOEMEN EN iets van aarde. Suze snoof de lucht diep in zich op toen ze uit de taxi stapte. Hier, net buiten de drukke stad en aan de voet van de bergen, was de lucht koeler en vochtiger. Ze rilde even in haar strapless jurk, Maarten sloeg zijn arm om haar schouders.

Van achter het huis hoorde ze de beats van de muziek. Dichterbij klonk gelach en het geluid van stemmen, vermengd met dat van dichtslaande autodeuren. Taxi's reden af en aan. Uit de auto achter die van hen stapte een vrouw van duidelijk over de zeventig, gehuld in een spectaculaire jurk met witte en roze tule. 'Wauw', lachte

Suze met een bewonderende blik op de vrouw. Ze stootte Maarten aan. 'Ik zou een moord doen om er op die leeftijd zo geweldig uit te zien.'

'Jij ziet er altijd met de dag knapper uit', zei hij vleiend.

Suze gaf hem een plagende por in zijn zij. 'Slijmbal.'

Met zijn hand nog steeds om haar schouders liepen ze in de richting van het huis. Maarten zag er knap uit in zijn zandkleurige pak en blouse van ivoorkleurige zijde. Zijn donkere, stevige haar zat gestyled genoeg om te zien dat er aandacht aan was besteed en rommelig genoeg om nonchalant over te komen – geen mens wist hoeveel tijd het had gekost om precies die juiste mix te creëren.

Ze bestegen de treden die naar de voordeur leidden en gingen daarna het huis binnen. De hal was ruim, met als blikvanger een grote trap die halverwege splitste en twee kanten op leidde. Ook al was ze hier al een keer geweest, toch keek Suze weer bewonderend om zich heen. Waarom zou iemand die dit tot z'n beschikking had in vredesnaam willen verhuizen?

'Maarten!' Ben kwam met gespreide handen aangelopen en omhelsde eerst Maarten en daarna Suze. 'Welkom op mijn farewell-party!'

'Als je het zo zegt, klinkt het alsof je iets heel anders bedoelt', zei Maarten grinnikend.

Ben lachte ook. 'Het klinkt dramatischer dan het is.' Hij verplaatste zijn aandacht naar Suze. 'Welkom, schoonheid.'

Hij drukte heel licht een kus op haar wang en maakte

een armgebaar naar achteren, waar zijn vriendin Theresa net aan kwam lopen. 'Schat, kom Maarten en Suze even gedag zeggen', zei hij in het Engels, zonder haar aan te kijken.

Het was pas de tweede keer dat Suze Theresa zag en ze werd net als de eerste keer gegrepen door de schoonheid van de frêle Italiaanse met haar bijna zwarte ogen, golvende bruine haar en slanke taille, die nu nauw werd omsloten door een duur uitziend wit jurkje. Om haar hals hing een ketting waaraan een diamantje fonkelde.

Suze begroette Theresa met twee zoenen en een compliment over haar uiterlijk. Daarna troonde de vrouw haar via de enorme keuken mee naar de tuin, waar zich al een grote groep gasten had verzameld. Onder de feeerieke verlichting die deed denken aan een festival werd gepraat, gedanst en gedronken. Er was een bar en nu zag Suze ook de dj, die op een verhoging stond en in opperste concentratie met zijn platen bezig was.

'Ahhh.' Een langgerekte klank kondigde de nabijheid van Max aan. Het volgende moment hing hij zijn armen om Suze en Maarten en gaf een knuffel die ongemakkelijk was doordat hij achter hen stond. Meteen voelde Suze de inmiddels vertrouwde steek in haar buik omdat Max hier alleen was. De plek aan zijn zijde leek met het verstrijken van de tijd alleen maar leger te worden.

'Hé Max', zei Suze en ze draaide zich om om hem te begroeten. Onbewust zette ze zich schrap voor de alcohollucht, maar Max kwam opvallend fris over.

'Wat is het hier prachtig, hè', zei hij, nadat hij ook Maarten had begroet. 'Vinden jullie niet?'

'Je zou je bijna afvragen waarom iemand hier weggaat', knikte Maarten.

'Omdat het de man is gelukt om nog iets mooiers te vinden', zei Max. 'Al is dat bijna niet voor te stellen. O, lekker.' Dat laatste was bedoeld voor een passerende serveerster met een dienblad vol gevulde champagneglazen. Max pakte er twee en overhandigde er eentje aan Suze, Maarten pakte er ook een voor haar en voor hemzelf. Suze grinnikte toen ze met twee glazen in haar handen stond. 'Nou, cheers', zei ze met beide glazen in de lucht en een gekscherend gezicht.

Max pakte opnieuw twee glazen toen Alexandra en Jorien verschenen. Ben kende hen amper, maar had ze bij een ontmoeting in Piña in een joviaal gebaar uitgenodigd. Suze wist dat de twee meiden dol waren op feestjes en ze begreep ook wel dat zo'n jetsetfeestje in een gigantisch huis een hele belevenis was. 'Leuk dat jullie er zijn', zei ze en met de beide glazen onhandig in de lucht kuste ze haar vriendinnen op de wangen. Daarna bekeek ze hen van een afstandje en bewonderde de goudkleurige jurk die zo nauw om Alexandra's ranke taille sloot dat Suze zich bijna zorgen maakte om haar ademhaling. Jorien zag er al net zo spectaculair uit in een zachtroze rok en top met pailletten die schitterden in de zachtgele verlichting.

'Proost!' riep Maarten en ze namen een slok champagne. De glazen waren sneller op dan ze zelf doorhad en de bediening was er meteen bij om haar van een nieuw drankje te voorzien. Maarten nam haar mee naar de dansvloer en ze voelde de beat door haar lichaam gaan, automatisch vonden haar heupen het juiste ritme. Naast haar dansten Alexandra en Jorien, Max was iets verderop. Iemand die ze niet kende gaf haar een cocktail die, zo proefde ze meteen, veel sterker was dan ze gewend was, maar hij smaakte goed. Ze stak haar armen in de lucht, genoot van de avond en voor even voelde ze zich vrolijker en meer bevrijd dan in lange tijd het geval was geweest.

Ze wist niet meer hoeveel nummers er al waren gepasseerd toen de alcohol, die er eerst voor had gezorgd dat ze zich zo vrij voelde, in haar knieën leek te gaan zitten. Misschien waren de cocktails toch iets te sterk, of iets te overvloedig. Ze moest even weg uit de drukte. Even zitten ook, de bandjes van haar hooggehakte sandalen knelden om haar voeten.

Ze gebaarde naar Maarten dat ze even wegging en liep naar binnen. In de keuken was de bediening bezig. Op goed geluk liep ze een gang in en vond een toilet ter grootte van een balzaal. Ze sloot de deur achter zich en liet de stilte over zich neerdalen. In de spiegel ving ze een blik op van zichzelf. De golven in haar haar hadden zich goed gehouden en hoewel ze zich verhit voelde, zat haar make-up nog precies zoals het moest. Ze haalde alleen haar lippenstift uit haar tasje.

Toen ze klaar was, waste ze haar handen en liet koel

water over haar polsen lopen. Meteen helderde haar hoofd op. Ze droogde haar handen en pakte haar telefoon voor een selfie in de spiegel. Het was haast een automatisme om zo'n foto te maken. Misschien zou ze die morgen plaatsen in een serie met foto's van het feest, en misschien niet. Ze had eigenlijk nog te weinig foto's gemaakt om überhaupt tot een serie te kunnen komen. Hoewel ze er niet echt zin in had, moest ze eigenlijk wel wat maken – haar volgers hielden van inkijkjes in de feesten die ze bezocht. En het huis van Ben was een spectaculaire achtergrond.

Ze opende de deur naar de gang en wilde teruglopen naar het feestgedruis in de gang, maar ze bedacht zich toen ze verderop een geluid hoorde. Het volgende moment liep Max voorbij, luid pratend tegen iemand die ze niet kende. Hij verdween naar de keuken, waar ze hem hard hoorde lachen. Ook Theresa kwam voorbij, op de voet gevolgd door Ben en de jonge man over wie ze zich had laten vertellen dat het Bens persoonlijke assistent was. Ze keek de andere kant op, waar de gang verderop een bocht naar rechts maakte. In een opwelling besloot ze die kant op te lopen.

Na de bocht liep de gang nog meters door voor die eindigde met een trap naar boven. Vanaf de buitenkant leek de villa al enorm, maar eenmaal binnen bleek het huis nog veel groter te zijn. Aan weerszijden van de gang bevonden zich deuren. Suze liep een stukje door. Haar hakken tikten tegen de hardhouten vloer.

Plotseling voelde ze zich giechelig, als een kind dat verstoppertje speelde. Ze had hier helemaal niets te zoeken. Snel haalde ze haar telefoon uit haar tasje en startte een video waarbij ze betrapt in de camera keek. 'Weet je nog dat je als kind in een huis kwam dat je niet kende en dat je dan zo nieuwsgierig was dat je overal wilde rondkijken?' zei ze op gedempte toon. 'Dat heb ik nu op dit feestje. Dit huis is echt niet normaal, zo mooi en zo groot. En ik ben een beetje verdwaald in een van de gangen...' Dat was niet waar, maar ze wist dat haar volgers er wel om konden lachen. 'Hier, moet je kijken. Die kroonluchter is zó mooi.' Ze liet de camera rondgaan, waarbij ze van hand moest wisselen, en liet de prachtig gedecoreerde gang zien. Daarna liep ze verder. 'Er zijn alleen al in dit stukje gang meer deuren dan in mijn hele huis. Ik ben natuurlijk megabenieuwd wat erachter zit, maar ik ben óók goed opgevoed, dus ik zal ze dicht laten.' Dat laatste zei ze met een grijns. Daarna zette ze de video stop.

Ze draaide zich om en wilde weglopen, naar buiten, maar bleef staan toen ze een geluid hoorde. Het leek op een diepe stem of iets van een dier, maar Ben had voor zover ze wist geen huisdieren – al kende ze hem misschien niet goed genoeg om dat te weten. Ze spitste haar oren, maar het geluid herhaalde zich niet. Misschien had ze het zich ook wel verbeeld.

Ze wilde verder lopen, maar ineens was het er weer. Een lage hum, alsof iemand stembandoefeningen deed.

Nu pas viel het haar op dat een van de deuren op een kiertje stond. Ze zette een paar stappen in die richting, maar bleef toen weer staan. Wat deed ze hier eigenlijk?

Toch kon ze haar nieuwsgierigheid niet bedwingen. Onopvallend keek ze nog even om zich heen, maar de gang was verlaten. Met haar voet duwde ze de deur een stukje verder open. Meteen voelde ze haar hartslag toenemen.

Er was iets vreemds aan de kamer. De muren waren met goudkleurig en zwart behang bekleed, een gordijn van donkerblauw fluweel onttrok een raam aan het zicht. Het licht was gedimd en het rook er naar iets dat op doordringende wijze muskus en citrus probeerde te verenigen. Tegen één muur stond een groot bed en daarnaast was nog een deur, misschien een badkamer. Maar haar blik werd getrokken naar iets anders. Op een dressoir tegen de andere muur stond een groot beeld dat in brons gegoten was. Het was een vrouw, twee handen gevouwen voor haar borst als in een gebed. Haar ogen waren gesloten, een jurk zat om haar lichaam gedrapeerd. Suze fronste. Er was iets met het Mariabeeld dat haar raakte.

Alsof ze in haar eigen hoofd een herinnering binnenwandelde.

Ze bleef ernaar staren. Dit beeld had ze eerder gezien, dat wist ze ineens heel zeker. Ze was eerder in Bens huis geweest, misschien had het destijds in de woonkamer gestaan? Haar ratio deed hard z'n best om haar verklaringen te verschaffen, maar ze schudde haar hoofd. Dat was het niet.

Ze stak haar hand uit, het brons voelde koud. Ze knipperde een paar keer en probeerde haar ademhaling onder controle te krijgen, maar die was nu snel en oppervlakkig. Haar hart wilde ook niet tot bedaren komen. Waar kende ze dit plaatje van? Internet? Instagram?

Ze beet op haar lip, gefrustreerd dat de juiste plek niet terug wilde komen terwijl diep in haar een steeds groter gevoel van alarm opkwam. Haar lichaam reageerde op iets dat zich niet door haar hersenen liet grijpen. In haar hoofd kwam de gedachte op dat ze opnieuw een video moest maken, of misschien een foto. Ze moest dit aan Maarten laten zien, misschien zou hij nog weten waar ze het Mariabeeld van kende. Hadden ze het samen ergens gezien? In een museum? Haar gedachten gingen vluchtig naar het Ralli Museum waar ze niet zo lang geleden waren geweest, maar ze schudde haar hoofd. Daar was het niet.

Ze pakte haar telefoon, maar haar beweging stokte toen ze een geluid achter zich hoorde. Met een ruk draaide ze zich om en ze ademde scherp in. De lucht die ze naar binnen zoog, leek haar longen niet te bereiken. De muskus leek haar wel te bedwelmen. Bij het bed was iets te zien dat ze eerder niet had opgemerkt – of was het er net niet geweest? Ze knipperde een paar keer, maar het was er echt. Haar hand met haar telefoon trilde. Niet nu, ze stopte hem in haar tas. In plaats daarvan keek ze naar haar smartwatch en in een opwelling tikte ze ertegen, drukte op de knop. Een rood bolletje gaf aan dat er een opname startte. Misschien deed ze het nog het meest voor zichzelf, omdat ze het anders achteraf niet goed kon vertellen. Praten lukte nu al amper. Ze deed haar mond open en probeerde een woord te vormen, maar het bleef steken in klanken. Alsof ze door geluid te maken een einde zou maken aan het plaatje voor zich, dat verbeelding moest zijn. Dit kon niet echt gebeuren, niet hier, niet recht voor haar ogen.

Ze probeerde het opnieuw. Deze keer kwam er wel geluid over haar lippen. 'Maa...' bracht ze uit. En daarna: 'Maar...'

Het volgende moment voelde ze een beweging achter zich, maar voor ze zich kon omdraaien sloot een arm die van ijzer leek zich om haar keel. Ze opende haar mond om te schreeuwen, maar kreeg al geen lucht meer. Terwijl paniek als vuur door haar lichaam trok, vocht ze om los te komen. Haar longen leken te scheuren, haar hart pompte wild. Ze sloeg met haar armen, maar raakte niets. Uiteindelijk lukte het haar nog om een woord te vormen, maar daarna werd ze weggezogen in een peilloze diepte.

Drie weken later

Hoofdstuk 9

'Dames en heren, wij naderen de luchthaven van Málaga. Wij verzoeken u uw handbagage op te bergen in de bagagevakken boven uw hoofd of onder de stoel voor u. Wilt u uw stoelriem vastmaken en het tafeltje voor u...'

Zonder de woorden echt te horen luisterde Nikki Peters naar het standaardpraatje van de stewardess die in haar onberispelijke blauwe uniform voor in het vliegtuig stond en de cabine overzag. Vanaf haar plek op de derde rij keek Nikki naar de vrouw, terwijl ze zich afvroeg of ze ooit weer in zo'n strakke kokerrok en minstens zo strak bloesje zou passen, ook al was dergelijke kleding helemaal niet haar stijl en werkte ze bovendien niet in de luchtvaart. Maar in haar huidige staat en met de rappe toename van de omvang van haar buik, vreesde ze soms dat ze ook na de zwangerschap aangewezen zou blijven op de wijde tunieken en jurken met extra ruimte waar haar kledingkast zich inmiddels mee had gevuld. 'Altijd handig als gordijn', grapte Joost weleens, maar alleen als hij in een moedige bui was, want met de blik die hij dan van haar kon verwachten, zou hem zomaar geen lang leven meer beschoren kunnen zijn.

Onder de bolling van haar buik bracht ze de twee uiteinden van de stoelriem bij elkaar en klikte ze samen. Daarna richtte ze haar blik uit het vliegtuigraampje. Het toestel begon nu te dalen en het uitzicht op de uitlopers van de Sierra Nevada was dankzij het heldere weer oogstrelend. Her en der zag ze grillige rotsen, afgewisseld met meer uitgestrekte heuvels, en vanaf deze hoogte kon ze ook de meren onderscheiden. Weldra zou het landschap vrij abrupt overgaan van berggebied in het laagland dat bij de kustlijn hoorde, waarna al snel het uitzicht op Málaga en de Middellandse Zee zouden volgen.

Nikki haalde diep adem en wreef even over de brug van haar neus. De tijd dat dit uitzicht haar vervulde met blijdschap, met verwachting, leek geen maanden maar jaren geleden. Het deed fysiek pijn om te denken aan de landing zo meteen, de korte wandeling van het vliegtuig naar de aankomsthal waar de deuren zich zouden openen en de leegte overweldigend zou zijn. Die deuren, die hadden altijd het begin betekend van dagen of weken van hereniging, warmte, liefde, lachen en eindeloze gesprekken. Van samen met haar zusje genieten, sangria drinken, dansen, kletsen, soms ook huilen. Van het voelen van de band die ondanks de afstand alleen maar sterker leek te worden nu ze ouder werden.

Hoeveel keer had Suze haar daar, tussen kinderen met ballonnen en chauffeurs met bordjes, opgewacht met haar armen gespreid en die mooie, brede lach op haar gezicht? Nu waren de deuren niets dan deuren. Er was geen hereniging. Geen verwachting meer.

Automatisch gleden Nikki's gedachten terug naar het moment waarop haar leven in tweeën werd gedeeld, in een voor en een na. Het telefoontje van Maarten, zo vroeg in de ochtend dat het wel slecht nieuws moest betekenen. Het tijdstip stond in haar geheugen gegrift: 5.53 uur. Ze was meteen klaarwakker geweest, toen ze opnam was haar stem schor. 'Maarten?'

Aan de andere kant van de lijn hoorde ze een combinatie van ruis, stemmen en paniek. Daarin had ze ook de stem van Maarten kunnen ontwaren, maar zijn woorden waren onduidelijk gebleven. Met toenemende angst had ze hem aangeroepen, wel tien keer, tot hij uiteindelijk verstaanbaar werd. 'Ze is dood, Nikki', had hij huilend geroepen. 'Suze is dood.'

Het was alsof haar hersenen op dat moment zichzelf hadden uitgeschakeld. Alsof er snel een buffer werd aangebracht om haar te beschermen tegen de boodschap die de grond onder haar voeten vandaan beukte. 'Waar heb je het over?' had Nikki gevraagd met zelfs iets van verontwaardiging in haar stem. Zijn woorden waren zo bizar dat ze in eerste instantie had gedacht dat ze wel verzonnen moesten zijn. Alsof iemand zoiets zou verzinnen.

Pas toen Maarten huilend, hortend en stotend de woorden had herhaald, leek het alsof haar hersenen zichzelf weer hadden opgestart om de boodschap te aanvaarden. 'Dood?' had ze met een trillende stem gezegd, waarna Joost, die sluimerend had meegeluisterd, ineens rechtop in bed zat. Met handgebaren had hij haar duidelijk gemaakt dat ze de telefoon op de luidspreker moest zetten en samen hadden ze geluisterd naar de woorden die ervoor zorgden dat hun levens nooit meer hetzelfde zouden zijn.

'Ze is verdronken', zei Maarten toen met een gebroken stem, ineens zacht. 'Ze hebben haar in het zwembad gevonden.'

'Maar...' Het was veel te veel om in één keer te verwerken en meer dan dat ene woord had Nikki niet kunnen uitbrengen. Ze had een steek in haar buik gevoeld en automatisch haar hand er beschermend op gelegd. De baby hield zich stil. 'Maar...'

Joost was doortastender. 'Hoe bedoel je "verdronken"? Waar dan?'

'We waren op een feestje. Het zwembad... De pool. Infinitypool.' Het verhaal was warrig, maar langzaamaan begon er bij Nikki een beeld te ontstaan. 'Ik kon haar niet vinden en toen ik haar ging zoeken, was er ineens geschreeuw. Toen hadden ze haar in het water gevonden.'

'Wie?'

'Ik weet het niet, anderen. Er waren veel mensen op het feest. Er kwam een ambulance en toen nog eentje en politie, maar ze was al dood. En nu is ze... is ze...'

Die zin maakte hij niet af. Nikki had tientallen vragen gehad, maar niet één ervan was daadwerkelijk haar mond uit gekomen. Joost vroeg naar zakelijkheden, omstandigheden, feiten. Nikki wist niet meer wat Maarten toen had geantwoord, alleen dat hij op een bepaald moment was gebroken en alleen nog maar onsamenhangend kon praten. Toen klonken er stemmen op de achtergrond en had Maarten gezegd dat hij met de politie moest praten. De verbinding was verbroken en nog geen tien minuten later had Joost al twee tickets naar Málaga geboekt voor een vlucht aan het einde van de ochtend. Nikki was online gaan zoeken naar nieuws of 112-meldingen in Marbella, maar er was niets te vinden. Als verdoofd had ze het nummer van haar vader opgezocht, maar hij had niet opgenomen. Een uur later, toen ze lukraak wat spullen in een handbagagekoffertje had gestopt, had hij teruggebeld.

'Pap...' Nikki had het gevoel dat er een fysieke blokkade in haar keel zat toen ze probeerde hem te vertellen wat er was gebeurd. Het kostte meerdere pogingen voor ze de woorden kon vormen en zelfs toen lukte het niet om in één keer de boodschap op tafel te gooien. 'Pap, er is iets met Suze. Maarten belde net.'

'Wat dan?' vroeg haar vader gealarmeerd.

'Ze is...' Nikki herinnerde zich nog het gevoel van schuurpapier in haar mond toen ze die zin was begonnen. Joost was naast haar komen staan en had met handgebaren aangeboden dat hij het gesprek zou voeren, maar ze wilde het zelf zeggen. 'Pap, Maarten zegt dat Suze dood is.'

Als het mogelijk was dat een hart fysiek brak, dan was dat wat ze op dat moment had gevoeld. En niet alleen toen. Ook een halfuur later, toen haar vader in een haastig aangeschoten joggingbroek en trui bij haar huis was verschenen. Ze hadden gehuild, gepraat, geschreeuwd, gezwegen en honderd keer dezelfde vragen herhaald. Er was nog telefonisch contact geweest met Maarten maar die kon in de chaos en paniek niet meer informatie verschaffen. Joost had een ticket bijgeboekt zodat ze met z'n drieën naar Málaga konden afreizen en uiteindelijk was Nikki met haar vader mee naar zijn huis gegaan om ook voor hem wat spullen te pakken, omdat iets doen echt beter was dan rusteloos afwachten.

Die ochtend was de meest verwarrende uit haar leven. Alles leek hetzelfde en tegelijkertijd was alles anders. Het ene moment kromp ze ineen bij de gedachte dat haar zusje er niet meer was, het volgende moment weigerde ze simpelweg om het te geloven. Pas toen ze in

Málaga waren aangekomen en de krap een uur durende rit naar Marbella hadden afgelegd, merkte Nikki dat het niet meer lukte om alles simpelweg te ontkennen. Bij het binnengaan van het appartement van Suze en Maarten was misschien wel de grootste klap gekomen.

Maarten had als een gebroken man de deur voor hen geopend. Nikki wist niet goed wat ze moest doen. Ze had hem omhelsd, maar hij voelde hard en onverzettelijk, alsof hij nog niet klaar was om medeleven toe te laten. IJsberend door de kamer had hij daarna verteld over het feest, Suzes plotselinge verdwijning en hoe ze was gevonden in het zwembad aan de zijkant van het huis, buiten het zicht van de gasten in de tuin. Nadat de ambulancedienst met man en macht had geprobeerd het leven van Suze nog te redden, en na de conclusie dat dat niet was gelukt, had de politie alles afgezet om onderzoek te doen. Onderzoek dat nog steeds gaande was. Maarten had al uren met de politie gepraat, zei hij. Ze wilden alles weten: van de tijdlijn van het feest en Suzes verdwijning tot de details van hun relatie. 'Alsof ik ineens verdacht ben', zei hij en in zijn ogen stond wanhoop te lezen. 'Wat denken ze in vredesnaam?'

'Dat lijkt me een standaardonderdeel van het onderzoek', had Joost rationeel gezegd. 'Het is toch logisch dat ze willen praten met iedereen die iets gezien kan hebben? En dat ze meer over Suze te weten willen komen?'

Nikki had uit het raam staan staren, zonder het uitzicht echt te zien. 'Ik wil erheen', had ze toen gezegd, ineens rusteloos. 'Ik wil de plek met mijn eigen ogen zien.'

Met z'n vieren waren ze in de huurauto gestapt om op aanwijzing van Maarten naar het huis te rijden. Daar werden ze aan het begin van de oprit tegengehouden door twee agenten. 'Het gaat om mijn vriendin', had Maarten gezegd, maar het tweetal mocht niemand doorlaten zolang het politieonderzoek nog bezig was. Langs hen heen had Nikki zicht gehad op de oprijlaan die omzoomd was met palmbomen en daarachter de grote, witte villa. Voor de deur stonden diverse politieauto's en twee zwarte busjes. De gedachte dat het lichaam van haar zus daar ergens had gelegen, had haar misselijk gemaakt.

De aanblik van de plek waar het was gebeurd, had iets in haar veranderd. Tot dat moment waren haar herinneringen scherp, maar het was alsof ze daarna alles was kwijtgeraakt. De rest van de dag was in haar hoofd een brij geworden, er zaten gaten in, gebeurtenissen liepen door elkaar. Waren ze nu eerst teruggegaan naar het appartement en daarna pas naar het politiebureau? Of was het andersom? Was Maarten meteen die dag al voor de tweede keer verhoord of kwam dat pas later? Feit was dat de politie alle aanwezigen een voor een wilde spreken, soms meerdere keren. Nikki was blij dat de politie grondig te werk ging om de omstandigheden rondom Suzes dood op te helderen, om antwoorden te krijgen op de vragen die bij hen allemaal speelden. Was Suze gevallen en zo in het water beland? Was ze dronken geweest? Zolang er zoveel onduidelijk was, was ieder brokje informatie welkom. Misschien zouden ze met die informatie uiteindelijk de gebeurtenissen zo kunnen reconstrueren dat ze in elk geval op dat gebied rust konden vinden en konden aanvaarden dat een stom ongeluk een einde aan het leven van haar zusje had gemaakt.

Een ongeluk, ja, dat had ze toen automatisch aangenomen. Tot ze na een paar dagen met haar vader en Joost op het politiebureau was uitgenodigd voor een gesprek met de recherche. Waar een Nederlandssprekende agente de woorden van de onderzoeksleider, een wat oudere man met de naam Bernardo Lopez, voor hen had vertaald. Woorden die Nikki had aangehoord met oren die waren begonnen te suizen en ongeloof dat zich in haar buik tot zo'n bal had samengeklonterd dat de baby zich gedurende het hele gesprek niet had verroerd.

'Uw zus, uw dochter...' Hij had haar vader en haar aangekeken terwijl hij op de vertaling door de agente wachtte. Daarna ging hij door: 'Uit het forensisch onderzoek van de patholoog-anatoom is gebleken dat zij al was overleden voor zij in het water terechtkwam. De oorzaak van het overlijden is vastgesteld als zijnde het toebrengen van fataal letsel aan de keel en luchtpijp van het slachtoffer, leidend tot verwurging. Dat betekent dat wij de dood van uw dochter en zus behandelen als een onnatuurlijke dood als gevolg van een misdrijf.'

Het was alsof ze op een rad hadden gestaan waar elke keer opnieuw een ruk aan werd gegeven. Eerst Suze dood, een enorme, duizelingwekkende ruk die alles had veranderd. Dan het gegeven dat ze door een ongeluk was verdronken, een ruk die Nikki in verwarring had achtergelaten, want Suze kon goed zwemmen. En toen de mededeling dat ze helemaal niet was verdronken maar was gewurgd – een ruk die haar helemaal de andere kant op bracht en haar alle grip deed verliezen. Toen ze na een lang gesprek over het vervolg van het onderzoek uiteindelijk het bureau hadden verlaten, was ze zo duizelig geweest dat ze steun bij Joost had moeten zoeken om niet om te vallen. Bezorgd om haar en de baby had hij meteen naar het ziekenhuis willen rijden, maar dat was niet nodig. 'Laten we naar het appartement gaan', had Nikki doodmoe gezegd. Daar had ze een tijdje op de bank gelegen, maar zowel haar lichaam als haar hoofd kwam niet tot rust. Intense huilbuien wisselden zich af met momenten van diepe paniek en ongeloof. Ze wilde Suze zien, ze moest met eigen ogen vaststellen dat het waar was wat er werd gezegd, dat haar zusje er niet meer was. Maar op dat moment moest ze nog ruim een week wachten, tot de onderzoeken klaar waren en Suzes lichaam werd vrijgegeven.

Achteraf wist ze nog precies hoe het voelde om het mortuarium binnen te lopen. Ze kon zelfs de scherpe geur van ontsmettingsmiddel nog ruiken en de kou van de ruimte op haar armen voelen. Het beeld van de roestvrijstalen tafel met daarop het lichaam onder een wit laken zou ze ook nooit meer kwijtraken, evenmin als dat van de intens bleke, bijna grijze huid van Suzes gezicht dat was verschenen toen een medewerker het laken had teruggevouwen tot aan het sleutelbeen. In die bleekheid waren de paarse plekken in Suzes hals goed te zien. Met een ingehouden kreet had Nikki haar hand voor haar mond geslagen, de armen van Joost en haar vader stevig om haar heen. Het was al met al een volkomen surreëel beeld geweest, maar het was goed dat ze gegaan was. Voor de verwerking, als die ooit zou komen, moest ze het hebben gezien.

Tien dagen, zo lang waren ze in Marbella gebleven en toen mochten ze het lichaam van Suze naar Nederland vervoeren voor de crematie. Maarten was met hen mee teruggereisd en Nikki wist nog steeds niet precies hoe ze erin waren geslaagd om in zo weinig tijd een uitvaart te regelen waarin de liefde voor Suze, haar levenslust en haar energie de boventoon voerden. Ondanks het zware verdriet keek ze er met warmte op terug – een vreemde combinatie van emoties die nu eenmaal bij rouw hoorde. Wat er niet bij hoorde, maar wat sindsdien wel aan de orde van de dag was geweest, waren de talloze vragen die gedurende de dag door haar hoofd bleven cirkelen en die haar 's nachts wakker hielden. Vragen die uiteindelijk allemaal op hetzelfde neerkwamen: wie?, en ook: waarom?

Een beweging van het vliegtuig haalde Nikki uit haar

gedachten. Ze voelde haar maag buitelen toen het toestel weer wat meters aan hoogte verloor. Ze dwong zichzelf de eindeloze stroom herinneringen te stoppen en keek naar buiten. De bergen waren nu inderdaad niet meer te zien, in plaats daarvan waren de hoge gebouwen van Málaga in het zicht gekomen. Nikki wendde haar blik af en volgde zonder het echt te zien de gebruikelijke bedrijvigheid die samenhing met de aanstaande landing. Automatisch legde ze haar handen op haar buik, waar de baby kennelijk had besloten dat het tijd was voor wat gymnastiek en nu vrolijk schopte. Dat was, zo besefte ze, misschien nog wel een van de dingen die haar het meest pijn deden. Dat haar nu nog ongeboren zoontje nooit zijn tante zou leren kennen, en andersom: dat haar zus die zich er zo op had verheugd om tante te worden, nooit met de baby in haar armen zou staan, nooit een wiebelige dreumes voorzichtige stapjes in de Middellandse Zee zou laten doen. Nooit grapjes zou maken met een ondeugende peuter, het deel waar Suze zich, als Nikki zich niet vergiste, nog het meest op had verheugd.

Het verdriet zat niet alleen in wat niet meer was, maar ook in wat nooit zou zijn, bedacht ze terwijl de passagiers nu allemaal waren gaan zitten en ook het cabinepersoneel plaatsnam op hun stoelen. Buiten kwam de grond rap dichterbij. Misschien was dat wel de reden dat ze nu, drie weken later, opnieuw onderweg was naar de plek waar het allemaal was gebeurd. In het ruim van het vliegtuig bevond zich een koffer met genoeg bagage, op haar werk bij de rechtbank was een collega bezig de zaken waarmee ze druk was geweest voort te zetten en thuis wist Joost dat ze een ticket zonder retourdatum had geboekt – al dwong de zwangerschap haar natuurlijk wel om binnen ettelijke weken huiswaarts te keren. Maar ze moest dit doen. Voor Suze. Het werkte niet op afstand. Ze moest antwoorden zoeken op vragen die haar 's nachts wakker hielden en die overdag als neonborden in haar hoofd knipperden. Ze kon niet rusten voor ze die antwoorden had gevonden.

*

Lena Gomez fronste eerst haar wenkbrauwen en kneep daarna haar ogen tot spleetjes, maar het hielp haar niet om de aantekening die ze zelf had gemaakt te ontcijferen. De kringeltjes die ze bij deze dag in haar agenda had gezet moesten vast letters voorstellen, maar het zou net zo goed een mislukte poging tot het tekenen van een bloem kunnen zijn – al had ze geen idee waarom ze dat had gedaan, want ze hield niet van tekenen en was op dat gebied ook uitgesproken ongetalenteerd. De mogelijkheid dat ze iets had willen onthouden dat bij deze dag hoorde was waarschijnlijker.

Ze zette de kwestie uit haar hoofd en richtte zich op het getuigenverhoor van een steekpartij in een toeristengebied. Dat gedeelte van de stad bestond bijna geheel uit appartementencomplexen waar voornamelijk Nederlandse, Duitse en Britse vakantiegangers een plek huurden. Vaak ging het om een of twee weken, maar sommigen verbleven er zelfs maanden om de koude seizoenen in hun eigen land te ontlopen. De toeristen die met elkaar in conflict waren gekomen, waren echter alle drie twee dagen geleden aangekomen en Lena vermoedde dat ze, gezien de staat waarin ze verkeerden, vanaf dat moment al niet meer nuchter waren geweest. Althans, de twee die ze hadden weten te pakken. Een derde man was op de vlucht geslagen en had nog snel zijn mes in de bosjes gegooid voor hij zich uit de voeten maakte. Twee agenten waren achter hem aan gegaan, maar hadden hem niet te pakken gekregen.

De reden waarom het drietal op de vuist was gegaan was volkomen onduidelijk, net als wie er als eerste een mes had getrokken – de gesprekken die Lena en haar collega's met de omstanders hadden gevoerd ten spijt. De twee mannen zaten na een bezoek aan de spoedeisende hulp nu in een politiecel en zouden voorlopig niet op straat staan, omdat het een uitgesproken opdracht van de burgemeester was dat een zerotolerance-beleid op het gebied van geweldspleging werd uitgestraald. Als de veiligheid, of het gevoel van veiligheid, van een toeristenoord in het geding was, stond de belangrijkste vorm van broodwinning binnen de kortste keren op de tocht.

Lena raadpleegde haar aantekeningen, die al net zo onduidelijk waren opgeschreven als de afspraak of herinnering in haar agenda, maar die ze wél kon ontcijferen. Ze had zichzelf in de loop der jaren een soort persoonlijke steno aangeleerd die maakte dat ze zowel de hoofdlijnen als de details van wat ze bij verhoren te horen kreeg, moeiteloos kon noteren. Nu werkte ze een relaas uit van een Nederlandse man van een jaar of zeventig die vooraan had gestaan toen het gebeurde en die meer opwinding dan afschuw of angst leek te ervaren. Hij wist precies te vertellen waar een van de messen de huid van een raddraaier had doorboord, maar wist dan weer niet wat de mannen elkaar hadden toegeschreeuwd, ook al sprak hij prima Engels.

Lena rondde haar verslag af, sloeg het op in het dossier en opende een nieuw bestand om het volgende getuigenverhoor uit te werken, maar toen viel haar oog op een berichtje dat binnenkwam op haar telefoon. Toen ze de afzender zag, wist ze het ineens weer. De kluwen van letters die ze had neergekalkt in haar agenda vormde een naam en ze herinnerde zich ook waarom ze die naam had opgeschreven. Een paar dagen geleden had ze uit een bericht van Nikki Peters begrepen dat de vrouw plannen had om naar Marbella te komen om antwoord te krijgen op haar vragen over de moord op haar zus. En de aankomstdatum was vandaag. Nikki had gevraagd om een afspraak met Lena en Lopez, en Lena realiseerde zich dat Lopez niet meer op dat verzoek was teruggekomen. Ze pakte haar telefoon en belde hem, maar de oproep ging direct naar de voicemail. Meteen daarna kwam er een berichtje: *Is het dringend?*

Dat was het niet, maar toch wilde ze het antwoord weten. Nikki vroeg in haar berichtje wanneer ze konden afspreken en Lena wilde haar iets laten weten. Daarom schreef ze een bericht terug naar Lopez waarin ze vroeg om een uur van zijn tijd voor de zus van Suze Peters, maar daarna bleef zijn reactie uit. Lena tikte met haar vinger tegen het scherm van haar telefoon. Ook al had de moord op Suze nog steeds prioriteit bij de recherche, er was zo weinig nieuws te melden dat de teamleider waarschijnlijk niet meteen stond te springen om tijd in zijn agenda vrij te maken voor Suzes zus.

Ze voelde een vreemd soort frustratie bij die gedachte. Als agent was ze geen onderdeel van het rechercheteam en dus ook niet belast met de oplossing van de moord. Maar door haar betrokkenheid in de zaak als tolk en als contactpersoon voor de familie, was ze automatisch meegenomen in het onderzoek. En had ze ook gemerkt hoe de aanknopingspunten die er in het begin waren, een voor een waren opgedroogd, tot frustratie van Maarten en Nikki. Die aanknopingspunten waren in het begin talrijk geweest, ook al ontbrak er zoiets als de spreekwoordelijke rokende loop van het al even spreekwoordelijke pistool. Maar toch was het op het oog een zaak geweest waarbij de oplossing een kwestie was van afpellen. Het buitenterrein van het huis was bewaakt met camera's. Niet elk punt van de tuin was daarop te zien, maar dankzij de camerabewaking was er geen mogelijkheid het terrein ongezien te betreden of verlaten. Het zwembad waar Suze werd gevonden en het pad ernaartoe vielen dan weer buiten het zicht van de camera. Dat was voor de dader een zeer gelukkig toeval, al was er natuurlijk ook de theorie dat hij of zij goed op de hoogte was van wat wel en wat niet te zien was. Maar die theorie viel niet te bewijzen en kon bovendien uitsluitend ondersteunend werken in het bewijs.

Het aantal aanwezigen op het feestje was met tweehonderd man relatief beperkt en simpele logica leerde dat een van hen de dader moest zijn – Lena herinnerde zich hoe Bernardo Lopez er een dag na de moord gedreven maar ook ontspannen uit had gezien. De oplossing van de zaak leek hooguit dagen op zich te kunnen laten wachten. Van zo'n selecte groep verdachten konden ze bij andere onderzoeken immers alleen maar dromen.

En toch... Lena haalde diep adem. En toch was de moord nu al drie weken geleden en ontbrak er simpelweg een aanknopingspunt van een motief, laat staan een dader. Een complicerende factor was dat ze niet precies wisten hoe laat Suze was vermoord. Tussen het moment waarop op de camera te zien was dat ze naar binnen liep en het telefoontje naar het alarmnummer, gedaan door Maarten, zat drie kwartier. In die tijd waren vele gasten het huis binnengegaan, weer naar buiten gekomen en soms opnieuw naar binnen gegaan. Er waren nog zo'n tien mensen gearriveerd en niemand had het feest verlaten.

De recherche was gekomen tot een lijst van zo'n twintig mensen die de volle vijfenveertig minuten in het zicht van de camera's in de tuin waren geweest en die dus van de lijst met verdachten konden. De organisator van het feestje, ene Ben Karmgaard, was een van hen. Zijn naam had bij Lena geen belletje doen rinkelen, maar haar collega's van de recherche hadden haar verteld dat hij in Marbella een vrij bekende figuur was, zeker in vastgoedkringen. Hij verhuurde rond de honderd huizen en appartementen en hield zich zo nu en dan bezig met projectontwikkeling. Lena wist niet precies waarom, maar bij zo'n omschrijving kwam er een natuurlijk wantrouwen in haar op. Er waren genoeg schimmige huisjesmelkers actief in de stad en soms bleken achter die voordeuren niet alleen maar toeristen te verblijven. Maar naar Ben Karmgaard was uitgebreid onderzoek gedaan en er was niets verdachts gevonden.

Inmiddels had Lena zich niet alleen in Ben Karmgaard maar in zo'n beetje alle aanwezigen ingelezen. Vanuit haar rol hoefde ze zich niet zo in de zaak te verdiepen, maar de gruwelijke moord had haar gegrepen, zeker omdat ze Suze na de verdwijning van haar vriendin Maria en het ongeluk van haar andere vriendin Celine een aantal keer had ontmoet. Lena kende haar misschien amper, ze had Suze wel meteen gemogen. Suze was met haar opgewekte blik, zachte stem en voorkomende, bijna lieve manier van doen iemand aan wie je geen hekel kon hebben.

Terwijl ze met haar pen de onduidelijke aantekening in haar agenda nog eens omcirkelde, dacht ze opnieuw aan Ben Karmgaard. Gezien het huis waarin hij woonde, en de verhalen van haar collega's, was het wel duidelijk dat hij miljoenen euro's bezat. Hij was ook weleens opgedoken in dossiers van de financiële recherche omdat hij op financieel en belastinggebied op het scherpst van de snede opereerde, maar een tenlastelegging was er nooit gekomen, laat staan een veroordeling. Omdat het feest in zijn huis plaatsvond en hij de gastenlijst had samengesteld, was hij na de moord op Suze meerdere keren uitgebreid verhoord, zowel over een eventuele eigen betrokkenheid als over de mensen die op zijn feest aanwezig waren geweest. Onder de tweehonderd gasten bleken de nodige zakenrelaties te zitten die Ben meer of minder goed kende, en uiteraard een groot aantal vrienden. Suze, zo had Ben meteen duidelijk gemaakt, kende hij niet zo goed als haar vriend Maarten en eigenlijk had hij het tweetal vooral op zijn feest gevraagd omdat ze goed bevriend waren met Max Poelen, die dan wel weer een goede bekende van Ben was. Onlangs had Max nog geïnvesteerd in een vastgoedproject van de Karmgaard Groep en van andere vrienden en bekenden hadden de rechercheurs begrepen dat Max met grote regelmaat bij Ben en zijn vriendin over de vloer kwam. Soms in gezelschap van Maarten, maar vaker alleen. Uitgebreid onderzoek in onder andere Bens telefoon en die van Suze had geen enkele connectie opgeleverd tussen die twee en ook de communicatie tussen Ben en Maarten had geen opzienbarende zaken opgeleverd. Dat gecombineerd met het gegeven dat Ben niet op de plaats delict kon zijn geweest, had hem van de lijst met verdachten gehaald, voor zover hij daar ooit serieus op had gestaan. Hetzelfde gold voor Max Poelen – fysieke aanwezigheid op de plaats waar de moord was gepleegd was toch wel de minimale vereiste om iemand tot verdachte te maken en Max was de volle drie kwartier in het zicht van de buitencamera geweest.

Dat gold niet voor Maarten en als liefdespartner van het slachtoffer was hij natuurlijk meteen op de lijst van de recherche gekomen. Dat de meeste moorden nog altijd werden gepleegd door een partner of andere dierbare van het slachtoffer, was een ongemakkelijke waarheid waar mensen vaak niet aan wilden. En natuurlijk was excessief geweld, niet zelden drugsgerelateerd, nieuwswaardiger, waardoor het leek alsof de kans om op klaarlichte dag door een kartel te worden vermoord vele malen groter was dan dat degene die je ooit liefhad een gevaar zou vormen. Maar de statistieken wezen anders uit.

Uitgebreid was Maarten verhoord – gesprekken waar Lena vanwege Maartens Nederlandse achtergrond bij had gezeten. Hij redde zich in het Spaans en nog beter in het Engels, maar de gesprekken die nu werden gevoerd waren vaak in een moedertaal al lastig. Een vreemde taal kon een barrière opwerpen die de loop van zo'n gesprek beïnvloedde, een situatie die Lopez liever voorkwam met Lena's aanwezigheid. Daardoor wist Lena nu precies wat Maarten had gezegd, hoe hij had gekeken, welke emoties hij had getoond en hoe een spiertje bij zijn oog bijna onophoudelijk had getrild terwijl hij sprak. Op haar was hij overgekomen als diep geschokt, intens verdrietig en volledig gebroken, een situatie die ertoe had geleid dat hij soms warrig formuleerde of met een antwoord volledig voorbijging aan een vraag, zeker op momenten dat de druk werd opgevoerd. Maar al met al had hij de verhoren aardig doorstaan en voor wat betreft zijn bewering dat de relatie tussen hem en Suze harmonieus en liefdevol was geweest, dat er geen sprake was van grote problemen tussen hen twee of in hun verdere leven en dat hij gewoon erg veel van haar had gehouden, kon het tegendeel niet worden aangetoond. Ook hij was uiteindelijk van de lijst met verdachten verdwenen.

Er waren genoeg losse flodders voorbijgekomen. Hoe zat het met de twee vrouwen die voor Suze werkten en dagelijks een grote bijdrage leverden aan haar succes? Ze waren beiden op het feest aanwezig geweest. Was een van hen in blinde jaloezie door het lint gegaan? Het was echter een theorie die het vast goed deed in Hollywood, maar die op geen enkele manier in werkelijkheid aan de orde leek te zijn.

En dan was er nog de optie dat Suzes grote bekendheid haar op een of andere manier fataal was geworden. Dat scenario had de serieuze aandacht van de rechercheurs gehad. Met vele honderdduizenden volgers was Suze niet alleen een bekendheid maar ook een bron van inspiratie voor een grote groep mensen. Wat Suze droeg, at, kocht of deed, wilden zij ook. Voor Suze mocht het dan haar werk zijn om haar volgers mee te nemen in haar leven en diverse producten te promoten, haar volgers zagen haar niet als een commerciële salesdame maar als een vriendin aan wier glamourleven en schoonheid zij zich konden laven. Het was denkbaar dat tussen de bijna negenhonderdduizend mensen die elke dag virtueel met Suze meeliepen in haar leven, er eentje zat die de grens tussen social media en de werkelijkheid niet meer had gezien en die op een of andere manier meer van Suze had verlangd maar dat niet had gekregen. Alleen was ook voor die theorie geen enkele aanwijzing gevonden. Zoals elke publieke figuur, zeker op social media, had Suze vaak genoeg hatelijke reacties en berichten gekregen. Daar konden soms heftige woorden worden gebruikt, maar van bedreiging was geen sprake geweest. Ook was er geen teken dat er een fan was die wellicht verkeerde ideeën in zijn of haar hoofd had gehaald die hadden geleid tot een daad van woede. En zelfs áls dat zo was, dan was een besloten feestje op een door camera's omgeven terrein een van de minst logische plekken om toe te slaan. Het moest niet al te veel moeite kosten om op basis van haar foto's de wijk en zelfs het complex waar Suze woonde te achterhalen. Vaak genoeg had ze daar in haar eentje over straat gelopen.

Lena pakte haar beker en nam zonder nadenken een slok koffie. Die bleek niet eens meer lauw maar ronduit koud te zijn. Toch slikte ze het vocht door en daarna voerde ze de overige koffie aan de plant naast haar bureau. Ze trok met haar mond. Drie weken recherche-onderzoek had vooral de uitsluiting van enkele opties opgeleverd. Andere sporen werden nog nagetrokken, maar dreigden dood te lopen. En boven alles waren vele vragen onbeantwoord.

Lena klikte haar pen uit, keek nogmaals of ze een reactie van Lopez had en toen dat niet zo bleek te zijn, stuurde ze Nikki Peters een berichtje dat ze natuurlijk konden afspreken en dat ze zo snel mogelijk met een dag en een tijd zou komen. Daarna sloot ze haar telefoon en keek weer naar haar aantekeningen over de steekpartij, maar haar concentratie had haar volledig in de steek gelaten.

Hoofdstuk 10

DE RIJ VOOR DE AUTOHUUR LEEK EINDELOOS. MAARten had aangeboden haar van het vliegveld te halen, maar dat had Nikki afgeslagen. Ze huurde liever een auto, zodat ze bewegingsvrijheid had in de weken dat ze in Marbella zou verblijven. 'Je kunt Suzes auto gebruiken', had Maarten nog gezegd. Dat wilde ze niet. Het was Suzes auto, *zíj* hoorde erin te rijden.

Langzaam schoof Nikki weer een plekje op naar voren. Ze appte Joost dat ze in Málaga was, hij reageerde met een hartje en de vraag hoe ze zich voelde. Ze wilde antwoorden, maar haar duim bleef boven het toetsenbord zweven. Dit leek de laatste tijd de moeilijkste vraag te zijn. Als het ging om de zwangerschap, kon ze kort zijn: ze voelde zich goed, soms was ze moe. Maar dat was het makkelijke deel. Hoe voelde het om je zusje te verliezen door een moord die ook nog eens onopgelost bleef? Ze wist eigenlijk nog steeds niet of er wel een woord was om dat gevoel mee te omschrijven. Het waren veel woorden in één, en tegelijkertijd dekten die de lading niet.

Ze stuurde een kort antwoord terug. De rij ging nu ineens vlot en sneller dan verwacht was ze aan de beurt. Ze handelde de administratie af, duwde het bagagekarretje naar de parkeergarage waar de huurauto's zich bevonden en liep wonderwel in één keer op de juiste wagen af. Een jonge Spanjaard snelde toe om haar te helpen haar koffer in de achterbak te leggen en toen kon ze op pad. Het kostte wat tijd om weg te komen uit de drukte rondom het vliegveld, maar toen ze eenmaal de oprit van de A7 had genomen, kon ze doorrijden. De snelweg voerde langs de vele kustdorpen en bood zo nu en dan uitzicht op de Middellandse Zee. De radio speelde een Spaans liedje, de zon scheen uitbundig, in haar buik meldde de baby zich en Nikki probeerde uit alle macht ergens van het moment te genieten, maar dat mislukte jammerlijk.

Ze zette de muziek af en startte een luisterboek over rouw waarvan ze hoopte dat het haar zou helpen, maar tegen de tijd dat ze Marbella binnenreed, besefte ze dat ze al zeker een halfuur niet meer had gehoord wat er werd gezegd. In stilte reed ze verder en zonder navigatie vond ze haar weg richting het appartementencomplex waar haar zusje had gewoond. Ze parkeerde, stapte uit en stond voor het goudkleurige paneel met daarop de namen van alle bewoners en hun bel ernaast. SUZE EN MAARTEN, stond er nog steeds. Ze beet even op haar lip en drukte de bel in.

'Zal ik je helpen?' bood Maarten via de intercom aan, maar dat hoefde niet. Hij opende de deur en ze nam de lift naar boven. De voordeur van het appartement op de bovenste verdieping was nog gesloten. Toen ze aanbelde, zette ze zich schrap. Weer een deur waarachter haar zusje niet op haar zou wachten, weer een golf van gemis. Maarten verscheen. 'Hé', zei hij wat timide. 'Je bent er.'

Nikki deed een stap naar voren en omhelsde hem, wat niet erg handig ging met die buik in het midden. Hij gebaarde er wat ongemakkelijk naar. 'Wow, die is eh...'

'Groot', vulde Nikki aan. 'Dat kan je wel stellen, ja.'

'Ik wilde eigenlijk "mooi" zeggen', zei Maarten met een glimlach. 'Maar "groot" klopt ook wel.'

Hij nam haar koffer van haar over en ze volgde hem naar binnen. Vaga kwam wild kwispelend op haar af en duwde zijn kop tegen haar been. Ze nam de tijd om de hond aan te halen en kroelde met haar beide handen achter zijn oren.

'Hij mist haar ook', zei Maarten die van een afstandje had staan kijken. 'Ik voel het aan alles. Hij is minder vrolijk sinds ze er niet meer is.'

Nikki keek naar haar zwager. De radeloosheid die in het begin bijna tastbaar om hem heen had gehangen, was inmiddels verdwenen. Maar er was iets voor teruggekomen dat zich minder goed liet omschrijven. Waar Nikki eerder altijd een zekere glans in zijn ogen had gezien, leek Maarten nu schichtig, op zijn hoede. Het was alsof hij in zijn hoofd met tien andere dingen bezig was. Zijn schouders hingen lager dan anders, zijn stem was wat schor, zijn baardje te lang en rommelig.

Ze zag dat hij zijn best deed opgewekt over te komen, maar de wallen onder zijn ogen logen niet. Hij gebaarde naar de bank. Voor ze ging zitten, viel haar oog op de foto van Suze die ingelijst aan de muur hing. Het was een van Nikki's lievelingsfoto's, waarop haar zus op de grens van strand en zee stond en achterom keek naar de camera. Suze lachte zorgeloos, haar blonde haar omringd door gouden zonlicht, als een aureool.

Nikki ging op de bank zitten en aaide met haar vinger over de zachte deken op de leuning. Maarten keek naar haar vanuit de keuken. 'Heb je een goede reis gehad?'

Ze knikte en aaide opnieuw Vaga, die zijn kop nu op haar been legde en niet van plan leek om van haar zijde te wijken. 'Alles gewoon op tijd, dat was fijn. De huurauto duurde uiteraard wel lang, zoals gewoonlijk.'

Hij knikte en humde wat. 'Voel je je goed?' vroeg hij daarna met een handgebaar naar haar buik.

Weer die vraag. Nikki knikte automatisch. 'Ja, prima. Of nou ja... voor wat betreft de zwangerschap dan.'

'Ja.' Maarten zoog zijn lippen naar binnen en fronste even. 'En verder?'

'Verder weet ik het eigenlijk niet', zei Nikki. 'Verward, verdrietig, gefrustreerd dat er nog steeds geen doorbraak in het onderzoek is. Jij?'

Maarten gaf geen antwoord, maar trok in plaats daarvan de koelkast open. 'Wil je iets drinken? Ik heb sangria.'

'Ehm...' Nikki gebaarde naar haar buik. 'Doe maar iets fris.'

'O ja.' Hij bleef even staan, keek naar haar met iets van ontreddering, alsof het gegeven dat ze geen alcohol dronk hem op een of andere manier wat uit het lood had geslagen. 'Shit, sorry, ik dacht niet...'

Maarten opende de koelkast en schonk een glas sap voor Nikki in. Daarna keek hij verontschuldigend haar kant op. 'Ik neem wel... ik bedoel, als je het niet erg vindt?'

Nikki wuifde zijn woorden weg. 'Natuurlijk, drink lekker wat je wil.' Dat het nog drie uur moest worden, zei ze niet. Dat ze het aanzienlijke aantal lege flessen op het aanrecht natuurlijk wel had gezien, ook niet.

Ze wachtte tot hij beide glazen had gevuld. 'Zullen we buiten zitten?' stelde Maarten voor en zonder haar antwoord af te wachten liep hij naar de trap die toegang gaf tot het dakterras. Nikki stond op en liep achter hem aan, op de voet gevolgd door de hond. Bovenaan de trap bleef ze even staan om op adem te komen. Hoeveel avonden had ze hier niet met Suze gezeten, met z'n tweeën of met Maarten en Joost erbij. Hoeveel lange gesprekken waren hier niet gevoerd, hoeveel wijn niet gedronken?

Maarten zette de glazen neer en draaide daarna de parasol open. 'Is dit goed?' vroeg hij en gebaarde naar een van de loungebanken. 'Ik kan eventueel een stoel...'

'Nee, dit is prima', zei Nikki en ze glimlachte. 'Als ik niet meer overeind kom, zul je me alleen straks moeten takelen.'

Maarten reageerde niet. Ze ging zitten en nam een slok uit haar glas. Vaga strekte zich uit aan haar voeten en viel in slaap. 'Ik heb een berichtje van Lena Gomez', zei Nikki toen. 'Ze zegt dat we kunnen afspreken en dat ze me nog laat weten wanneer. Ik wil heel graag weten hoe het onderzoek ervoor staat.'

'Tja', zei Maarten en hij haalde kort zijn schouders op. 'Dat kan ik je ook wel vertellen. De politie heeft volgens mij geen idee.'

'Er zit dus geen schot in?'

'Nee.' Hij schudde zijn hoofd. 'Ze hebben iedereen op dat feestje doorgelicht, maar niemand heeft een motief. Logisch ook, ik ken niemand die een hekel had aan Suze. Dat was gewoon onmogelijk.' Hij trok met zijn mond en slikte. 'Ben is er ook stuk van, dat dit in zijn huis is gebeurd. De overdracht van het huis is inmiddels geweest, maar het laat hem natuurlijk niet los. Hij wilde dat hij het feestje nooit had georganiseerd.'

Nikki dacht even na over die woorden. Met de gedachte wat wel of niet was gebeurd als de loop van de geschiedenis net anders was geweest, kon je jezelf helemaal gek maken. Drie minuten later van huis en die vrachtwagen zou nooit jouw weg hebben gekruist. Je zou verder hebben geleefd in onwetendheid aan welk lot je was ontsnapt. Een vlucht die je wel of niet boekte, een afspraak waar je wel of niet naartoe ging, een persoon die je wel of niet ontmoette – het leven zat vol keuzes en toevalligheden die een mensenleven drastisch konden bepalen of zelfs beëindigen.

Maar ze wist niet of het feest van Ben Karmgaard daar ook bij hoorde. De mogelijkheid van een gelegenheidsmoord werd door de politie als onwaarschijnlijk beschouwd. Het gebeurde dat mensen op de verkeerde tijd op de verkeerde plaats waren, maar dan had je het meestal niet over highbrowfeestjes met een gelimiteerde gastenlijst. De algemene aanname in het onderzoek was dat Suze een welbewust gekozen slachtoffer was en dat er misschien eerder al pogingen waren ondernomen om haar van het leven te beroven, al had uitgebreid onderzoek nog geen concrete aanwijzingen daarvoor naar boven gebracht.

'Wat denkt hij?' vroeg Nikki. Ze hadden dit onderwerp al eens besproken, maar daar was weinig concreets uit gekomen. En ook nu, een paar weken later, kon Ben Karmgaard kennelijk geen licht op de zaak werpen.

Maarten haalde kort zijn schouders op. 'Hij zegt nog

steeds dat hij zich niet kan voorstellen dat iemand die hij kent dit heeft gedaan.' Zijn stem klonk opmerkelijk gelaten, of misschien was het vermoeid. 'Dat heeft hij ook tegen de politie gezegd. Ik moet zeggen dat hij verder al zijn medewerking aan het onderzoek heeft verleend. Hij heeft ook aangeboden om de overdracht van het huis uit te stellen als er meer tijd nodig was en de kosten die daarmee gepaard gaan voor zijn rekening te nemen. Maar volgens de politie was dat niet nodig.'

'En Max?' vroeg Nikki. 'Hoe is het met hem?'

Maarten kneep zijn ogen even samen. 'Ik weet het eerlijk gezegd niet zo goed. Je zou zeggen dat we elkaar helemaal hebben gevonden nu we in hetzelfde schuitje zitten, maar in plaats daarvan drijven we steeds verder uit elkaar. Ik begrijp hem niet en hij mij niet, denk ik.'

'Op welke manier?'

'De feestjes, de alcohol, het wordt steeds extremer bij hem. Hij wil mij daarin meenemen, omdat het volgens hem de enige manier is om met verdriet om te gaan. Het leven vieren, zo noemt hij dat. Terwijl ik er juist helemaal geen behoefte aan heb om uit te gaan. Voor mij voelt dat allemaal zinloos.'

Nikki knikte nadenkend. 'Dat zijn inderdaad twee uitersten van omgaan met pijn', zei ze. 'Ik hoop maar dat Max uiteindelijk een manier vindt om zijn verdriet te verwerken in plaats van het te omzeilen.'

Maarten keek haar aan met zijn hoofd schuin. 'Suze zei dat ook een keer, ze wilde het zelfs met hem bespreken. Maar Max staat nergens voor open.' Hij haalde diep adem. 'De dood van Celine is nu bijna drie maanden geleden en ik geloof niet dat hij één avond thuis is geweest. In Nederland komt hij bijna nooit en volgens mij werkt hij amper.'

Nikki knikte langzaam. 'Dan zal het op een bepaald moment wel klaar zijn met die levensstijl. Op zijn Instagram zie ik feestjes, snelle auto's en dure jachten, daarvoor zal hij toch een inkomen moeten hebben.'

'De meeste van die auto's en boten zijn van Ben', zei Maarten. Hij wilde nog iets toevoegen, maar werd onderbroken door de ringtone van zijn telefoon. 'Sorry', zei hij toen hij op het schermpje keek. 'Deze moet ik even nemen.'

Het telefoontje kon kennelijk niet in Nikki's bijzijn worden afgehandeld en Maarten verdween naar binnen. Vaga hief even zijn kop, maar legde die toen weer op haar voeten neer.

Ze pakte haar mobiel en keek naar haar berichten. Er was er eentje van Joost en eentje van haar vader, die vroeg of ze goed was aangekomen. Ze stuurde kort iets terug en vroeg daarna of hij vanavond misschien samen met Joost wilde eten. Normaal gesproken ging ze meerdere keren per week bij haar vader langs en het was lief van Joost dat hij had aangeboden in haar afwezigheid een beetje op haar vader te letten.

Hoewel haar vader vrienden en lieve buren had die naar hem omkeken, wist ze dat hij eenzaam was in zijn verdriet. Met niemand kon hij delen hoe het voelde om een kind te verliezen, ook niet met Nikki. Haar verdriet om Suze was niet groter of kleiner dan dat van hem, maar anders. De enige die hetzelfde gevoel zou kunnen hebben, was allang niet meer in beeld. En had, zo wist Nikki heel zeker, bij lange na niet het verdriet dat haar vader nu had.

Het bleef bizar hoe ze nog maar kort nadat ze zelf over de moord op haar zus had gehoord, het nummer had opgezocht dat ze al zo lang niet meer had gebeld. Dat ze op dat moment wel aantikte, maar de oproep was meteen naar de voicemail gegaan, wat ertoe leidde dat Nikki voor het eerst in wat zeker vijf jaar moest zijn, de stem van haar moeder had gehoord. Veel had dat haar niet gedaan, de stem had net zo goed die van een vreemde kunnen zijn.

Toen haar moeder na een kwartier nog niet had teruggebeld, had Nikki haar toevlucht gezocht tot WhatsApp. Het zou niet lang duren voor het nieuws via sociale media werd verspreid, als dat al niet gebeurd was. Nikki wilde haar moeder liever daarvoor spreken. Met Suzes bekendheid zou het ook zomaar kunnen dat de Nederlandse nieuwsmedia erover zouden berichten. Ook al wist Nikki niet eens of haar moeder wel in Nederland woonde, ze zou het ondanks alles toch een naar idee vinden dat Anneke Lohman op de site van de NOS of *De Telegraaf* moest lezen dat haar eigen dochter dood was.

Haar moeder had geantwoord met een spraakbericht en pas een paar dagen later hadden ze gebeld. Haar moeder had veel vragen gesteld waarop Nikki het antwoord schuldig had moeten blijven. Over de uitvaart was niet gesproken en haar moeder had, tot Nikki's opluchting, ook later niet voorgesteld om erbij te zijn.

Was ze aangeslagen? Nikki wist het niet goed. Misschien wist haar moeder het zelf niet eens. Ze had Suze al jaren niet meer gesproken, een status quo waar beiden genoegen mee leken te nemen. Nikki zat anders in elkaar. Door de jaren heen had ze sporadisch contact met haar moeder gehouden omdat het idee haar helemaal uit het oog te verliezen nog erger was dan de afstandelijke, haast kille band die met haar moeder het hoogst haalbare leek. Nu ze zelf op het punt stond moeder te worden, begreep Nikki nog veel minder van de keuzes die Anneke had gemaakt toen haar dochters tien en twaalf jaar oud waren.

'Vind je het nu moeilijker te accepteren?' had Suze een tijdje geleden gevraagd. 'Jij weet nu hoe het voelt om een kind te dragen. Ik bedoel, in je líchaam. Dat doet toch iets met je?'

En Nikki wist natuurlijk zeker dat ze dit kind, dat ze nog nooit had gezien maar waar ze nu al met haar hart en ziel van hield, nooit in de steek zou laten. 'Ik ga nog mee naar het introkamp van zijn studie', had ze stellig en wat lacherig verkondigd, maar Suze had niet meegelachen.

'Serieus, Nik', had ze gezegd. 'Ik snapte als tienjarige al niet waarom ze ons in de steek liet, maar ik begrijp het nu nog veel minder. Als ik kijk naar jouw buik en als ik denk aan de baby straks... Zelfs ík wil alles doen om die kleine te beschermen en gelukkig te maken en dan ben ik niet eens zijn of haar moeder.'

Die opmerking had Nikki een brok in haar keel bezorgd, waarna ze de opkomende tranen had weggeknipperd en haar zusje had omhelsd. 'Ik ben weleens bang geweest dat ik net als zij was', bekende ze toen. 'Dat ik ook in staat zou zijn om mijn kind in de steek te laten om er met een wildvreemde man vandoor te gaan naar een totaal onbekende bestemming. Maar nu ik zwanger ben, weet ik dat dat niet zo is. Ik ben niet zoals zij.' Ze had Suze losgelaten om haar te kunnen aankijken. 'En jij bent ook niet zoals zij.'

'Zij is volkomen geschift', had haar zusje gezegd met een geestdrift die uit haar tenen kwam. 'Nooit, maar dan ook nooit hoef ik haar nog te zien na alles wat ze jou, mij en pap heeft aangedaan.'

Nikki wist wel wat Suze had gevonden van het contact tussen haar en haar moeder, na Suzes dood. En ergens was het een opluchting dat Anneke na een aantal whatsappberichten binnen enkele weken al niets meer van zich had laten horen, hoe bizar die gedachte ook mocht zijn. Nikki had allang de hoop opgegeven dat ze de keuzes van haar moeder ooit zou begrijpen. Ja, toen ze twaalf was, toen had ze het nog geprobeerd. Toen ze op een dag thuiskwam uit school en haar moeder doodleuk een koffer stond in te pakken. Anneke was al zo vaak van huis dat Nikki zich in eerste instantie geen zorgen had gemaakt. Haar moeder werkte destijds voor de overheid en ging regelmatig op zakenreis. Dat die baan al ruim een jaar eerder was geëindigd en dat ze alle tripjes daarna niet met zakenrelaties maar met mannen had ondernomen, kwam ze pas veel later te weten. Ze wist eigenlijk niet zo goed waarom haar vader dat allemaal had getolereerd.

Maar deze keer was het anders. Haar moeder had een manisch soort blijdschap over zich. Eindelijk zou ze het leven krijgen dat bij haar paste, dat had ze laten doorschemeren. Nikki wist niet wat dat betekende, maar ze had zich maar gewoon over Suze ontfermd die uit school kwam en dorst had. Toen haar moeder klaar was met pakken en de zware koffer de slaapkamer uit zeulde, had Nikki net een schaaltje chocoladekoekjes op tafel gezet.

Na drie maanden hadden ze een kaart gekregen, nog een maand later een brief waarin haar moeder uitlegde dat het gezinsleven niet bij haar paste en dat ze haar dochters daarom achterliet bij een vader die er juist voor was gemaakt. Dat ze nu met een man, die ze niet bij naam noemde, op een plek was waar ze veel meer zichzelf kon zijn. Het was niet duidelijk of die plek een daadwerkelijke locatie was of een spreekwoordelijke plek in zichzelf. De postzegel was er eentje uit Italië geweest, maar dat kon net zo goed van een vakantie zijn.

Wie die man was, was nooit opgehelderd. Ook niet of hij dezelfde figuur was die nu naast haar moeder op haar profielfoto op WhatsApp prijkte. Verzonken in haar gedachten pakte Nikki haar telefoon en zocht het gesprek op. Ze tikte op de foto en zoomde in op het gezicht van haar moeder – een oudere versie van dat van Suze, de gelijkenis was pijnlijk om te zien. De man naast haar had grijs haar, een zweem van een glimlach rond zijn mond en keek naar Anneke alsof hij nog nooit zo'n bijzonder wezen had gezien. De aanblik bezorgde Nikki iets zuurs in haar keel en ze klikte de foto snel weg. Waarom keek ze hier ook naar?

Maarten kwam terug, nu met een biertje in zijn hand. Hij ging zitten en leunde wat naar voren, zijn onderarmen steunend op zijn knieën. Nikki keek naar hem. 'Red je het een beetje?' vroeg ze. 'Heb je genoeg mensen om je heen?' Ze hield haar hoofd schuin. 'Mensen met wie je kan praten, bedoel ik. Komt je familie veel langs?'

Ze realiseerde zich dat ze Maartens familie amper kende. Ze wist dat hij enig kind was. De crematie was pas de tweede gelegenheid dat ze zijn moeder had gezien, zijn vader kende ze sowieso niet. Van Suze had ze begrepen dat die buiten beeld was sinds Maartens ouders op zijn achtste gescheiden waren. Sporadisch sprak hij hem, maar van warme gevoelens was geen sprake.

‘Als we ooit kinderen krijgen, kunnen we precies één opa en één oma bij elkaar sprokkelen’, had Suze weleens gekscherend gezegd. ‘De rest heeft de benen genomen.’

‘Ja, ja, prima’, mompelde Maarten als antwoord op haar vraag, maar hij was afgeleid door iets wat op zijn telefoon gebeurde. Het gesprek viel dood en Nikki staarde voor zich uit naar het uitzicht dat haar zus zo vaak zo gelukkig had gemaakt. Nu bezorgde het haar niets dan een zwaar gevoel in haar buik en een leegte in haar hart.

Hoofdstuk 11

'HET SLAAT GEWOON HELEMAAL NERGENS OP.' OM haar woorden kracht bij te zetten gaf Alexandra met haar vlakke hand een klap op de tafel. De koffiekopjes rinkelden op hun schoteltjes. 'Ze zeggen dat ze onderzoek doen, maar er gebeurt niets. Níéts!' Ze snoof. 'De dader is een van de aanwezigen, dan zou het toch niet zo ingewikkeld moeten zijn? Ga ze gewoon een voor een langs.'

'Maar niemand heeft een motief', vulde Jorien aan. 'Dat is wat we de hele tijd horen. Niemand had een reden om Suze dood te willen. En toch is ze dood.'

Nikki knikte zonder iets te zeggen. Ze nam een slok van haar muntthee en wreef over haar buik, waarbinnen de baby erop los spartelde. Over een uur had ze een afspraak op het politiebureau waar de onderzoeksleider haar zou bijpraten, al viel er waarschijnlijk weinig nieuws te vertellen.

'Ik heb al heel vaak gezegd dat het allemaal wel opvallend is', zei Alexandra nu. Ze likte het schuim van haar cappuccino van haar bovenlip. 'Eerst verdwijnt Maria, dan verongelukt Celine en nu dit met Suze. Maar ja...' Ze bewoog haar handen in een gebaar van moedeloosheid. 'Volgens de politie gaat het om drie opzichzelfstaande gebeurtenissen.'

Jorien keek bedachtzaam. 'Daar heb ik al heel wat nachtelijke uren aan besteed, maar eerlijk gezegd zou ik ook niet weten hoe die zaken met elkaar te maken kunnen hebben. Van Maria weten we niets en Celine was een ongeluk.'

Alexandra hield haar hoofd schuin. 'Ik twijfel inmiddels overal aan. Was het wel een ongeluk?'

Ze liet een stilte vallen. Nikki sloeg haar blik naar haar op. 'Denk jij van niet?'

'Ik weet het niet.' Alexandra spreidde haar handen. 'Jij?'

Nikki gaf geen antwoord. In plaats daarvan keek ze van de een naar de ander. Alexandra met haar golvende bruine haar had iets fels over zich, zeker als ze over Suze praatte. Jorien was rustiger, die woog haar woorden voor ze die uitsprak. Suze had altijd hoog opgegeven van deze twee jonge vrouwen die zo hard voor haar werkten. Ook nu nog gingen ze duidelijk voor Suze door het vuur.

'Ik heb alle direct messages van het afgelopen jaar doorgespit', zei Alexandra. 'Een deel van Suzes leven speelde zich af op Instagram en ik heb telkens het idee dat dat ermee te maken moet hebben. Dat je haar bekendheid niet los kunt zien van haar dood.'

'En?' vroeg Nikki, maar Alexandra schudde haar hoofd.

'Celine was een bekende figuur', zei Nikki toen nadenkend. 'En ook zij is nu dood.'

Alexandra knikte langzaam. 'Maar dat wordt beschouwd als een ongeluk. En als ik dan ga nadenken over die bekendheid, kan ik zelf eigenlijk niet verzinnen hoe dat de moord kan verklaren. Of het moet een doorgedraaide fan zijn die haar op een of andere manier pijn heeft willen doen, maar daarvoor is geen enkel bewijs.'

'Heb je iets opvallends gevonden bij de berichten?' vroeg Nikki. 'Voor de politie geldt dat in elk geval niet.'

Alexandra haalde kort haar schouders op. 'Er zitten heus wel rare berichtjes tussen, maar die komen eerder van toetsenbordhelden dan van iemand die haar echt iets zou aandoen. En die ook nog aanwezig was op het feest. We kenden daar sowieso amper iemand, behalve Ben natuurlijk. Suze had die vriendin van Ben ook maar één keer eerder ontmoet.'

'Zij heeft haar gevonden, toch?' zei Nikki hoewel ze het antwoord wist.

Alexandra knikte. Jorien keek nadenkend naar Nikki. 'Heb jij Ben eigenlijk ooit nog gesproken?'

'Ben?' Nikki fronste. 'Nee, alleen toen het net was gebeurd. Hij was er echt kapot van.' Ze keek naar Jorien. 'En jullie?'

'Wij ook niet. Alleen Maarten, geloof ik. En Max natuurlijk.'

'Hij zal inmiddels wel verhuisd zijn', zei Alexandra. 'Het was niet voor niets een farewell-party.'

Nikki dacht aan de statige villa waar ze een paar dagen na Suzes dood door Ben en Theresa was ontvangen, samen met Joost en haar vader. Ze was nog nooit in zo'n enorm huis geweest en had ook nog nooit zo'n uitzicht over de zee gezien, maar ze had weinig oog gehad voor de schoonheid ervan. Theresa had haar meegenomen naar de zijkant van het huis waar een infinitypool zo in de berg was uitgehouwen dat het vanuit het water inderdaad leek alsof de zee er naadloos op aansloot. 'Daar lag ze', had Theresa gewezen, met haar vinger ongeveer op het midden van het zwembad gericht. 'Met haar gezicht naar beneden en haar armen gespreid. Ze had een hele mooie jurk aan die schitterde in het maanlicht, heel surreëel.'

'Wist je meteen dat ze dood was?' had Nikki gevraagd. Ze wist niet waarom maar het had ineens belangrijk geleken.

Theresa aarzelde even, maar zei toen: 'Ja, dat was heel duidelijk. Ze golfde wat mee op het water, maar ze lag veel te stil. Sorry, ik...' Ze legde haar hand op Nikki's arm. 'Misschien moet ik dit allemaal niet vertellen.'

Het punt was dat ze dat juist wel moest. Het was belangrijk. Ieder detail was belangrijk, maar van de politie kreeg Nikki bijna niets te horen. Alles was onderdeel van het onderzoek en viel dus onder geheime informatie.

'Het was donker en de onderwaterverlichting stond aan', was Theresa verdergegaan. 'Het was een bizar beeld, zoals ze daar lag, net een engel. Ik ben in het water gesprongen en heb geprobeerd haar eruit te trekken. Omdat ik ondertussen om hulp riep, kwamen er al snel mensen aangerend, onder wie Ben. Hij sprong ook in het water en samen duwden we haar op de kant. Iemand, ik weet niet meer wie, heeft nog geprobeerd haar te reanimeren, maar ze was toen al dood.' Terwijl ze praatte had ze in de verte gestaard. 'De politie kwam al snel.'

Over dit gedeelte van de gebeurtenissen had Nikki wel met de recherche gepraat. Hoe een druipende Ben en Theresa de politie te woord hadden gestaan en meteen volledige toegang tot het huis hadden gegeven. Ben had ook laten zien wat de enige manier was om zonder in het beeld van de camera's te verschijnen van het huis naar het zwembad te lopen. De deur aan de zijkant van de villa die je daarvoor moest gebruiken, bleek niet op slot te zijn. Vreemd genoeg was er niet één vingerafdruk op gevonden. Als het scenario klopte dat Suze via die deur naar buiten was gebracht, had de dader ook nog tijd gehad om de klink grondig schoon te vegen.

'Of denk jij van niet?'

'Hm?' Nikki keek glazig naar Alexandra. Gezien de vragende blik op haar gezicht wachtte de vrouw op een antwoord, maar Nikki had geen idee welke vraag er was gesteld. 'Sorry, ik was even in gedachten.'

Alexandra herhaalde wat ze eerder had gezegd, maar opnieuw luisterde Nikki niet omdat ze werd afgeleid door iets wat op straat gebeurde. Twee mannen in hardloopkleding en met bezwete gezichten hielden halt vlak voor het terras. Hijgend door wat kennelijk een intensieve eindsprint was geweest, bogen ze beiden voorover met hun handen op hun knieën. Een van hen keek op zijn horloge, een model waarop hartslag en wat al niet meer te zien was.

Nikki ging verzitten. De baby hield zich nu rustig, alsof hij haar de tijd wilde geven om na te denken. Het leek of er ergens diep in haar hersenen een lichtje was gaan branden, maar er zaten te veel lagen omheen om het te kunnen bereiken. Ze pakte haar telefoon en opende Instagram. Lang scrollen was niet nodig. Daar was hij, de foto die ze zocht. Ze zoomde in, kneep haar ogen samen en knikte toen een paar keer.

*

Ook al naderde het najaar, de zon brandde nog op haar hoofd alsof de zomer op z'n hoogtepunt verkeerde. Met de rug van haar hand wiste Lena wat zweet van haar voorhoofd voor ze haar petje iets dieper over haar ogen trok. Kilometers verderop en tientallen meters lager glansde Ojén in het zonlicht. Daar was het kleine barretje waar ze net koffie had gedronken, iets verderop stond ook haar auto. Als ze nu omkeerde, zou ze er binnen een uur weer zijn. En toch leek het een andere wereld.

In het begin, toen ze net naar Marbella was verhuisd, wilde ze de hele tijd alles verkennen. Het voelde scheef dat Juan al tien jaar in haar nieuwe woonplaats leefde en zij er amper de weg wist. Ook voor haar werk moest ze haar nieuwe thuisstad zo snel mogelijk leren kennen. Dus had ze een paar van die tours voor buitenlanders geboekt en uren door de stad gelopen en gefietst. De ene keer had ze een professionele gids met veel kennis van Marbella getroffen, maar vooral de keer dat ze een gratis stadswandeling met een vrijwillige gids had geboekt, stond in haar geheugen gegrift. Hij was zonder enige uitleg voorbijgegaan aan het bekende Plaza de los Naranjos, de jachten bij de Paseo Maritimo, de bekende Iglesia de la Encarnación of de oude Murallas del Castillo, maar had haar in plaats daarvan wel alles kunnen vertellen over de bordelen van de stad. Lena was blij toen de twee uur durende wandeling erop zat en de keer erop had ze vooraf contact gezocht met de betreffende gids om naar de inhoud van de wandeling te vragen. Juan had veel lol gehad om hoe ze met vallen en opstaan de stad probeerde te leren kennen, maar toch was Lena blij dat ze al die tours had gedaan. Nog steeds als ze met Juan door het centrum liep, kon ze hem dingen vertellen die hij niet wist – laatst nog, op de Avenida del Mar, waar zij precies wist waar de tien bronzen Dalí-beelden voor stonden en hij niet.

Als tweede onderdeel van Lena's inburgering was de omgeving van Marbella aan de beurt geweest. Toen ze de stad redelijk kende, had ze Juan meegesleept op wandelingen in het buitengebied en de verder weg gelegen bergen. Marbella mocht dan bekendstaan om glitter, glamour en geld, de omgeving was juist rauw en soms lastig te verkennen. Lena hield van dat contrast. Het had even geduurd voor ze ook Juan enthousiast had gekregen, maar daarna hadden ze samen heel wat kilometers in de bergen afgelegd. De laatste tijd leken ze zo vaak door werk te worden opgeslokt dat het er niet veel meer van kwam. En eigenlijk zou ze hier nu ook niet geweest zijn, als het niet met haar werk te maken had.

Al was het lastig te zeggen hoe dan precies. Gisteravond had ze tot laat achter haar bureau gezeten, ook al was haar dienst al om vijf uur afgelopen. Vanmiddag zou ze Nikki Peters treffen. Bernardo zou het woord voeren en haar vertellen dat het onderzoek vastzat, ook al zou hij daarvoor andere woorden gebruiken. Ook al was er weinig dat Lena daartegen kon doen, toch voelde ze zich tekortschieten. Was echt alles op alles gezet om de onderste steen boven te krijgen? Ze wist het niet. Wat ze wel wist, was dat de onrust die ze voelde haar hierheen had gedreven. Wandelen, haar ene voet voor haar andere, dat was beter dan thuis keer op keer alle gebeurtenissen door haar hoofd laten gaan. En ook al zou ze geen antwoorden vinden op de plek waar Celine de Rooij de dood had gevonden, toch had ze het gevoel dat ze hier moest zijn.

Nog driehonderd meter tot de mirador, las ze op een bordje. De stevige klim deed zowel haar beenspieren als haar longen protesteren. Onder haar voeten schoot een steentje weg, haar schoenen zagen grijs van het zand en het stof. De lucht werd hier ijler en het kostte haar meer moeite om adem te halen. Hoog boven haar, op een richel die veel te smal leek voor zo'n groot beest, stond een steenbok met twee enorme hoorns naar haar te kijken. Even voelde ze haar hartslag toenemen, maar het beest verroerde zich niet.

'Is dat wel een goed idee?' had Juan vanochtend bij het ontbijt gezegd. 'Ik bedoel, in je eentje in dat gebied... Straks krijgen die bokken weer de kolder in hun kop.'

'Ze hebben nu geen jongen.'

'Maar dan nog...'

Lena had het risico echter graag genomen. Het was nooit eerder gebeurd dat een kudde steenbokken tot levensgevaar had geleid en ze had moeite zich voor te stellen dat het twee keer achter elkaar zou plaatsvinden. Bovendien was de afgrond bij het uitzichtpunt nu beter afgeschermd.

Ze moest even blijven staan om op adem te komen.

Toen ze weer opkeek, had de bok zijn post verlaten. Een voorbijdrijvende wolk zorgde voor wat schaduw, maar verdween net zo snel weer. Nog één bocht en dan was ze er.

Ze probeerde terug te halen wat Suze, Maarten en Max over de situatie hadden verteld. De bokken waren er ineens geweest, had Suze gezegd. De hond liep los en was erop afgerend. Suze en Maarten hadden geprobeerd hem te vangen, waarbij Suze hem uit het oog was verloren. Max en Celine stonden verderop, Max tussen de bokken, Celine meer in de buurt van de afgrond. Maarten en Suze wisten niet precies hoe het daarna was gegaan, ze waren te druk geweest met die hond. Max kon het ook niet vertellen, omdat de bokken hem het zicht op zijn vriendin hadden ontnomen. Het enige wat ze zeker wisten, was dat de hele kudde in beweging was gekomen. En dat Celine er het ene moment nog had gestaan en het volgende moment niet meer.

Lena nam een slok uit haar waterfles en legde de laatste meters naar de mirador af. Op een paar meter van de rand bleef ze staan. De houten balken die wandelaars van de afgrond afhielden zagen er inderdaad nieuw uit, net als het alarmeringsbordje om niet te dicht bij de rand te komen. Een ander bordje waarschuwde om uit de buurt van de bokken te blijven.

Lena legde haar handen op de bovenste houten balk en tuurde in de verte. Een roofvogel zweefde op de thermiek van de lucht, in de verte glansde Marbella in het zonlicht. Ze wist niet precies waar Celine terecht was gekomen, maar het moest ergens tussen de punten van de rotsen zijn. Ondanks de warmte voelde ze een rilling op haar rug. Bang was ze niet, maar zo'n gebeurtenis gaf een plek als deze wel een zekere zwaarte.

Ze liet haar blik rondgaan. Eerst over de vallei, daarna over het uitzichtpunt. Ze liep naar de zijkant, keek rond en liep daarna naar de andere zijkant. Met samengeknepen ogen keek ze naar een ruimte tussen de begroeiing. Ze hurkte, stond weer op en zette toen een stap omlaag, naar een brede, platte rots die het begin van een natuurlijk pad vormde. Daarna liep ze terug naar de andere kant van het uitzichtpunt, waar ze zo'n zelfde pad ontdekte. Het zag er niet heel comfortabel uit, maar ook zeker niet onbegaanbaar. Ze probeerde zich Celines situatie voor te stellen, oog in oog met een kudde steenbokken, ongetwijfeld doodsbang voor de grote dieren. Het begin van beide paden was te zien vanaf het punt waar de houten balken nu waren geplaatst. Wie op de vlucht wilde, zou er een welkome uitweg in kunnen zien.

Of had Celine er overmand door angst geen oog voor gehad? Net als Max in zijn paniek om zijn vriendin?

Ze keek op haar horloge. Het was tijd om aan de terugweg te beginnen, anders zou ze nog te laat komen voor haar werk. Ze wierp nog één blik op het uitzicht en draaide zich toen om. Vanuit haar zak verbrak haar ringtone de stilte.

'Hé', zei ze toen ze zag dat het Juan was.

'Gaat het goed?' Hij klonk wat bezorgd. 'Ben je nog aan het wandelen?'

'Ja, maar ik ga nu weer op weg naar de auto.'

'Ben je helemaal tot aan de mirador gelopen?'

'Ja.' Lena hield haar blik op de ongelijke ondergrond gericht en ontweek een opstaande kei. 'Ze hebben daar nu houten balken en waarschuwingsborden geplaatst. Maar wist je dat er een pad is?'

'Hoe bedoel je?'

'Twee zelfs. Celine is hier over de rand gevallen omdat die bokken haar eroverheen dwongen, maar aan weerszijden van het uitzichtpunt is een pad dat ze had kunnen nemen.'

'Hm.' Juan klonk afgeleid. 'Misschien heeft ze dat niet gezien. Ik kan me voorstellen dat ze haar blik op die dieren gericht hield.'

'Maar je zoekt dan toch een manier om te vluchten?'

'Tja.' Hij zweeg even. 'Ik heb me niet heel goed in die zaak verdiept, maar hoe ik het begrepen heb, was dat het allemaal heel snel gebeurde. Misschien heeft ze zelf niet doorgehad hoe dicht ze al bij de rand stond.'

Lena gaf geen antwoord. 'Ik moet door', zei Juan. 'Ik wilde alleen even checken of het allemaal goed ging.'

Ze hing op. De rest van de wandeling legde ze in stilte af. In haar hoofd kwamen automatisch gedachten op aan de berichten op Celines Instagram. Het lege Spanishlife-account waarvan toch een reactie op Celines Instagram was geplaatst, het vreemde @comefindme dat dat lege account was gaan volgen. Ze had het allemaal doorgespeeld naar Bernardo, maar omdat de dood van Celine geen zaak was die werd onderzocht, leek hij er niet echt prioriteit aan te geven om uit te zoeken wat dit te betekenen had. Het enige wat ze had gehoord, was dat de collega's van de digitale recherche beide accounts als nep hadden gelabeld.

Naar beneden ging een stuk sneller dan omhoog en voor ze het doorhad, was Lena al bij haar auto. Haar huid jeukte van het stof en zweet en de airconditioning bracht welkome verkoeling. In gedachten verzonken reed ze naar huis, douchte en tegen de tijd dat ze onderweg was naar het politiebureau, besefte ze dat ze alleen maar aan Celine de Rooij had gedacht.

*

De ruimte bracht de herinneringen harder terug dan Nikki vooraf had gedacht. Daar was de stoel waarop ze die eerste keer had gezeten, daar de zieltogende plant waarop ze haar blik toen het grootste deel van de tijd gericht had gehouden. Ze bleef even staan. 'Gaat het?' vroeg Lena Gomez met iets van bezorgdheid.

'Ja, ja.' Nikki knikte en glimlachte, al voelde ze hoe de spieren in haar kaak zich op een vreemde manier aanspanden. Moeizaam ging ze zitten maar het kwam niet door haar buik dat ze zich stram voelde.

'Wil je thee?' vroeg Lena. 'Of koffie?'

Nikki vroeg om thee en de agente liep weg om het te halen. Ze keerde terug in gezelschap van Bernardo Lopez. Beide politiemensen gingen aan de andere kant van de tafel zitten. Lena glimlachte naar haar en schikte daarna een stapeltje papieren. Bernardo Lopez had iets vaderlijks over zich toen hij naar haar zwangerschap informeerde, een vraag die door Lena vertaald werd.

Nikki hield haar antwoord kort. Ze leunde wat voorover. 'Ik ben hier omdat ik heel graag wil weten wat er met mijn zus is gebeurd', kwam ze toen ter zake. 'We zijn inmiddels drie weken verder en ik heb alleen maar meer vragen gekregen.'

Er volgde een verhaal dat ze al eerder had gehoord. Onderzoek kost tijd, we volgen alle sporen, zorgvuldigheid is belangrijk. Nikki wist niet of ze zich de blik van verontschuldiging in Lena's ogen verbeeldde. Ze liet zich door Bernardo Lopez meenemen in het onderzoek, maar feitelijk was er niets nieuws te melden.

'Ik heb nog een vraag', zei Nikki uiteindelijk. Ze keek naar Lena en daarna naar de onderzoeksleider. 'Ik zou graag Suzes telefoon terug willen. Er staan foto's op die voor ons emotionele waarde hebben. En als het goed is, is er ook nog een Apple Watch.'

Bernardo Lopez ging verzitten. Hij vouwde zijn vingers als een dakje onder zijn kin en keek haar aan. 'Apple Watch?'

'Ja, Suze had een smartwatch van Apple die te zien is

op de foto's die ze op Instagram heeft gepost en het is ook te zien op de laatste video.' Nikki monsterde zijn gezicht. Hij keek naar zijn collega. 'Zat er een smartwatch bij haar spullen?'

'Suzes persoonlijke bezittingen liggen opgeslagen in ons depot', antwoordde Lena. 'Ik kan kijken of het erbij zit?'

Lopez knikte en Lena stond op. 'En de telefoon?' vroeg ze aan haar baas. Die knikte nogmaals kort. 'Wat mij betreft kunnen we de telefoon vrijgeven', zei hij. 'Alle data zijn overgezet en uitgebreid onderzocht.'

Lena verliet de ruimte. Zonder de Spaanse tolk schakelde Nikki over op het Engels, maar Lopez bleek die taal niet echt machtig te zijn. Verder dan een simpel gesprekje waarin hij benadrukte dat ze echt hard aan het onderzoek werkten, kwamen ze niet.

Gelukkig bleef Lena niet lang weg. Ze legde een doorzichtig plastic zakje op tafel met daarin een witte iPhone. 'Dit is haar telefoon', zei ze. 'Maar een horloge is er niet.' Lena keek naar haar collega, die zijn ogen samenkneep. Nikki pakte haar eigen telefoon en liet op Suzes Instagram de foto aan hen zien die minder dan een uur voor Suzes dood gemaakt was. Om haar pols was duidelijk de smartwatch te zien. Op het bandje glinsterden kleine kristallen en Suze had een bekend sieradenmerk getagd in de foto.

'Opvallend', zei Bernardo Lopez en hij trok het toetsenbord van de computer naar zich toe. Met twee vingers typte hij wat dingen in, maar blijkbaar leidde de zoektocht niet tot antwoorden. 'Ze is inderdaad gevonden zonder horloge', zei hij fronsend. Hij schakelde over op rap Spaans en zei iets tegen Lena. In zijn stem klonk urgentie, zijn blik was scherp.

Lena maakte een aantekening. 'We gaan dit uitzoeken', zei ze. Over tafel schoof ze de telefoon en een formulier naar Nikki. 'Als je hier een handtekening zet, mag je de telefoon meenemen.'

Nikki pakte de pen op en zette haar krabbel met een hand die licht trilde. Ze verliet de kamer met het gevoel dat er niets en tegelijkertijd iets belangrijks was gebeurd.

Hoofdstuk 12

HET WAS STIL IN HET APPARTEMENT. MAARTEN WAS er niet, Vaga evenmin. Nikki ging ervan uit dat hij met de hond was gaan lopen, wat ze als een goed teken beschouwde. Eerder had Maarten gezegd dat het hem vaak moeite kostte zelfs maar uit bed te komen.

Ze haalde het zakje met daarin de telefoon van Suze uit haar tas. Even stond ze ermee in haar handen, niet zeker wat ze ermee moest. Toen haalde ze de iPhone uit het zakje en liet hem door haar handen gaan. Het voelde vreemd om Suzes iPhone in handen te hebben, de telefoon waarmee ze haar zusje zo vaak in de weer had gezien. Ze tikte tegen het scherm, maar de batterij was natuurlijk leeg.

Ze pakte een oplader en nam die mee naar het dakterras. Daar sloot ze de iPhone aan en wachtte tot het scherm tot leven kwam. In de tussentijd belde ze Joost en vervolgens haar vader om te vertellen wat er uit het gesprek met de politie was gekomen. Ze noemde het horloge maar haar vader leek niet helemaal te begrijpen wat een Apple Watch was.

'Is haar horloge gestolen?' vroeg hij.

'Dat weten we nog niet, pap. Maar ze had het in elk geval niet om toen ze werd gevonden.'

Het besef dat Suzes smartwatch er niet was, was gekomen toen ze vanochtend die twee hardlopers zag. Sindsdien bezorgde het haar een onrustig gevoel. Zo'n horloge mat allerlei gegevens, waaronder hartslag en ademhaling. Als ze het droeg toen ze werd vermoord, zou misschien het exacte tijdstip van haar dood vastgesteld kunnen worden. Ze knipperde een paar keer. Misschien was dat wel precies de reden dat de moordenaar het liever af had gedaan. Of wellicht was die reden banaler. Nikki had het horlogebandje met daarop de diamanten opgezocht op internet. Het was bijna vierduizend euro waard.

Ze pakte Suzes telefoon, die nu wel tot leven kwam. De laatste toegangscode die ze kende was haar eigen verjaardag. Ze voerde hem in en stelde tot haar opluchting vast dat Suze de code niet had veranderd. Haar hand trilde licht toen ze door de apps op haar zusjes telefoon swipete. Ze opende de foto's en moest haar tranen wegslikken toen ze erdoor scrolde. Er waren veel foto's van Suze zelf, van Vaga, van Maarten. Van stranden en restaurants en de straten van het centrum. Van het leven van haar zusje waarvan ze had genoten. Ze moest slikken toen ze een foto van zichzelf tegenkwam met haar dikke buik, Suzes hand er beschermend op. Suze had ook tientallen screenshots gemaakt, voornamelijk van Instagramaccounts. Inspiratie misschien of dingen die haar opvielen – Nikki zou het nooit weten. Ze sloot de foto-app af en staarde naar het scherm zonder te weten wat ze nu moest doen.

Een geluid achter haar deed haar hart opspringen. Het volgende moment stond Vaga naast haar te kwispelen. 'Hoi', zei Maarten. 'Hoe was het?'

Nikki had voorgesteld om samen naar de politie te gaan, maar daar had hij vaag op geantwoord. Ze keek hem aan. 'Weinig nieuws, alleen het gebruikelijke. Ze werken eraan, ze volgen de sporen, dat soort dingen.'

Maarten humde als antwoord. Hij maakte een hoofdbeweging in de richting van de telefoon in haar hand. 'Is die van Suze?'

Ze knikte en gaf hem het toestel. Hij pakte het aan alsof het elk moment kon breken. Met zijn duim ging hij over het scherm. Daarna gaf hij de telefoon terug aan Nikki en ging op de loungebank tegenover haar zitten.

Nikki ging verzitten. 'Weet je wat vreemd is? Suze droeg een Apple Watch op het feestje, maar hij zit niet bij de spullen van de politie.' Haar blik ging automatisch naar de pols van Maarten, maar hij had geen horloge. 'De politie leek ook niet te weten waar dat ding is.'

Maarten keek haar fronsend aan. Ergens in zijn blik zag ze het vraagteken ontstaan dat ze zelf ook voelde. 'Dat is vreemd', zei hij langzaam. 'Ze had dat horloge nog niet zo lang, maar ze was er blij mee. En ze had een samenwerking met Swarovski waarvoor ze een heel duur bandje promootte. Volgens mij ook op de avond van het feest.'

'Dat klopt', zei Nikki en ze liet hem de foto zien die Suze op Instagram had geplaatst. De glinsterende steentjes waren hierop goed te zien. 'Deze is aan het begin van de avond gemaakt, denk ik?'

Maarten kneep zijn ogen samen en knikte. 'Ja, dit was toen we aankwamen.' Hij trok wat met zijn mond die zich uiteindelijk in een glimlachje plooide, maar zijn ogen deden niet mee. 'Max en ik hadden allebei een glas champagne voor haar gepakt, daarom heeft ze er in elke hand eentje.'

Nikki wachtte even, maar Maarten zweeg verder. Toen zei ze: 'Op de video die ze later maakte, heeft ze het horloge nog, maar toen ze werd gevonden niet. Dat kan betekenen dat ze het zelf heeft afgedaan, of de moordenaar heeft het meegenomen.'

Maarten knipperde een paar keer. Hij haalde zijn hand door zijn haar, aan de voorkant bleef een pluk rechtop staan. Hij leek tegenwoordig een manier te hebben om wel te reageren op wat er werd gezegd, maar er niet echt op in te gaan. Nu bewoog hij zijn hoofd en maakte geluid, maar het ging te ver om te zeggen dat hij knikte.

'Wacht eens...' Nikki fronste. Naast haar spitste Vaga zijn oren, alsof hij uit haar toon opmaakte dat er iets te gebeuren stond. 'Zou het niet via haar telefoon kunnen?'

'Wat?' vroeg Maarten, maar Nikki gaf geen antwoord. In plaats daarvan pakte ze geestdriftig Suzes iPhone en begon door de instellingen te scrollen. 'Waar zit dat ook alweer...'

Maarten kwam nu toch naast haar zitten. 'Bedoel je de "zoek mijn"-functie? Wil je kijken of je het horloge via de telefoon kan vinden?'

'Ja, precies.' Nikki tikte iets aan, maar kwam terecht bij allerlei functionaliteiten die ze niet zocht. 'Maar ik zie niet...'

'Geef maar.' Maarten pakte het toestel uit haar hand. 'Het staat eh... ah, hier.' Hij tikte wat op het scherm en kneep zijn ogen samen. Toen schudde hij zijn hoofd en hield het scherm naar haar op. 'De laatste locatie van het horloge is ons huis. Het heeft die avond dus geen gegevens opgeslagen of die zijn niet gesynchroniseerd met de telefoon.'

Ze zwegen allebei. Nikki voelde zich teleurgesteld, al wist ze ook niet precies waar ze op had gehoopt. Pas na een hele tijd verbrak ze de stilte. 'Er moet toch íéts zijn', zei ze, maar ze hoorde zelf ook dat haar woorden overtuiging misten.

*

'Tafeltje bij Roberto vanavond?'

Verschrikt keek Lena Gomez op van haar werk toen ze de stem bij de deur hoorde. Haar blik ontmoette die van Juan, hij grijnsde geamuseerd. 'Slecht geweten?'

'Je kent me', zei ze. 'En ja.'

'Ja?'

'Roberto. Reserveer jij?'

Juan beloofde het en wilde doorlopen, maar bleef toen toch staan. 'Alles goed?' vroeg hij met een onderzoekende blik op Lena's gezicht. 'Drukke dienst?'

Lena knikte half. 'Ik vertel je er later wel over', zei ze en Juan tikte even tegen zijn denkbeeldige pet voor hij doorliep. Lena hield haar blik op de deur gericht. Ze had inderdaad een drukke dienst, maar dat was niet de reden dat ze zo diep in gedachten verzonken had zitten werken. Het was ook niet de reden dat ze zich niet kon concentreren op wat ze eigenlijk moest doen en in plaats daarvan voor de zoveelste keer de drie dossiers had geopend. Het dossier over Maria had niet al te veel om het lijf. Verklaringen van vriendinnen, een verslag van wat er in haar woning was aangetroffen met enkele foto's erbij, diverse tips die kort en bondig waren genoteerd met nog korter de uitkomst erbij. Het dossier over Celine telde meer pagina's, maar dat kwam vooral door de vele foto's die ter plekke waren genomen, inclusief die van haar levenloze lichaam. Lena vergrootte een foto die met een drone vanuit de lucht was genomen. Met rode kruisen was aangegeven waar Celine over de rand gevallen moest zijn. Het was een meter of vijf vanaf een van de paden die Lena ter plekke had gezien, maar of Celine ook had geweten dat die er waren, zouden ze nooit kunnen achterhalen.

Ze las de verklaring van Suze nog maar eens door. Een wandeling, een goede sfeer. Celine wilde iets bespreken, maar pas de dag erna. Nee, Suze wist niet wat het was, alleen dat Max en Maarten niet waren uitgenodigd. Misschien had het met Maria te maken, misschien met iets heel anders. Suze had nog gesuggereerd dat het mogelijk te maken had met een berichtje dat Celine via Instagram had gestuurd. Dat bericht was bedoeld om meer informatie te vragen bij een account dat een reactie onder een post van Celine over Maria had gezet. 'Ik weet hoe ik je kan helpen', was de boodschap geweest, opgeschreven in het Slowaaks. Het account Spanishlife29600 mocht dan nep lijken, de reactie was reden genoeg geweest voor Celine om toch een direct message te sturen. Maar voor zover Suze wist, was daar nooit een reactie op gekomen. De enige activiteit rondom Spanishlife was die ene volger die er na Celines dood bij was gekomen.

Lena zoog haar onderlip naar binnen en kauwde erop. Ze begon te bladeren door de papieren die op een slordige stapel op haar bureau lagen, maar het zat er niet bij. Uiteindelijk vond ze in haar aantekeningenboekje wat ze zocht en ze voerde het wachtwoord in op de computer. De vertrouwde website van Instagram verscheen en wie niet beter wist, zou denken dat ze stiekem haar werktijd zat te verdoen. Maar de Instagrampagina op haar scherm was niet die van haarzelf. Vanaf een strandbedje lachte Celine de Rooij haar stralend toe. Het was de laatste foto die ze had geplaatst.

Lena opende de inbox. Er waren heel veel berichten binnengekomen in de tijd die was verstreken sinds Celines overlijden. Het laatste bericht dat geopend was, was ongeveer een week na haar overlijden binnengekomen. De rest was niet gelezen. Lena scrolde erdoor, maar er zat niets opvallends bij. Wat spam, een groot aantal blijken van medeleven en een verzoek tot samenwerken van een bedrijf dat zich kennelijk zo oppervlakkig in de beoogde samenwerking had verdiept dat de marketeer niet eens wist dat Celine toen al ruim een maand dood was. Lena schakelde over naar de tijdlijn van Celine. Ze volgde meer dan duizend accounts en de foto's vormden een hele rij mooie plaatjes van paradijselijke plekken, dure mode en mensen die met groepsselfies aantoonden wat een bruisend sociaal leven ze hadden. Lena wist weer waarom ze zelf amper tijd op sociale media spendeerde.

Haar blik viel op een woord naast Celines profielfoto en -naam. Dat dat haar niet eerder was opgevallen, bedacht ze fronsend. Ze bewoog de pijl van haar muis ernaartoe en klikte de blauwe letters aan: *overschakelen.*

Overschakelen waarnaartoe?

Een pop-up verscheen in haar scherm. Even dacht ze dat er iets mis was gegaan, maar toen realiseerde ze zich wat er gebeurde. 'What the...' mompelde ze zacht voor zich uit. Want dat ze vanuit de Instagram van Celine kon overschakelen op een account met de naam Spanishlife29600 kon maar één ding betekenen: beide accounts waren van Celine.

Lena klikte Spanishlife aan, maar omdat het account bijna niemand volgde was de tijdlijn zo goed als leeg. Er was ook nog steeds alleen maar die ene volger die Lena eerder had gezien, maar op dat @comefindme leek geen enkele activiteit te zijn. De digitale recherche had misschien toch gelijk dat het account nep was. Lena voelde zich duizelig van haar poging om te snappen hoe al die accounts in elkaar grepen. Spanishlife was van Celine en dat betekende dat zij met haar ene account, Spanishlife, de Slowaakse reactie had geplaatst op haar andere, normale, account, maar dat had ze niet aan Suze verteld. Suze had die reactie gezien en had er hoop door gekregen dat iemand Maria te hulp was geschoten. Lena tekende cirkels in haar aantekeningenboekje terwijl ze probeerde een reden te bedenken waarom Celine niet gewoon tegen Suze had gezegd dat het haar eigen account was.

Lena opende de inbox met direct messages. Er waren er twee: eentje met servicemededelingen van Instagram zelf en eentje van het enige account dat überhaupt interactie met Spanishlife had. Ze tikte het aan en haar ogen vlogen over de regels. Het bericht van @comefindme was in het Engels en bevatte slechts twee zinnen.

Maria needs help. I know nothing, only something with 341, and this:

Eronder stond een pijltje met het woord 'foto' erachter, maar toen Lena erop tikte, was er niets te zien. Ze fronste en probeerde het opnieuw, maar de gestuurde foto was slechts tijdelijk te zien geweest en die tijd was blijkbaar verstreken.

Lena leunde achterover in haar stoel terwijl ze langzaam haar adem liet ontsnappen. Ze liet de cijfers door haar hoofd gaan, maar die deden geen belletje rinkelen. Ze opende het dossier van Maria's verdwijning en typte de drie cijfers in in de zoekbalk. Geen resultaten. Hetzelfde gold voor het dossier van Celine. In haar hoofd was ze al bezig met de volgende stap: Lopez inschakelen en hem vertellen wat ze had ontdekt. Ook al was het vaag, de cijfers moesten iets te betekenen hebben. In gedachten stelde ze het bericht dat ze zou sturen alvast op, maar eerst voerde ze de zoekopdracht uit in het derde dossier, dat van Suze.

Ze fronste toen ze naar haar scherm keek. De cijfers hadden toch een zoekresultaat opgeleverd.

Het geluid van haar pieper haalde haar ruw uit haar gedachten. Verstoord keek ze ernaar, een seconde later kwam ze overeind. Terwijl ze zich vlug bij haar collega's voegde om op de spoedmelding af te gaan, bedacht ze dat ze door het dossier van Suze alleen maar minder begreep van die drie cijfers.

*

Maarten was weer verdwenen, niet voor het eerst. Eén telefoontje en weg was hij elke keer, alsof hij op afroep voor zijn werk beschikbaar moest zijn. Misschien was dat ook wel zo, dat wist Nikki eigenlijk niet. De vorige keren dat ze hier was, was het haar niet opgevallen, maar met Suze erbij was ze altijd wat minder op Maarten gericht geweest.

Ze stond op en liep naar de rand van het dakterras. Met haar handen steunend op de houten afscheiding staarde ze naar de zee. Vaga was gaan liggen en opende slechts loom één oog om haar bewegingen gade te slaan. Nikki draaide zich om en keek de andere kant op, waar het centrum van Marbella zich bevond. Ver onder haar, op de drukke straat, toeterde ongeduldig een automobilist.

Ze ging weer zitten, pakte de telefoon van haar zusje en keek nogmaals bij de instellingen. Deze keer wist ze wel waar ze moest zoeken. Maarten had gelijk, stelde ze vast toen ze de zoekfunctie had geopend. De laatste locatie waar de Apple Watch van Suze was geweest, was het exacte adres waar ze zich nu bevond. Ze nam een slok water en staarde met groeiende verbazing naar het scherm.

Het klopte niet. De locatie was inderdaad het appartement, maar de datum... dat was niet de dag dat Suze was overleden. Dat was vandaag. Ondanks het water voelde haar mond ineens droog. Suzes horloge was niet alleen hier in huis, het was ook nog vandaag ingeschakeld.

Op haar eigen telefoon opende ze Google en zocht op wat er te weten viel over Apple Watches. Dat was veel, stelde ze vast, en ze versmalde haar zoekopdracht. Synchronisatie met een telefoon was een fluitje van een cent, begreep ze. En ging automatisch als de telefoon binnen bereik was. Ze opende Suzes telefoon en keek bij gezondheid, berichten, oproepen. Sinds die ene vreselijke dag lag het allemaal stil. Ze raadpleegde Google en zag dat ook de agenda en gesproken memo's automatisch zouden moeten synchroniseren. De agenda liet ze links liggen, in plaats daarvan tikte ze op het zwarte logo met een rode en witte lijn. Ze durfde er bijna niet op te hopen, maar toch tikte ze de dictafoon aan.

Er waren niet veel memo's. Haar hart miste een slag toen ze de datum van de bovenste zag. En het tijdstip.

Ze zette het volume harder en met een wijsvinger die licht trilde, tikte ze de memo aan. De opname was van slechte kwaliteit. Ze hoorde Suzes stem, eerst amper verstaanbaar. Nikki huiverde. Ze had na Suzes overlijden talloze video's gekeken waarop haar zusje te zien was, dus ze had haar stem heus nog gehoord. Maar dit was anders. Suze klonk onzeker, bang zelfs. Er was het geluid van beweging, een ruis. Toen opnieuw Suzes stem. 'Maa...'

Nikki hield haar adem in. De baby lag helemaal stil. Opnieuw de stem van haar zusje. 'Maar...'

Daarna gebeurde er van alles. Suze schreeuwde, er was een onduidelijke mannenstem, er klonk gekreun en toen nog één keer de stem van haar zusje. 'Maria?'

Hoofdstuk 13

JUAN WAS ER AL. NATUURLIJK. ALS ER IN HET WOORdenboek een foto bij het woord 'punctueel' stond, zou het een portret van hem zijn. Lena keek naar hem van een afstandje en voelde even een kriebel in haar buik. Zelfs na vier jaar werd haar oog meteen naar hem getrokken, zelfs na vier jaar kreeg ze het warm als ze naar hem keek.

Zijn blik ontmoette de hare en hij glimlachte terwijl ze naar hun tafeltje liep. 'Sorry dat ik laat ben', zei ze, wat zo'n beetje haar standaard openingszin was als ze niet samen naar een restaurant waren gereden. Juan had nog een afspraak buiten de deur gehad voor zijn werkdag erop zat, Lena was vanaf het bureau gekomen. Eigenlijk had haar dienst erop gezeten toen ze was teruggekeerd van de spoedmelding en om op tijd te komen, had ze rond die tijd moeten vertrekken. In plaats daarvan was ze naar haar werkplek teruggekeerd en had screenshots gemaakt van wat ze had ontdekt. Die lagen inmiddels uitgeprint op het bureau van Bernardo Lopez. Ze had de onderzoeksleider nog willen spreken, maar hij had het politiebureau al eerder die middag verlaten. Het kostte moeite om haar neiging hem meteen te bellen te onderdrukken.

'Vertel', zei Juan nadat hij haar kus had beantwoord en ze tegenover hem was gaan zitten. 'Je ziet eruit alsof je elk moment kan exploderen.'

'Is het zo duidelijk?' zei Lena. Het zou haar niet moeten verbazen. Juan kende haar door en door en ze had sowieso al nooit bekendgestaan om haar pokerface. 'Moet je kijken', zei ze en ze opende haar tas om er wat papieren uit te halen. Vlug keek ze om zich heen, maar geen van de andere gasten zat zo dichtbij dat diegene de gevoelige informatie zou kunnen opvangen. 'Wat is dit?' vroeg Juan en hij draaide zijn hoofd zodat hij met haar mee kon lezen.

'Dit is de inbox van een Instagramaccount dat @spanishlife29600 heet', legde Lena uit. 'Dat account was even in beeld in de zaak van Maria Kovac omdat het een reactie had geplaatst onder een post van Celine de Rooij. De reactie was in het Slowaaks en betekende zoveel als: ik weet hoe ik je kan helpen. Maar het account leek nep te zijn.'

Juan knikte met samengeknepen ogen. 'Maar dat was het niet?' gokte hij toen hij haar blik ving.

'Nee, het blijkt een account van Celine zelf te zijn.' Lena keek haast triomfantelijk. 'Toen ik inlogde op haar Instagram viel het me op dat ik kon overschakelen naar een ander account dat aan haar persoonlijke Instagram was gelinkt. Dat bleek Spanishlife te zijn.' Lena keek naar hem om te zien of hij haar nog kon volgen. 'De vraag is dus waarom ze met haar ene account op haar andere heeft gereageerd zonder aan haar beste vriendin te vertellen dat ze zelf aan de knoppen zat.'

'Misschien omdat haar boodschap alleen voor Maria bestemd was?' zei Juan nadenkend. 'Ze had die immers in Maria's moedertaal geschreven.'

'Maar dat had ze dan toch wel tegen Suze kunnen zeggen?'

'Wie weet was dat wat Celine wilde bespreken tijdens die lunch die ze had voorgesteld? Alleen kwam die lunch er nooit omdat ze die dag verongelukte.'

Lena knipperde een paar keer. Ze was vergeten dat ze dit aan Juan had verteld, maar herinnerde zich nu weer dat ze haar gedachten met hem had gedeeld. Even liet ze zijn woorden door haar hoofd gaan, maar ze keek aarzelend. Het leek haar nogal omslachtig om zoiets te vertellen tijdens een speciaal georganiseerde lunchafspraak waar dan ook nog eens alleen Suze welkom was.

'Er is nog iets', zei ze tegen Juan. 'Want dat Spanishlife-account heeft één volger en die heeft een bericht gestuurd. Hier, moet je kijken.' Ze duwde hem de print die ze van de inbox had gemaakt onder zijn neus. 'Ik weet niet wie de afzender is, maar blijkbaar weet diegene dat Maria nog in leven is en hulp nodig heeft. De foto die gestuurd is was slechts tijdelijk te zien, dus ik kan niet terughalen wat erop staat. Maar dit...' Ze tikte met haar vinger tegen het getal 341 dat in het bericht werd genoemd. 'Dit is interessant. Want ik heb in de drie dossiers zitten zoeken en het getal kwam naar boven in het dossier van de moord op Suze.'

'O?' Juan fronste. 'Wat is het dan?'

Lena moest even wachten met antwoord geven omdat de ober een drankje kwam brengen, ook al had ze nog niets besteld. 'Gokje', zei Juan met een lachje toen haar favoriete cocktail voor haar werd neergezet. 'Of wilde je geen mojito?'

Lena keek hem dankbaar aan en nam een slokje. Toen kwam ze weer ter zake. 'Het getal 341 is het huisnummer van de woning van Ben Karmgaard. Of voormalige woning, moet ik eigenlijk zeggen. Tevens de plaats delict van de moord op Suze.'

Juan zei eerst niets terug, maar Lena kon de radertjes in zijn hoofd bijna zien draaien. Uiteindelijk knikte hij en zei: 'Dus iemand stuurt Celine via Instagram een berichtje dat Maria hulp nodig heeft en dat heeft mogelijk iets te maken met een huis met een bepaald nummer. In datzelfde huis wordt een vriendin van Celine vermoord, maar Celine zelf is dan al verongelukt.'

'Ja', zei Lena. 'Zo kun je het wel zo'n beetje samenvatten.'

'Maar dit moet Lopez toch ook hebben ontdekt?' zei Juan toen enigszins verwonderd. Zijn donkere ogen verraadden dat hij nog niet precies wist wat deze ontdekking te betekenen had, maar dat zijn instinct als rechercheur tot leven was gewekt.

'Nee,' zei Lena, 'want de dood van Celine is vrijwel meteen als ongeval geclassificeerd en dat betekent dat er geen onderzoek is gedaan naar haar berichtenverkeer. Niemand heeft dus naar haar Instagram gekeken, laat staan naar de inbox van het Spanishlife-account.' Ze tikte weer tegen het papier. 'Dit bericht is, voor zover ik weet, alleen door Celine gelezen. En het zou mij niet verbazen dat hetgeen er op de foto te zien was, voor haar aanleiding was om alleen met Suze te willen afspreken.'

'Is zo'n tijdelijke foto terug te halen? Staat die nog ergens op een server?'

Lena trok met haar mondhoeken. 'Daarvoor zullen we bij Instagram moeten aankloppen.'

De opmerking bleef tussen hen in hangen terwijl ze allebei een slok van hun drankje namen. Iedere rechercheur wist inmiddels wel hoe terughoudend socialmediabedrijven waren in het doorspelen van hun data aan opsporingsinstanties. De laatste rechtszaak was daarover zeker nog niet gevoerd.

'Zou het kunnen dat ze het met Max heeft besproken?' vroeg Juan toen. 'Misschien kan hij duidelijkheid geven over wat er op die foto te zien was?'

'We kunnen het hem vragen', knikte Lena. 'Ik wilde vandaag al naar Lopez, maar hij was er niet. Hopelijk kan ik hem morgenochtend spreken.' Ze keek haar man aan. 'Maar wat kan het betekenen dat uitgerekend dit huisnummer blijkbaar een rol speelt bij de verdwijning van Maria?'

'We weten niet zeker dat het getal wordt genoemd omdát het het huisnummer is', temperde Juan haar enthousiasme. 'Het kan net zo goed een deel van een telefoonnummer zijn, of een kenteken, bankrekening, persoonsregistratienummer. De grootste fout die je als rechercheur kan maken, is informatie toedichten aan dat wat je graag wil zien of ontdekken. Het is belangrijk om je vizier altijd open te houden.'

'Maar dan nog...' zei Lena.

'Ik ben het met je eens dat het de moeite van het onderzoeken waard is. En ik weet dat je nu het liefst Lopez onmiddellijk op het bureau zou ontbieden om de nieuwe informatie met hem door te nemen.' Hij grinnikte toen ze betrapt terugkeek. 'Ik weet vrij zeker dat hij er meteen een of meerdere rechercheurs op zet. Wie weet levert het een nieuwe impuls voor het onderzoek op.'

Lena nam een slok van haar drankje. Ze keek Juan aan. 'Goed werk', zei hij en ze voelde zich warm worden bij het zien van de trots in zijn ogen. 'Gefeliciteerd, rechercheur Gomez.'

Ze glimlachte en leunde achterover in haar stoel. 'En hoe was uw dag, rechercheur Gomez?'

'Niet zo opwindend als de jouwe', antwoordde Juan. 'Al moet ik zeggen dat we een flinke stap vooruit hebben gezet met het onderzoek.' Juan kon doorgaans amper iets loslaten over zaken waaraan hij werkte en ook nu wist Lena niet meer dan dat hij zich met zijn team had vastgebeten in een netwerk van vrouwenhandel en prostitutie. En dat de ongrijpbaarheid van dat netwerk hem de nodige frustratie en hoofdbrekens bezorgde. Door de ligging van Marbella aan diverse vitale transportlijnen, zowel via de zee als via land, was er veel smokkelverkeer, zowel van mensen als van drugs.

De ober verscheen aan hun tafel om de bestelling op te nemen, maar geen van beiden had een blik op de kaart geworpen. 'Momentje', zei Juan en de man verdween weer. Lena opende de kaart, maar sloot hem vrijwel meteen omdat ze Roberto's onovertroffen zwaardvis zag staan en niet verder hoefde te kijken. Terwijl Juan tussen de gerechten iets van zijn gading zocht, haalde ze haar telefoon uit haar tas. Tot haar verbazing zag ze een gemiste oproep van Nikki Peters en een whatsappbericht.

Ze opende het bericht, las het meerdere keren door en keek daarna naar Juan. 'Dit is bizar', zei ze met vertwijfeling in haar stem.

'Wat?'

Lena kneep haar ogen samen. 'Nikki zegt dat ze een geluidsopname heeft gevonden van de avond dat Suze werd vermoord. En dat Suze daarop tegen Maria praat.'

De menukaart was meteen vergeten. Lena legde haar telefoon tussen hen in op tafel. Allebei leunden ze voorover om te kunnen horen wat er werd gezegd. De opname was kort en krakerig, maar de stem van Suze Peters was desondanks goed te horen. Lena's verbaasde blik ontmoette die van Juan toen ze de vrouw duidelijk de naam hoorden uitspreken.

*

Het duurde meer dan een uur voor Maarten terugbelde. Tegen die tijd had Nikki de spraakmemo al zeker tien keer opnieuw afgespeeld. Ze had ook Joost gebeld en hem de geluidsopname doorgestuurd. 'Ga naar de politie', had hij gezegd terwijl zijn woorden bijna wegwaaiden doordat hij op de fiets zat. 'Dit is belangrijke informatie.'

Ze had geantwoord dat ze dat natuurlijk zou doen en daarna had ze gevraagd waar hij naartoe ging. Het antwoord had ze zelf ook wel kunnen raden: de padelbaan, waar hij een paar potjes zou spelen om daarna met zijn vrienden aan de bar langer na te bespreken dan de tijd op de baan had geduurd. Ze had een steek gevoeld bij de vertrouwdheid van zo'n avond en even had ze hem zo erg gemist dat het pijn deed.

Lang had dat gevoel niet geduurd, omdat ze zichzelf streng had toegesproken. Ze moest in actie komen, doorpakken nu. Dus had ze Lena gebeld en toen ze geen gehoor kreeg, een whatsappbericht gestuurd. De politieagente had uiteindelijk teruggestuurd dat het absoluut opvallend was en dat ze het morgenochtend onmiddellijk aan rechercheur Lopez zou voorleggen.

'Hé', zei Nikki tegen Maarten. 'Luister, er is iets vreemds.'

'Wat dan?'

'Het gaat om dat horloge van Suze. Ik weet waarom je zag dat het voor het laatst hier in huis is geweest. Dat is omdat de locatie vandaag nog is geüpdatet nu haar telefoon er weer is.'

'Maar het is... Het is...'

'Ik heb nog iets gevonden', zei Nikki toen Maarten zijn zin niet afmaakte. 'Het is een opname die op een of andere manier door Suze is gemaakt op de avond van de moord. Je hoort daarin dat ze de naam van Maria zegt.'

Aan de andere kant van de lijn bleef het stil, eerst een paar seconden, toen een halve minuut. 'Ben je er nog?' vroeg Nikki.

'Ja... ja, ik ben er nog.' Maarten schraapte zijn keel. 'Ik begrijp het alleen niet.'

'Ik ook niet, maar ik heb dit natuurlijk onmiddellijk naar de politie gestuurd. Ik wacht nu op een reactie. En...' Nikki's aandacht werd afgeleid doordat het scherm van Suzes telefoon oplichtte. Eerst dacht ze dat ze het niet goed had gelezen, maar ook toen ze nogmaals keek, stond de naam er nog steeds.

'Wat?' vroeg Maarten toen ze niet verder praatte. 'Nik?'

'Ik eh...' Er prikte zweet in haar nek. 'Ik weet niet...'

'Wat is er? Ben je in orde? Is er iets met de baby?'

'Nee, nee.' Ze slikte moeizaam. 'Alles oké. Ik moet alleen even ophangen. Ik bel je later.' Zonder Maartens antwoord af te wachten verbrak ze de verbinding. Met een trillende hand legde ze haar eigen telefoon aan de kant en pakte die van Suze op. Ze knipperde een paar keer. Het stond er echt, in het midden van het schermpje. De afzender van het bericht was Maria. Vlug opende Nikki het bericht. Haar hersenen waren al begonnen haar allerlei alternatieve verklaringen voor te schotelen. Er waren zoveel Maria's in Spanje en er stonden er vast ook een aantal opgeslagen in Suzes telefoon. Dit bericht hoefde niet van die ene Maria te zijn. Sterker nog: dat was de minst voor de hand liggende optie aangezien die Maria inmiddels al een halfjaar werd vermist. En nu ze daar toch over nadacht: de kans dat Suze in de spraakmemo praatte tegen een andere gast op het feestje die toevallig ook die naam had, was vele malen groter dan dat haar zusje op een glamourparty voor het oog van tweehonderd gasten nu net haar al maanden vermiste vriendin had ontdekt.

Stop, sprak Nikki zichzelf in gedachten streng toe terwijl ze tot twee keer toe de verkeerde code intoetste omdat haar hand te veel trilde. Toen het eindelijk lukte en ze haar gedachten min of meer tot zwijgen had gebracht, opende ze WhatsApp.

Het bericht was zo vreemd dat ze het meer dan eens moest lezen. Het was gericht aan Suze en dat gegeven op zichzelf was desoriënterend. De berichten ervoor waren van langer geleden en waren onbeantwoord – het was Suze die een lange rij had gestuurd, soms met een uur ertussen, later met een dag of een week. Alle berichten hadden dezelfde strekking: waar ben je? Nikki scrolde terug en zag een bericht van Maria dat, zo rekende ze snel uit, ongeveer een week na haar verdwijning naar Suze was gestuurd. Maria liet haar weten dat het goed met haar ging maar dat ze haar eigen leven moest leiden nu, en dat ze geen contact meer wilde. Daarop waren veel vragen van Suze gekomen, maar die waren niet beantwoord.

Nikki scrolde terug naar het laatste bericht. Het was in het Engels, maar automatisch vertaalde ze het voor zichzelf. Ze knipperde terwijl ze het las en probeerde de betekenis te vatten, maar het duurde even voor haar hersenen meewerkten.

Lieve Suze, wees alsjeblieft voorzichtig in Marbella. Vertrouw niemand, en als je contact hebt met deze man, zorg dan dat je veilig bent en ga meteen naar de politie. Hij is gevaarlijk. Hij heeft Irina, alsjeblieft help haar als je kan. Ik zou je heel graag willen zien maar het kan niet, het risico voor ons allebei is te groot. Misschien ooit. Love, Maria

Met de telefoon in haar hand bleef Nikki voor zich uit staren. In haar hoofd suisde en ruiste het, alsof ze een klap in haar gezicht had gehad. Ze tikte op de foto en voelde haar hart bonken. Het beeld was vaag en donker. Er waren twee mannen te zien, eentje van de achterkant en eentje van wie het gezicht wel zichtbaar was. De foto was duidelijk snel en stiekem genomen, vanuit een moeilijke hoek. Maar toch was het gezicht goed te zien. Nikki keek ernaar terwijl in haar hoofd haar gedachten zo snel over elkaar heen buitelden dat ze zich duizelig voelde.

Maria leefde nog, dat was haar eerste gedachte. Dus het kón, het was mogelijk dat Suze op de opname daadwerkelijk tegen haar had gepraat. Maar wat deed Maria in het huis van Ben Karmgaard? Op geen van de camerabeelden was ze zichtbaar, wat betekende dat ze er niet als gast aanwezig was. Had Suze haar ergens in het huis getroffen?

Er kwam een idee op dat Nikki het gevoel bezorgde dat haar maag werd samengeknepen. Was Suze op Maria gestuit terwijl Maria niet gezien mocht worden?

Blijkbaar was Maria inmiddels ergens anders. Thuis... Betekende dat thuis in Marbella of thuis waar ze vandaan kwam? Nikki keek naar de profielfoto, maar die liet slechts een boom in bloei zien, geen enkele aanwijzing over de verblijfplaats van Maria. Haar oog viel op de naam in het berichtje. Irina... Ze pijnigde haar hersenen maar ze kende niemand die zo heette. Op Suzes telefoon zocht ze naar de naam, maar hij kwam nergens naar boven. Niet in contacten en niet in berichtjes.

Maar het vreemdste was nog dat Maria rechtstreeks tegen Suze sprak. Als ze in Marbella was, was het vrijwel onmogelijk dat ze niet over Suzes dood had gehoord. De lokale media hadden erover bericht en het was zelfs op het landelijke nieuws geweest. Op alle socialmedia-kanalen van Suze hadden ze een bericht namens de familie geplaatst en wie haar googelde kon ook niet om de moord heen. Dus hoe kon het dat Maria kennelijk van niets wist? Als ze die ene avond daadwerkelijk aanwezig was geweest, was het vrijwel onmogelijk dat ze niet over die tragische gebeurtenis had gehoord.

Ze tikte opnieuw de foto aan die Maria had gestuurd. Deze keer zoomde ze in op het gezicht van de man aan wie Maria kennelijk groot gevaar toedichtte. Hij moest rond de zestig zijn met licht krullend grijs haar. Op de foto droeg hij een lichte broek en een donkerblauw overhemd en hij keek naar iets dat zich links van de camera bevond. Hij lachte niet echt, er was meer een zweem van een glimlach rond zijn mond te zien, maar voor zover Nikki dat kon beoordelen op een foto, deden zijn ogen niet mee. De andere man, van wie het gezicht niet te zien was, stond dichter bij de camera en was duidelijk een kop groter dan de man met het blauwe shirt. Nikki zoomde helemaal in op de achterkant van zijn hoofd, maar ze kon weinig specifieks ontdekken. Donker haar, geen kaalheid, een lichtblauwe kraag die boven een grijs jack uitkwam. Er bestonden miljoenen mannen die er zo uitzagen.

Ze zoomde uit en richtte haar blik weer op het gezicht van de andere man. Ergens in haar begon een gevoel te ontstaan dat ze niet goed kon duiden. Het was of er diep in haar een alarm afging, maar ze wist niet waarom. Haar hersenen leken zich te roeren. Ze kneep haar ogen samen en staarde naar het gezicht, maar het juiste beeld in haar hoofd wilde niet komen.

HOOFDSTUK 14

MAARTEN KWAM DIE AVOND NIET THUIS. OM HALFELF was Nikki zo moe dat ze in bed ging liggen, maar tegen de tijd dat haar hoofd het kussen raakte, verdween de slaap als sneeuw voor de zon. Haar lichaam voelde zwaar en log, maar in haar hoofd raasden de gedachten. Ze draaide zich op haar andere zij, een manoeuvre die met de dag moeizamer leek te gaan. Ze vond een extra kussen en stopte dat onder haar buik, maar echt helpen deed het niet omdat het niet de baby was die haar wakker hield.

Het was dat gezicht. Sinds ze het op de foto had gezien, leek het op haar netvlies gebrand te staan. Elke keer als ze haar ogen sloot, kwam het terug. Ze groef dieper en dieper in haar hersenen maar ze wist niet wie het was, terwijl haar gevoel haar vertelde dat ze dat wel zou moeten weten. Het was niet een erg origineel gezicht – er waren legio mannen van rond die leeftijd die er ongeveer zo uit moesten zien. En tegelijkertijd was er iets met die ogen. De scherpe blik die niet bij de lachende mond paste. Als de foto had bewogen, had de man spiedend rondgekeken, zo kon ze zich voorstellen.

Ze had het bericht en de foto meteen naar Lena Gomez willen doorsturen, maar had het niet gedaan. Lena had al gestuurd dat ze de volgende ochtend met de spraakmemo aan de slag zou gaan en Nikki maakte daaruit op dat ze vanavond vrij was. Ze kon moeilijk van de agente verwachten dat die meteen haar vrije avond zou opgeven voor een bericht en een foto die weliswaar Nikki's hartslag verhoogden maar die voor de politie misschien niet eens zoveel te betekenen hadden.

Die hartslag van haar, die bleef maar hoog. Waarschijnlijk kwam het door de onrust in haar hoofd, het gevoel dat ze deze man eerder had gezien, al wist ze niet waar en wanneer. Ze had lang nagedacht over de juiste woorden naar Maria en uiteindelijk had ze maar gewoon geschreven hoe het was: dat Suze was vermoord en dat de politie in het duister tastte over de dader. En dat ze niet wist wie de man op de foto was maar dat ze heel graag alles wat Maria over hem wist ook wilde horen.

Maar het bericht had niet meer dan één vinkje gekregen, wat betekende dat het niet was afgeleverd. Nikki had er een tweede bericht achteraan gestuurd om te vragen wie Irina was, maar ook dit bericht was niet gelezen.

De hele tijd kwamen losse gedachten op als pop-ups in haar hoofd. Misschien herkenden de rechercheurs die man wel, of Maarten. Misschien kon de politie de telefoon van Maria traceren en haar opsporen. Misschien wist Maria meer dan wat ze tot nu toe had gestuurd. Misschien...

Ja, misschien. Nikki draaide zich nog maar weer eens om. 'Misschien' was alles wat ze had, dacht ze gefrustreerd. Ze sloot haar ogen weer en het beeld van de man kwam opnieuw terug. Het gevoel dat ze ergens naar reikte dat haar telkens ontglipte, begon al te wennen. Langzaam zakte ze toch even weg in een onrustige slaap, maar na wat slechts een paar minuten leek, werd ze weer wakker.

Zo ging het de hele nacht door. Het moest nog zes uur worden toen ze uiteindelijk maar uit bed stapte met het gevoel dat haar hoofd vol watten zat. Ze schoot een dunne badjas aan en verliet de kamer. De deur van Maartens slaapkamer stond op een kier. Ze had hem ook in de nacht niet horen thuiskomen en het bed was duidelijk onbeslapen. Ze overwoog hem te bellen, maar er was iets wat haar tegenhield en dat was niet het vroege tijdstip.

Vaga keek verwonderd op toen ze de woonkamer binnenkwam. Hij gaapte uitgebreid en sloeg wat met zijn staart, maar vond het duidelijk nog te vroeg om op te staan en haar te begroeten. In de keuken zette ze een beker sterke thee die ze meenam naar het dakterras. Zo vroeg in de ochtend voelde de lucht dun en fris. Staand bij de rand keek ze naar beneden. Op straat was het zo goed als stil, al vond een vroege hardloper met grote passen zijn weg over de lege stoep. Er kwam een taxi voorbij die afremde bij de deur van het appartementen-complex, maar net toen ze dacht dat Maarten eruit zou stappen, reed de auto door. Ze keek op haar telefoon. Geen berichten. Ook op die van Suze was niets meer binnengekomen.

Ze ging op een van de loungebanken zitten en knipperde een paar keer, maar haar hoofd voelde nog steeds wollig. Ze legde haar hand op haar buik. De baby reageerde onmiddellijk door er met zijn voetje tegenaan te schoppen, al kon dat net zo goed toeval zijn. 'Hé kleintje', mompelde ze zacht en ze schoof haar badjas iets opzij om de beweging van de baby in haar buik te kunnen zien. Even werd ze overvallen door het gemis. Hier, op deze loungebank, had ze met Suze kunnen zitten. Had ze zich samen met haar zusje kunnen verwonderen over de schopjes van de baby, kunnen verheugen op zijn komst.

Ze nam een slok van haar thee, maar daarmee verdween de brok in haar keel niet. Alsof de baby aanvoelde dat ze het nodig had, deed hij extra hard zijn best. Onder haar hand voelde ze een voetje, daarna het hoofdje. Ze pakte haar telefoon en maakte een filmpje van haar bewegende buik, dat ze naar Joost stuurde. Hij kwam meteen online en omdat hij toch wakker was, belde ze hem op.

'Hé', zei hij. Op de achtergrond klonk het geluid van het koffiezetapparaat. 'Jij bent er vroeg bij.'

'Anders jij wel. Hoe gaat het?'

'Goed. En met jou? Heb je goed geslapen?'

'Niet echt', zei Nikki.

'Lag je te piekeren over die opname?'

Nikki haalde diep adem. 'Ook', zei ze. 'Maar het verhaal wordt nog gekker. Maria heeft een bericht gestuurd naar Suzes telefoon.'

'Hoe bedoel je?' vroeg Joost niet-begrijpend. 'Maria die vermist is?'

'Ja, het bericht is afkomstig van het nummer dat ze eerder ook gebruikte. Ze leeft dus nog, maar ze wist niet dat Suze is vermoord.'

'En wat stond er in het bericht?'

Nikki las het voor en stuurde hem de foto door. 'Komt me niet bekend voor', zei Joost nadenkend. 'Wat zegt de politie ervan?'

'Ik ga het zo meteen naar ze sturen. Maar weet je wat gek is? Ik heb het idee dat ik die man eerder heb gezien, ik weet alleen niet waar.'

'Bedoel je dat je hem kent?'

'Ik weet het niet zo goed. Maar dat gezicht, die ogen... Ik pieker me suf, maar ik kom er niet op.'

'Nik...' Joosts stem klonk ineens wat aarzelend. 'Ik maak me zorgen om je. Je weet niet waar je je in begeeft en al die stress kan niet goed zijn voor de baby. Is het niet beter als je naar huis komt en het verder aan de politie overlaat?'

'Dat kan ik niet', zei Nikki zacht, ook al raakte de bezorgdheid in de stem van haar vriend haar. 'De politie lijkt geen idee te hebben en wat me de allergrootste stress bezorgt, is dat degene die mijn zusje heeft vermoord nog elke dag vrij rondloopt. Diegene kan gewoon naar het strand, afspreken met vrienden of in de zon zitten. Die kan wel door de stad lopen of varen op de Middellandse Zee of zich vergapen aan de jachten in Puerto Banús – alles wat Suze nooit meer zal kunnen.' Er zat een snik in haar stem toen ze verder praatte. 'Daarom moet ik dit doen, schat.'

'Ik begrijp het', zei Joost na een kleine stilte. 'Maar doe alsjeblieft voorzichtig. Niet voor mij en misschien niet eens voor jezelf, maar wel voor de baby.'

Nikki beloofde het, zei dat ze van hem hield en verbrak daarna de verbinding. Met haar telefoon in haar hand bleef ze voor zich uit zitten staren. Ze zou niets liever willen dan zichzelf alle rust geven, zich helemaal op de zwangerschap richten en zich druk maken over de inrichting van de babykamer. In een andere wereld, een ander universum, zou dat precies zijn wat ze nu aan het doen was. Maar de werkelijkheid lag anders. De werkelijkheid was dat de lucht nu langzaam steeds lichter werd als teken dat de zon weldra zou opkomen. Die zon leidde een nieuwe dag zonder Suze in en weer een dag waarop de moordenaar kon doen wat hij of zij wilde. Ze legde haar hand weer op haar buik, maar de baby reageerde niet. 'O Suze...' zei ze hardop. De woorden bleven op een vreemde manier in de lucht hangen, zo zonder ontvanger of doel. 'Je moest eens weten.'

Plotseling moest ze een beetje lachen en huilen tegelijk. Ze kon zich precies het gezicht van haar zusje voorstellen als die haar zo zag, in alle vroegte op het dakterras, pratend tegen zichzelf. Suze zou niet hebben geaarzeld haar naar haar geestelijke vermogens te vragen, waarna Nikki gekscherend zou hebben gezegd dat gekte nu eenmaal in de familie zat, kijk maar naar mama. Het was een grap die alleen zij en Suze mochten maken.

Ze veegde de ene traan weg die over haar wang naar beneden liep en zette de gedachte uit haar hoofd. Toen nam ze de laatste slok van haar thee en ontgrendelde het scherm van haar telefoon. Nikki opende de foto, die ze vanaf Suzes toestel naar het hare had doorgestuurd, zette hem in een mail en begon een bericht naar Lena Gomez te typen.

Plotseling bleef haar duim boven het toetsenbord zweven. Vanaf haar scherm keek de man haar net niet aan. Ze wist niet of het kwam doordat de mist in haar hoofd begon op te trekken of door de gedachte aan Suze of aan haar moeder, maar ineens kwam er een nieuwe gedachte in haar op. Er was iets met een foto, dat wist ze plotseling heel zeker. Die man... Zijn gezicht op het scherm was hoe ze hem eerder had gezien. Op een telefoon of het scherm van een laptop, niet in het echt.

Er flitste een gedachte voorbij, een flard van een herinnering. Ze pakte haar telefoon en het gevoel werd sterker. Ze sloot haar ogen en probeerde uit alle macht de herinnering die nu zo dichtbij was, voor zich te zien. Ze opende haar ogen weer en zag hoe haar knokkels wit waren van hoe stevig ze de telefoon omklemde. Ze veegde met haar duim over het scherm en ineens was het er.

Voor haar geestesoog zag ze voor zich hoe ze haar eigen telefoon pakte en een foto aantikte. Een klein rondje dat groter werd toen ze erop tikte, een man en een vrouw naast elkaar op de foto. De herinnering was nu heel scherp.

Ze keek naar de telefoon in haar hand en opende WhatsApp. Daar zocht ze haar moeder op, die onder haar voor- en achternaam stond opgeslagen en niet onder 'mama'. Ze las vluchtig de laatste berichten die ze hadden uitgewisseld, nu ruim een week geleden. In haar hoofd hoorde ze weer haar moeders stem aan de telefoon. Anneke was heus geraakt door de dood van haar dochter, maar op een manier zoals het overlijden van een ver familielid je raakte. Nikki kon haar reactie op z'n best lauw noemen. Onbewust aaide ze met haar hand over haar buik.

Ze maakte haar blik los van de berichten en verplaatste haar duim naar de profielfoto van haar moeder. De beweging ging langzaam, alsof ze het moment probeerde uit te stellen. Ze tikte en de foto vulde nu het scherm. Daar was hij, de man die met een bewonderende blik naar haar moeder keek. Het grijze haar, de lachende mond. Op deze foto deden zijn ogen wel mee, maar het was hem onmiskenbaar.

Ze ademde zo scherp in dat het pijn deed in haar longen. De baby reageerde met een schokkerige beweging. Haar hart begon als een razende te bonken. Ze ontgrendelde Suzes telefoon en legde de ene foto naast de andere. Zoomde in op de gezichten en hield die naast elkaar. Haar mond was nu kurkdroog en haar oren suisden. Haar hoofd bonkte op het ritme van de woorden van die ene vraag die als een bliksem door haar heen ging: waarom was de man voor wie ze volgens Maria bang moest zijn, dezelfde man als de vriend van haar moeder?

Ze belde Joost en legde hem hortend en stotend uit wat ze had ontdekt. Hij vroeg haar de foto's te sturen en floot tussen zijn tanden toen hij ze binnenkreeg. 'Geen twijfel', zei hij en aan zijn stem was te horen dat hij ook niet wist wat hij hiermee moest. 'Ga onmiddellijk naar de politie, Nik', zei hij toen gealarmeerd. 'En kom daarna alsjeblieft naar huis. Wat hier ook gaande is, ik wil niet dat je er letterlijk middenin zit.'

Zonder zijn woorden echt tot zich te laten doordringen, zei Nikki ja. Ze hing op en probeerde vat te krijgen op haar gedachten die over elkaar heen buitelden. Wat moest ze doen? Haar moeder bellen en vragen hoe het zat? Automatisch had ze aangenomen dat de man naast haar moeder haar vriend was, dezelfde als degene voor wie ze jaren eerder haar gezin had verlaten. Maar was het zo? Wat wist ze nu echt over hem of over het leven dat haar moeder na haar vertrek had geleid? Ze moest natuurlijk ook Lena Gomez laten weten wat ze had ontdekt, dat had de hoogste prioriteit. En Maarten, waar hij ook uithing. Hij kende veel mensen in Marbella. Misschien kon hij hun vertellen wie de bewuste man was.

Ze keek naar de mail voor Lena Gomez die ze had opgesteld, maar bedacht zich. Het was nu bijna kwart voor acht en het liefst wilde ze Lena bellen, maar de werkdag was waarschijnlijk nog niet begonnen. Dus opende ze WhatsApp, stuurde de beide foto's en een screenshot van het gesprek met Maria en legde uit wat ze had ontdekt. Daarna drukte ze op 'verzenden' en bleef wachten, maar Lena kwam niet online. Rusteloos liep Nikki naar binnen, douchte en kleedde zich aan, gaf Vaga eten en net toen ze de riem wilde pakken om de hond uit te laten, kwam Maarten binnen.

Het was moeilijk te zeggen of hij die nacht wel had geslapen. Als ze moest gokken, zou Nikki zeggen van niet. 'Hé', zei hij en zijn stem klonk schor. Er zat een vlek op zijn lichtblauwe polo, waarvan alle knoopjes openstonden. Zijn haar zat warrig, maar desondanks oogde hij scherp, niet alsof hij had gedronken.

'Hoi.' Nikki hield haar hoofd schuin. 'Waar kom jij vandaan?'

'O...' Maarten liep langs haar naar de keuken, waar hij een glas vulde met water. 'Ik heb gewerkt.' Staand bij het aanrecht dronk hij het glas leeg, daarna stopte hij een cupje in het Nespressoapparaat. 'Wil je ook?'

'Nee, ik eh...' Nikki legde de riem weg. Vaga droop teleurgesteld af. 'Of doe toch maar wel', zei ze toen en ze haalde diep adem.

Maarten rommelde met de cupjes en de melkopschuimer en overhandigde haar vervolgens haar cappuccino. In één teug sloeg hij zijn eigen espresso achterover. 'Ik ga even douchen', zei hij, maar Nikki hield hem tegen.

'Er is iets vreemds gebeurd', zei ze. 'Hier, moet je kijken.' Ze pakte Suzes telefoon en liet hem het bericht van Maria zien. Ze hoorde hoe zijn ademhaling dieper werd, hijgend bijna. 'Maar dit is...' Hij keek Nikki aan met een vreemde blik in zijn ogen. Ze knikte. 'Ik weet het. Het ziet ernaar uit dat Maria nog leeft. Maar er is nog iets veel vreemders. Het gaat om die foto.' Ze tikte hem aan en zoomde in op het gezicht van de man. 'Ik had de hele tijd het gevoel dat ik hem eerder had gezien en vanochtend wist ik het ineens.' Ze pakte haar eigen telefoon en liet hem de profielfoto van haar moeder zien. 'De man voor wie Maria me waarschuwt en die blijkbaar ene Irina in zijn greep heeft, is dezelfde als de man die naar mijn moeder kijkt alsof hij de grond kust waarop ze loopt. De man die misschien wel dezelfde is als degene voor wie ze haar hele gezin in de steek heeft gelaten.' Ze keek naar Maarten met grote ogen. 'Het enige wat ik zeker weet, is dat ik er helemaal niets meer van begrijp.'

Misschien had ze verwacht haar eigen verwarring gereflecteerd te zien in Maartens reactie, of misschien had ze gehoopt op een zweem van herkenning op zijn gezicht. Een stukje van de puzzel dat hij op z'n plaats kon leggen. Maar niets van dat alles was te zien toen ze in zijn ogen keek. Wat er wel in die blik te zien was, bezorgde haar het gevoel dat er plotseling een ijsblok in haar maag zat.

'Wat?' vroeg ze en ze hoorde zelf dat haar stem trilde. 'Wat is er? Ken je die man?'

In plaats van antwoord te geven, staarde Maarten haar aan met zijn ogen wat samengeknepen. Het ijs in haar maag verspreidde zich naar haar aderen.

'Hoe kom je aan die foto?' vroeg Maarten.

'Dat is de profielfoto van mijn moeder', zei Nikki, hoewel ze dat net ook al had verteld. 'Ik weet natuurlijk niet met wie zij omgaat, maar te oordelen aan deze foto vermoed ik dat de man haar vriend is. Een paar jaar geleden heeft ze eens verteld dat ze nog steeds een relatie had met die vent voor wie ze mijn vader, Suze en mij in de steek heeft gelaten, en als daarin geen verandering is gekomen, moet dat deze man zijn.' Ze voelde zich benauwd en probeerde diep adem te halen, maar haar lichaam leek hoe langer hoe meer op slot te gaan. 'Weet je wie het is?'

Maarten trok met zijn mond. 'Geef me die telefoon', zei hij en hij wilde het toestel van Suze uit haar hand pakken, maar instinctief trok Nikki die weg. Ze deed een stap achteruit en stopte beide telefoons in haar zak. 'Wat is er?' vroeg ze, scherper nu. 'Het lijkt wel alsof je die vent kent, maar niet wil zeggen wie het is.'

'Het is niks', zei Maarten. 'Er wordt zoveel onzin verspreid. We gaan dit niet naar de politie sturen, want dat leidt alleen maar af van het echte onderzoek. Iemand probeert een dwaalspoor uit te zetten.'

'Maar...' Nikki's stem stokte in haar keel. Ze probeerde opnieuw diep adem te halen, maar de pijn in haar longen nam toe. 'Maar hoe weet je dat? De politie moet toch weten...'

'Nee.' Maarten keek haar nu aan met een vlammende blik. 'Heb je me gehoord? Dit gaat niet naar de politie. Die moeten hun werk kunnen doen zonder afgeleid te raken. Wie die vent ook is, hij was niet op het feest, dus hij kan er niets mee te maken hebben.'

'Dat zegt Maria ook niet. Ze zegt alleen dat Suze...'

'Maria is niet te vertrouwen', zei Maarten. 'Van de ene op de andere dag was ze verdwenen, weet je nog? En nu ineens duikt ze op met een of andere vage foto? Wie zegt dat het bericht wel van haar komt?' Hij deed een stap naar voren en keek Nikki aan. 'Je hebt dit niet naar de politie gestuurd, toch?'

Nikki voelde haar mond droog worden. Het ijs in haar aderen deed haar bloed stollen. ‘Nee’, loog ze toen met een stem die licht trilde. Ze slikte moeizaam. ‘De politie weet van niets.’

Hoofdstuk 15

TERWIJL ZE MET HAAR ENE HAND HET VOERBAKJE VAN Dushi vulde, ontgrendelde Lena Gomez met haar andere hand het scherm van haar mobiele telefoon. De kat mauwde luid en draaide opdringerig rond haar benen. Onhandig probeerde Lena hem weg te duwen, waarbij de brokjes bijna over de vloer gingen en haar telefoon zo'n zelfde lot had gewacht als ze hem niet snel op het aanrecht had gelegd. 'Rustig, rustig', zei ze met tederheid in haar stem en aaide de kat over zijn kopje. Ze zette het bakje voor hem neer en pakte toen snel haar telefoon weer, want het berichtje waarvan ze alleen nog een voorvertoning had gezien, had de politievrouw in haar onmiddellijk wakker geschud.

Haar ogen vlogen over de regels en het kostte haar moeite te vatten wat er nu precies stond.

'Hé', zei Juan die de keuken binnenkwam en eerst de kat over zijn rug streek om daarna zijn vrouw een kus in haar nek te geven. Ze reageerde niet en hij fronste met een knikje richting haar scherm. 'Wat is dat?'

'Een bericht van Nikki Peters.'

'O?' Juan liep naar het koffiezetapparaat en deed er een cupje in. Terwijl de koffie in zijn kopje liep, keek hij naar Lena. 'Voor iemand die niet bij de recherche werkt, begin je behoorlijk veel op een rechercheur te lijken', zei hij met een lachje in zijn stem. 'Wordt het niet tijd om weer eens met Pedro te gaan praten?'

Lena luisterde maar half en humde iets als antwoord. Pedro Santiago was de baas van het korps en degene die bepaalde wie er in aanmerking kwam om een beroep op het opleidingsbudget te doen. Afgelopen jaar was Lena afgewezen omdat Pedro vond dat ze eerst nog wat meer vlieguren als agent moest maken.

'Misschien kan Lopez een goed woordje voor je doen', opperde Juan. 'Zo te zien neem je hem en zijn team heel wat werk uit handen. Wat schrijft Nikki?'

Lena las met samengeknepen ogen het bericht opnieuw en keek naar de bijgevoegde foto. Toen zei ze met haar blik op het scherm gericht: 'Ze schrijft dat Maria een bericht naar de telefoon van Suze heeft gestuurd, kennelijk zonder te weten dat Suze dood is. En dat er een foto bij zit van een man voor wie ze Suze waarschuwt.' Ze keek Juan nadenkend aan. 'Nikki heeft vervolgens ontdekt dat diezelfde man te zien is op de profielfoto die haar moeder op WhatsApp gebruikt.'

'Wacht even.' Juan keek niet-begrijpend. 'Nog een keer. De moeder van wie?'

'Die van Nikki en Suze, maar ze hebben al jaren weinig tot geen contact met haar. Ze heeft het gezin in de steek gelaten toen Nikki en Suze nog klein waren.'

'Maar Nikki whatsappt wel met haar? Anders zou ze haar profielfoto toch niet zien?'

Lena knikte. 'Dat heeft ze genoemd in een eerder gesprek. Ik geloof dat het contact rondom het overlijden van Suze iets frequenter was dan normaal.'

'En nu staat haar moeder op de foto met een vent voor wie Maria bang is?' Het was duidelijk dat Juan probeerde de informatie op de juiste plaats te zetten. 'Maria, die al een tijd geleden vermist is geraakt en nu kennelijk weer opduikt?'

In Lena's hoofd begonnen allerlei vragen te ontstaan die ze aan Nikki moest stellen. Of eigenlijk: die het rechercheteam aan Nikki moest stellen. 'Hoe weet ze zeker dat het bericht inderdaad van Maria komt?' zei ze hardop. 'En zo ja, heeft Maria dit vrijwillig geschreven? Wie is Irina? Wat is het gevaar waarover wordt gesproken? En vooral: wie is die man dan?'

'En hoe weet ze zo zeker dat het dezelfde man is als op de foto van haar moeder?' vulde Juan aan terwijl hij zijn koffie onder het apparaat vandaan haalde en aan de eettafel ging zitten.

'Die laatste vraag is niet zo moeilijk. Hier, kijk zelf maar.' Lena toonde hem het scherm van haar telefoon met daarop de foto die Maria had gestuurd. 'En dan even naar de volgende swipen', zei ze. De gelijkenis tussen de twee mannen was niet te missen. Als het niet een en dezelfde man was, dan moesten het wel tweelingbroers zijn.

'Wat...' Juan maakte zo'n bruuske beweging dat zijn koffiekopje omviel. Het zwarte vocht liep in straaltjes over de tafel en de vloer. Snel pakte Lena een doekje, terwijl Juan alleen haar telefoon uit haar hand pakte en niet reageerde op zijn onhandigheid.

'Wat is er?' vroeg Lena terwijl ze de koffie wegveegde. Ze monsterde zijn gezicht. Daarop was een blik van ongeloof te zien, om zijn mond lag een harde trek.

'Juan?' vroeg ze, maar hij gaf geen antwoord. In plaats daarvan liep hij naar de woonkamer, opende zijn laptop en begon iets op te zoeken. Even later hoorde ze hem aan de telefoon praten. Lena spoelde het doekje uit en probeerde te begrijpen wat er gebeurde.

Met grote passen liep Juan terug naar de keuken. 'Waar is Nikki nu?' vroeg Juan met een zweem van alarm in zijn stem.

Lena keek hem onderzoekend aan. 'Ik denk bij Maarten thuis, hoezo?'

'We moeten onmiddellijk naar het bureau', zei Juan

en hij begon voor haar uit te lopen naar de hal. Automatisch zette ze de achtervolging in. 'Waarom?'

Juan bleef niet staan maar draaide alleen zijn hoofd toen hij zei: 'Omdat we redenen hebben om aan te nemen dat ze in gevaar verkeert.'

*

'Maar wat is er nu precies aan de hand?' Nikki stond in de keuken en keek naar Maarten, die nerveus door de woonkamer liep. 'Als jij denkt dat het berichtje van Maria nep is, dan heeft het toch ook niets te betekenen? Waarom maak je je er druk om?'

Ze deed haar best haar woorden zo te laten overkomen dat haar stem paste bij de inhoud: kalm, haast nonchalant. 'Misschien heb je gelijk en komt het bericht niet eens van haar. Waarom zou ze na zoveel tijd plotseling contact opnemen en dan zo'n raar verhaal sturen?'

Diep vanbinnen voelde ze de weerstand groeien bij het uitspreken van die woorden. Natuurlijk had het bericht wel iets te betekenen en ze wist vrij zeker dat het wel degelijk van Maria kwam. Het bericht viel natuurlijk ook niet los te zien van die spraakmemo waarin Suze duidelijk Maria's naam zei. Als het om dezelfde Maria ging, was die drie weken geleden kennelijk in Spanje geweest. En om precies te zijn op de plek waar Suze was vermoord.

Haar ademhaling was oppervlakkig en gejaagd terwijl ze op antwoord van Maarten wachtte, maar hij leek haar opmerkingen niet te hebben gehoord. In plaats daarvan was hij verdiept in iets op zijn telefoon. Hij mompelde onverstaanbaar voor zich uit en tikte driftig tegen het scherm. Nikki had het gevoel dat haar adem werd afgesneden. Ze moest hier weg, naar buiten. Daarom pakte ze de hondenriem en de huissleutels en riep Vaga.

'Wat ga je doen?' vroeg Maarten, die nu wel aandacht voor haar had. Hij keek naar de sleutels in haar hand.

'Vaga uitlaten', antwoordde ze terwijl ze opnieuw probeerde zo rustig mogelijk over te komen.

'Absoluut niet.' In twee stappen stond hij naast haar. 'Met alles wat er nu gebeurt, moet je echt binnenblijven.'

Nikki keek hem verbijsterd aan en deze keer hoefde ze haar gevoel niet te spelen. 'Met alles wat er nu gebeurt?' herhaalde ze. 'Wat gebeurt er dan?'

'Dat berichtje en die foto's...' Hij knipperde veel en snel. 'Die Maria is niet te vertrouwen en ik vind het geen prettig idee dat ze jou dit soort berichten stuurt.'

'Suze', verbeterde Nikki hem. 'Ze heeft het naar Suze gestuurd. En volgens mij probeert ze juist te waarschuwen, áls het al van haar komt.'

'We moeten dit eerst oplossen', zei Maarten en hij pakte de riem en sleutels uit haar hand. 'Ik laat Vaga zo wel uit. Jij blijft in de tussentijd gewoon binnen.'

'Maar...' Nikki voelde de onrust in haar groeien. 'Er is niets aan de hand. Maria waarschuwt Suze voor een vent die mijn moeder dan mag kennen, maar ik niet. Ik weet niet waar Maria verblijft en wat haar situatie is, maar ik heb met die hele toestand niets te maken.'

Ze hoorde zelf de trilling in haar stem. Het was misschien wel feilloos van haar gezicht af te lezen dat ze niets liever wilde dan het appartement verlaten en voorlopig niet meer terugkomen. Ze kon een taxi nemen, zo snel mogelijk weg bij Maarten en zijn vreemde gedrag. Naar het politiebureau, waar Lena Gomez haar misschien wel kon vertellen wie de man op de foto was en waarom hij Maarten nerveus maakte.

Zou Suze hem ook hebben gekend? Die vraag kwam in haar op. Ging het om een conflict? Iets zakelijks? Had het met haar moeder te maken? Sinds de moord had ze zich natuurlijk al talloze malen afgevraagd of het zonnige influencersleven van haar zusje in Marbella wel zo zonnig en zorgeloos was geweest. Nu kwam daar de vraag bij of Suze misschien moedwillig iets voor haar had verborgen.

'Zat Suze in de problemen?' vroeg ze nu aan Maarten, ook al rekende ze niet op een antwoord. 'Kende zij die man?'

Maarten negeerde haar en nam een telefoontje aan. Het was kort en meer dan vier woorden hoorde ze hem niet zeggen, waarvan drie keer het woord 'oké'. 'Wie was dat?' vroeg ze.

'We gaan naar boven', zei Maarten. 'Even buiten zitten.'

'Maar Vaga...'

'Kom op.' Hij kwam op haar af en Nikki week automatisch achteruit. Beschermend legde ze haar handen op haar buik. 'Naar het dakterras', zei Maarten. 'We moeten even wat dingen oplossen voor we weer naar buiten kunnen.'

Met het gevoel dat haar schoenen van puur lood waren gemaakt, liep Nikki de trap naar het terras op. Haar voeten klosten op de treden, haar knieën deden pijn. Haar hart bonkte zo luid dat ze zich vluchtig afvroeg of het geluid ook te hard kon zijn voor de baby in haar buik, maar die gedachte werd verdreven door het allesoverheersende gevoel dat Maartens reactie in niets leek op wat ze had verwacht en op wat ze, voor zover zoiets bestond, normaal had gevonden. Maar dat het haar ook niet lukte er een logische verklaring voor te verzinnen.

'Ga zitten', zei Maarten, maar Nikki bleef staan. Ze schrok toen in haar zak haar telefoon begon te trillen. Ze haalde hem eruit en keek erop.

Lena Gomez, stond er in het scherm. Met grote ogen keek ze naar Maarten en daarna snel naar de grond. Ze probeerde haar telefoon weg te stoppen, maar haar handen trilden te erg.

'Wat?' vroeg Maarten. 'Wie is dat?'

Hij deed een grote stap naar voren en voor ze haar

telefoon kon wegtrekken, pakte hij het toestel uit haar hand. Hij keek eerst naar het scherm en daarna naar Nikki. De blik in zijn ogen was nu moeilijk te peilen. 'Waarom belt iemand van de politie jou?'

'Omdat ik...' Nikki schraapte haar keel. 'Omdat ik gisteravond die spraakmemo naar haar heb gestuurd. Ik denk dat ze het daarover wil hebben.'

Er vlamde iets op in Maartens ogen, maar hij gaf geen antwoord. Met het gevoel dat haar keel werd dichtgeknepen keek Nikki toe hoe hij haar telefoon in zijn broekzak stopte. 'Het lijkt me beter om nu even niet met de politie te praten', zei hij. 'Daar zouden alleen maar misverstanden van komen.'

Nikki opende haar mond, maar de woorden die ze wilde zeggen bleven steken in haar keel, waar ze zich tot een bal vormden die zich amper liet wegslikken. 'Ik wil mijn telefoon terug', zei ze uiteindelijk moeizaam. 'Ik heb Joost beloofd dat ik hem zou bellen.'

Maarten leek haar niet te horen of deed alsof. 'Ga zitten', zei hij en wees naar de bank. Trillend deed ze wat hij vroeg. Hij nam tegenover haar plaats en keek de hele tijd langs haar, alsof er bij de deur iets gebeurde. Nikki wierp een blik over haar schouder, maar er was niets te zien.

'En nu?' vroeg ze. 'Ga je me mijn telefoon nog teruggeven?'

'Later', zei hij.

'En ga je me nog vertellen wat er aan de hand is?' Ze

kneep haar ogen samen en probeerde zijn blik te vangen, maar hij keek elke keer weg. 'Maarten?' vroeg ze toen. 'Wat weet jij dat ik niet weet?'

Een geluid achter haar deed hen allebei opkijken. Maarten schoot overeind, Nikki draaide opnieuw haar hoofd. Het volgende moment was het alsof niet zozeer haar hartslag nog verder werd opgestuwd, maar alsof haar hart uit elkaar knalde van schrik. Bij de deur stond een man, die kalm heen en weer keek tussen haar en Maarten. Hij droeg een kakibroek en een beige overhemd met daaroverheen een jasje dat er duur uitzag. Datzelfde gold voor de schoenen aan zijn voeten. Hij was slank en had een grijs, zorgvuldig getrimd baardje. Het was surreëel. Als een personage uit een film die uit het scherm was gestapt en plotseling in de kamer stond.

'Maarten', zei de man met een diepe stem die precies bij zijn voorkomen paste. Daarna richtte hij zijn blik op Nikki. Die was scherp en priemend, precies zoals op de foto die Maria had gestuurd. Hij nam haar taxerend op. 'Ze lijkt wel op haar zus.'

Maarten deed een stap naar voren, opende zijn mond, maar sloot die toen weer. De man maakte zijn blik los van Nikki en keek naar hem. En toen kwamen er alsnog woorden uit Maartens mond. Woorden die in het hoofd van Nikki insloegen als een plotselinge onweersbui.

'Dag pa', zei Maarten, en ze hoorde dat zijn stem trilde.

*

'Wat we weten is dit...' Juan stond naast het scherm van de beamer en liet zijn blik over de rechercheurs gaan. De vergaderruimte zat helemaal vol, met zowel het team dat de moord op Suze onderzocht als de collega's uit het zedenteam van Juan die hij in allerijl had opgetrommeld. Bernardo Lopez was ook aanwezig. Daarnaast waren de leden van het interventieteam er, een speciaal opgeleide groep agenten die zo meteen na de briefing naar het huis van Maarten Zijlema zou gaan.

Juans stem droeg met gemak door de hele ruimte. 'Nikki Peters heeft een bericht gekregen van de als vermist opgegeven Maria Kovac waarin wordt gewaarschuwd voor een man van wie ze een foto heeft gestuurd. De betreffende persoon is de man die wij in ons Organza-onderzoek kennen als Leo. Zijn achternaam weten we niet, wel is bekend dat hij een van de sleutelfiguren in Organza is. Uit telefoontaps blijkt dat vrijwel alle beslissingen door Leo worden genomen of dat hij er toestemming voor moet geven. We beschouwen hem als hoofdverdachte in het onderzoek.' Hij liet zijn woorden even op de aanwezigen neerdalen voor hij verderging. In Lena's hoofd ging die term rond: Organza. Ze had nog nooit van het onderzoek gehoord voor Juan haar er in de auto op weg naar het bureau over had bijgepraat. 'Ik vertel je dit als collega die nu betrokken is bij de zaak', had hij vooraf benadrukt. 'Dat betekent dat deze informatie onder strikte geheimhouding valt.'

Lena had hem bezworen dat hij haar kon vertrouwen en toen had hij uit de doeken gedaan waar hij en zijn team al maanden aan werkten. Het onderzoek, bekend onder de naam Organza, richtte zich op een criminele groep die zich bezighield met vrouwenhandel en uitbuiting door middel van prostitutie. Inmiddels had de zedenpolitie in kaart gebracht dat het ging om ongeveer tien mannen die meer dan honderd en mogelijk zelfs meer dan tweehonderd vrouwen onder valse voorwendselen uit Oost-Europa naar Spanje hadden laten komen, om ze bij aankomst hun paspoort af te pakken en ze in te zetten voor een grote groep klanten. Tot frustratie van Juan en zijn collega's was de bende uitzonderlijk ongrijpbaar. Over hun werkwijze was niet veel bekend en ze leken om de haverklap van locatie te veranderen. Digitale sporen waren er amper omdat, om begrijpelijke redenen, het overgrote deel van de transacties met cashgeld plaatsvond. De meeste klanten zaten er niet op te wachten met hun creditcardgegevens of anderszins aan de bezoeken van de vrouwen te worden gelinkt.

Een speciaal team van de recherche was al geruime tijd aan de slag om via de vrouwen zelf toegang tot het netwerk of belangrijke informatie te krijgen. Maar het aantal vrouwen dat zich bij de politie had gemeld, was op de vingers van één hand te tellen en zij bleken niet over cruciale informatie te beschikken. Het enige wat de recherche kon doen was hun verklaringen opnemen en hen doorverwijzen naar de juiste hulpinstantie. Juan had begrepen dat slechts twee vrouwen naar hun land van herkomst waren teruggekeerd, de overige drie waren simpelweg verdwenen – vermoedelijk terug in de machtige greep van de bende. Uit de verklaring was een beeld op te maken van kwetsbare vrouwen die via diverse tussenpersonen prachtige beloftes kregen voorgespiegeld, waar bij aankomst in Marbella niets van waar bleek te zijn. Eenmaal in Spanje werden ze volledig afhankelijk gemaakt van de bende en net goed genoeg behandeld om voor de klanten aantrekkelijk te zijn. Alle vijf de vrouwen hadden verteld dat hun woonomstandigheden redelijk waren, dat er altijd genoeg te eten was en dat er zo nu en dan wat cash werd overhandigd aan de vrouwen zelf. Geld dat door een aantal aan drugs werd besteed, maar ook aan kleding of aan de familie in het land van herkomst. Al met al was het een schrijnend beeld waar Lena kippenvel van had gekregen.

'Denk jij dat Maria hier op een of andere manier bij betrokken is geraakt?' had ze hem in de auto gevraagd. 'Omdat zij nu die waarschuwing en die foto stuurt?'

Juan moest het antwoord schuldig blijven. 'Haar casus is bij ons terechtgekomen', zei hij. 'Maar wij hebben geen aanknopingspunten gevonden dat dit een zaak voor de zedenpolitie is. Haar naam is in Organza niet opgedoken.'

'Misschien die Irina dan', had Lena nadenkend gezegd. 'Wie dat ook mag zijn.'

'De naam Irina duikt wel op in het onderzoek, maar het is dan ook een veelvoorkomende naam in Oost-Europa.'

Lena had Nikki een paar keer gebeld, maar de oproepen waren naar de voicemail gegaan – een gegeven dat haar zeer verontrustte. Op berichten was ook geen antwoord gekomen. Het liefst was Lena meteen naar het huis van Maarten Zijlema gereden, maar Juan had natuurlijk gelijk: ze moesten dit eerst in het team bespreken en zeer zorgvuldig te werk gaan. Met z'n tweeën naar het huis gaan zou onverstandig zijn.

Lena richtte haar aandacht nu weer op haar echtgenoot. 'Wat we te weten zijn gekomen,' ging Juan verder, 'is dat Leo gelinkt is aan een vrouw die Anneke Lohman heet, de moeder van de vermoorde Suze Peters en van haar zus Nikki. Nikki is degene die de gelijkenis heeft gezien tussen de man die op haar moeders WhatsApp-foto staat en de man op de foto van Maria.'

Op het scherm was nu het screenshot van de whatsapp-conversatie op Suzes telefoon te zien. Juan klikte verder en beide foto's verschenen naast elkaar in beeld. Lena keek de groep rond en zag veel collega's knikken. Sommigen maakten aantekeningen.

'Deze informatie helpt ons verder in Organza, maar momenteel is onze grootste prioriteit de veiligheid van Nikki Peters', ging Juan verder. Aan alles was te merken dat hij gehaast was. 'Zij verblijft in huis bij Maarten Zijlema, de vriend van Suze. Collega Gomez heeft geprobeerd contact met haar te krijgen, maar dat is niet gelukt. We hebben redenen om aan te nemen dat Nikki in gevaar verkeert.'

Een van de rechercheurs stak zijn hand op. 'Mag ik vragen waarom dat zo is? Is haar naam opgedoken in het onderzoek, of die van Maarten Zijlema?'

Juan schudde zijn hoofd. 'Nee, maar we weten dat deze Leo een van de sleutelfiguren in het netwerk is. Het onderzoek naar de moord op Suze Peters heeft geen aanknopingspunten opgeleverd, maar niets wijst ook op een vergissing. Dat leidt tot de aanname dat Suze vrijwel zeker het beoogde doelwit was van een moord, terwijl er geen sprake was van vijanden of anderen die haar naar het leven stonden. Op dit moment is Nikki vanaf twee kanten weliswaar niet persoonlijk maar wel zijdelings betrokken bij een leider van een criminele organisatie en met de moord op haar zusje vers in het geheugen, breng ik haar liever zo snel mogelijk in veiligheid. Het feit dat ze de informatie naar ons heeft doorgestuurd en nu niet op herhaaldelijke oproepen en berichten reageert, beschouw ik als zorgelijk.' Hij keek de groep rond en verdeelde snel de rollen. 'Voor het bezoek aan Nikki Peters heb ik versterking opgeroepen. Naast de leden van het interventieteam zullen collega Gomez, collega Lopez en ikzelf die kant op gaan. Voor de rest geldt: ga zo snel mogelijk aan de slag en update ons met alles wat er maar te vinden is.'

Er klonk geroezemoes toen de collega's opstonden en de ruimte verlieten. 'Kom mee', zei Juan tegen Lena en ze liepen de gang op, de trap af. Bernardo Lopez sloot zich bij hen aan. Buiten stonden een politieauto en een busje klaar voor vertrek. De zes leden van het interventieteam stapten in het busje. Juan ging achter het stuur van de auto zitten met Bernardo Lopez naast zich en Lena achterin. Via een krakende verbinding zocht hij contact met de meldkamer, die doorgaf dat hij met zwaailicht en sirenes mocht rijden. Meteen daarna klonk het bekende geloei vanaf het dak en reden ze de straat op.

HOOFDSTUK 16

MET HAAR MOND OPEN EN HAAR KEEL DICHTGEschroefd probeerde Nikki bij te komen van het gevoel dat ze met een moker in haar gezicht was geslagen. De man stond daar maar, keek van een afstand op haar neer. Zijn blik verraadde niets, zijn mond was een streep. Maarten had iets gezegd, maar haar oren suisden zo hard dat ze het niet had verstaan. Het enige wat ze maar bleef horen, keer op keer, was dat ene woord dat als een bom in haar gezicht was ontploft.

Pa.

Nikki knipperde een paar keer, maar er veranderde niets aan het beeld. Haar hart bonkte, de baby bewoog.

Ze had haar handen al op haar buik liggen en probeerde uit alle macht om haar kalmte te bewaren, al was het maar voor de baby. Maar de waarheid was dat ze voor haar gevoel elk moment kon ontploffen van angst, stress en haar allesoverheersende wens om zo snel mogelijk weg te rennen. De enige uitweg werd echter geblokkeerd door een man wiens beeld ze de afgelopen uren vaker had gezien dan haar lief was.

'Nikki', zei Maarten die op een of andere manier zijn nervositeit de baas was geworden en nu zelfverzekerd naast de man ging staan. 'Mag ik je voorstellen aan mijn vader? Dit is Leo Zijlema.' Hij blikte even opzij. In zijn profiel zag Nikki de gelijkenis tussen de twee. Maarten knipperde en keek haar weer aan. Toen hij zijn mond opendeed, leken de woorden als kogels op haar te worden afgevuurd: 'Mag ik je tevens voorstellen aan je stiefvader?'

Nikki slikte maar haar mond was kurkdroog. Ze stond op omdat het beter was om op gelijke hoogte te zijn met het tweetal, al veranderde dat niets aan de situatie dat zij voor de deur stonden waardoor zij wanhopig graag wilde verdwijnen. Ze deed haar mond open, maar er kwamen geen woorden. Maarten haalde haar telefoon uit zijn zak en keek op het scherm, aan het zachte zoemen was te horen dat er een oproep binnenkwam. Een zweem van irritatie gleed over zijn gezicht en het volgende moment hief hij zijn arm en zeilde de telefoon met een boogje door de lucht, over de omheining, de diepte in.

Nikki ademde scherp in. De man naast Maarten reageerde niet. Leo, prentte ze zichzelf in. Zijn naam was Leo. Ze opende haar mond en deze keer kwam er wel geluid. 'Mijn moeder...' zei ze schor. 'Waar is mijn moeder?'

Een minieme verandering op Leo's gezicht was zijn reactie op haar vraag. Het duurde twee seconden, drie, vier. 'Je moeder is een bijzondere vrouw', zei hij toen. 'Mijn steun en toeverlaat.'

'Ik...' De rest van de zin bleef in Nikki's keel steken. Ze sloot haar mond maar weer en keek omlaag.

Maarten nam nu het woord. 'Het is een vervelende situatie voor iedereen', zei hij. 'Mijn vader en ik hebben dit ook niet voorzien, of gewild. Maar de feiten zijn nu eenmaal dat Maria informatie openbaar heeft gemaakt die niet voor jouw ogen of die van de politie bestemd is. Informatie die uit z'n verband is gerukt en mogelijk leidt tot grote misverstanden.'

Daar was dat woord weer: misverstanden. Maarten leek het een geslaagde vondst van zichzelf te vinden, zo vaak gebruikte hij het. Maar wat hij bedoelde, bleef volkomen onduidelijk.

'Wat voor misverstanden?' vroeg Nikki. 'Het enige wat ik weet is dat Maria al een tijd geleden is verdwenen en nu een foto heeft gestuurd. En dat mijn zus is vermoord.' Ze hield haar hoofd schuin en kon er niets aan doen dat ze hem nu uitdagend aankeek. 'Jij weet toch ook niet wie Suze heeft vermoord, Maarten? Waarover bestaat dan zo'n groot misverstand?'

Maarten keek kort naar zijn vader en daarna weer naar haar. Leo nam het woord. 'Het probleem is dat jouw vriendin...' Hij sprak het woord uit met zoveel minachting dat Nikki een rilling voelde. Even liet hij een stilte vallen om de uitwerking op haar te aanschouwen, daarna begon hij opnieuw. 'Het probleem is dat jouw vriendin de suggestie heeft gewekt dat er iets te ontdekken valt over mij. Straks zit ik nog opgescheept met een heel vervelend politieonderzoek dat me stoort in het uitvoeren van mijn werkzaamheden.'

Nikki probeerde de woorden te vatten, maar haar hoofd werkte niet mee. 'Ik...' begon ze. 'Ik weet niet...'

'Ik denk dat jij heel goed weet wat ik bedoel', onderbrak Leo haar. 'Die Maria van jou is erop uit om mij en mijn werk in een kwaad daglicht te stellen, maar wat jij niet weet, is dat ze niet helemaal eerlijk tegen jou is geweest. Of heeft ze je verteld over de tijd dat ze het vriendinnetje van onze vriend Ben Karmgaard was? Heeft ze je verteld dat ze te brutaal werd, terwijl ze nog zo had beloofd zich niet met onze zaken te bemoeien? Heeft ze je verteld dat ze het lievelingetje van onze klanten was?' Hij kneep zijn ogen samen. 'Heeft ze je verteld wat haar rol was op die laatste avond van het leven van jouw geliefde zus?'

Die laatste opmerking kwam aan als een slag in Nikki's maag. Woede vlamde in haar op, versterkt door pijn. 'Wat bedoel je?' vroeg ze met een stem waarin het vuur duidelijk te horen was. 'Wat suggereer je over mijn zus?'

'Ik suggereer niets', zei Leo. 'Ik ben niet degene die allerlei ideeën in jouw hoofd heeft geplant. Of in dat van je zus. Gevaarlijke ideeën, moet ik zeggen.'

Nikki keek naar Maarten, die net zo'n harde blik in zijn ogen had als zijn vader. Hij kneep zijn ogen samen op exact dezelfde manier. 'Wat?' vroeg ze. 'Wat weet jij hiervan?'

'Suze had zich er niet mee moeten bemoeien', zei hij en de kou in zijn stem trof haar. 'Alles ging fantastisch tot ze besloot dat ze per se moest weten waar Maria was. We hadden het mooiste leven hier, dat heb ik haar zo vaak verteld. Maar ze bleef maar doorgaan, bleef maar pushen.' Hij schudde zijn hoofd en keek alsof hij het over het gedrag van een stout kind had. 'Als ze had geluisterd, had ze hier gewoon nog gestaan. Als ze die avond niet...'

Nu schoot Nikki naar voren. Ze greep hem met twee handen bij zijn poloshirt en trok hem naar zich toe. 'Wat?' riep ze, buiten zichzelf van woede. 'Dan wat?'

Maarten schudde haar van zich af en deed een stap naar achteren. Al die tijd keek zijn vader bewegingloos toe. Nikki wilde een nieuwe uitval doen, maar Maarten duwde haar weg. Ze wankelde, maar hervond net op tijd haar evenwicht. 'Wat heb jij met mijn zus gedaan?' vroeg ze hijgend. 'Heb jij Suze...'

'Waar het om gaat,' onderbrak Leo haar, 'is dat mijn zoon en ik ons werk moeten kunnen doen. De laatste tijd worden we gestoord bij de uitvoering daarvan. Eerst door jouw zus en nu dat probleem is opgelost, hebben we met jou te maken.'

Probleem... Nikki hapte naar adem bij dat woord. Maarten reageerde er niet zichtbaar op, wat haar op dit punt al niet meer zou moeten verbazen. Het oplossen van een probleem, zo hadden ze het gezien. Ze sloot haar ogen, maar die vlogen meteen weer open. Nu keek ze hem rechtstreeks aan. 'Heb jij Suze vermoord?'

Hij deed geen moeite het te ontkennen. Zoals hij daar stond, schouders recht, zelfverzekerde blik op zijn gezicht, leek hij zich sterker te voelen dan ze hem de afgelopen tijd had gezien. Misschien kwam het door de aanwezigheid van zijn vader. 'Het moest wel', zei Maarten. 'Eerst het graven, eindeloos verder. Ze bleef maar doorgaan over Maria, terwijl ze die zaak allang had moeten laten rusten. Die avond maakte ze zichzelf compleet onmogelijk en daar horen consequenties bij.' Hij keek even naar zijn vader. Die blikte op zijn beurt ook opzij en Nikki vroeg zich met een duizelig gevoel af of het nu trots was wat ze op zijn gezicht las.

Net zo snel was het moment voorbij. Nikki probeerde te verwerken wat ze had gehoord, maar de verschillende stukken informatie vlogen als losse flodders door haar hoofd. Ze had duizend vragen, maar niet één ervan kwam haar mond uit. Ze keek naar Leo en dacht aan haar moeder en uiteindelijk lukte het haar om een zin te formuleren. 'Wist Suze van... van... van jullie?'

Leo trok heel licht met zijn wenkbrauwen. 'Van ons?'

'Dat jullie familie zijn, van jou en onze moeder, gewoon... van alles.'

Maarten schudde zijn hoofd. 'Als je liever niet hebt dat zaken bekend worden, geldt er één regel: praat er niet over. En het gegeven dat één ouder een kind op jonge leeftijd in de steek had gelaten, kwam haar op een of andere manier wel bekend voor.' De grijns op zijn gezicht was totaal misplaatst, maar toch leek hij zijn eigen opmerking grappig te vinden. 'Dat hadden we gemeen, zeg maar.'

Nikki groef in haar geheugen. Suze had het inderdaad nooit over Maartens vader gehad. Die had het gezin al vroeg in Maartens jeugd verlaten en was nooit teruggekeerd. 'Maar jullie hebben altijd samengewerkt', zei ze zacht voor zich uit.

'Noem het een familiebedrijf', zei Leo. 'Al is het wel waar dat ik niet altijd de grootste gezinsman ben geweest. Ik vind kinderen leuk als ze volwassen zijn, laat ik het zo zeggen. En ik werd natuurlijk door jouw moeder in beslag genomen.'

'Weet zij...' Nikki draaide haar hoofd naar hem. Haar nek was zo gespannen dat de beweging pijn deed. 'Wat weet zij?'

'Wat doet het er allemaal toe?' zei Leo. 'Een van de dingen die zo geweldig zijn aan Anneke, is dat ze weet dat ze geen vragen moet stellen. Als haar dochters daarin eens op haar leken...'

Maarten maakte een geluid dat het midden hield tussen afkeuring en een lachje. 'Nou', zei hij en knikte instemmend. 'Dat zou een hoop gedoe besparen. Luister, we hebben geen tijd meer. Jij gaat met ons mee.'

De zinnen kwamen zakelijk en emotieloos zijn mond uit, maar misten hun uitwerking op Nikki niet. Ze week achteruit. 'Ik ga helemaal niet mee.'

'O, jawel.' Maartens lippen plooiden zich in een glimlach die zijn ogen niet bereikte. 'Je zus maakte zichzelf onmogelijk en jij vond het nodig om hetzelfde te doen. Ook jij zal de gevolgen moeten dragen. Wat is dat toch met jullie?' Hij leek geen antwoord te verwachten en Nikki gaf het hem niet. In plaats daarvan probeerde ze de paniek de baas te worden die in hete golven door haar lichaam trok.

*

Het verkeer schoot aan de kant en Juan vond soepel zijn weg door de stad. Bij elke kruising remde hij minimaal af, overzag de overige straten en gaf dan weer gas. Achter hen bleef het busje van het interventieteam op slechts enkele meters afstand.

'Wat is het plan van aanpak?' vroeg Bernardo Lopez.

'Bij aankomst volgen we de normale route, heb ik van het interventieteam begrepen.' Juan keek even opzij, om zijn blik daarna onmiddellijk weer op de weg te richten. 'Dat betekent dat het team als eerste gaat. Zij zullen zich melden door aan te bellen, maar bij geen gehoor zal toegang worden geforceerd. Als het team binnen is en de veiligheid kan garanderen, zullen wij volgen.'

'En het is bij hen bekend dat er mogelijk belangrijke sporen en bewijsmateriaal in de woning aanwezig zijn?'

Juan knikte kort. 'Zoals gebruikelijk wordt daarmee rekening gehouden, maar de veiligheid zal bovenaan staan. Als Nikki Peters inderdaad in gevaar verkeert, is dat de grootste prioriteit.'

Hij draaide aan het stuur voor een scherpe bocht naar links. Ze reden nu evenwijdig aan de Middellandse Zee en naderden de wijk waar het appartementencomplex zich bevond. Een scooterrijder schoot de berm in. Lena keek om om te zien dat de man zijn evenwicht nog net kon bewaren. Ze pakte haar telefoon en keek op het scherm, maar er waren geen berichten of gemiste oproepen.

Juan moest remmen voor een automobilist die hen ondanks de geluids- en lichtsignalen niet had gehoord. In gedachten maande Lena de man om aan de kant te gaan, wat hij pas deed toen het tegemoetkomende verkeer met de lampen seinde. De politieauto won weer aan vaart en maakte een scherpe bocht. Lena haalde diep adem en probeerde de gedachte die maar bleef aandringen nog even uit haar hoofd te bannen.

Als het maar niet te laat was.

*

'Maar ik...' Nikki stak afwerend haar handen op. 'Ik weet helemaal niets. Ik heb geen idee wat jullie doen of wat Maria bedoelt.'

'Vast niet', zei Leo en voor het eerst kwam hij in beweging. Hij zette een stap naar voren, Nikki juist eentje achteruit. 'Maar we kunnen niet voorzichtig genoeg zijn.'

'Wat...' Nikki keek van de een naar de ander. Haar hersenen begonnen op volle toeren te draaien. 'Maar ik heb er niets mee te maken. Ik weet niets over waar Suze mee bezig was, dat vertelde ze mij niet. En Maria ken ik niet goed.'

Ze begon te ratelen, dat hoorde ze zelf ook wel. Maar ze moest ze vinden, die woorden die Leo en Maarten zouden overtuigen. 'Ik heb alleen die spraakmemo naar de politie gestuurd, niet die foto. En dat ga ik ook niet doen, want ik begrijp nu...' Ze maakte haar zin niet af, maar slaakte in plaats daarvan een kreet toen Maarten dichterbij kwam.

'Meekomen', zei hij en hij greep haar arm. 'We gaan een stukje rijden.'

Haar ademhaling was nu hijgend en pijnlijk. 'Nee!' riep ze en het woord kwam als een schreeuw uit haar mond. 'Laat me los! Laat me...'

Ze dacht dat ze het geluid van een sirene hoorde, maar misschien kwam dat alleen omdat ze het zo graag wilde. Natuurlijk was de politie hier niet voor haar. Ze had geen kans gehad te bellen en de situatie uit te leggen en alleen voor die foto zouden Lena en haar collega's niet deze kant op komen. Ze deed haar best om niet naar beneden te kijken, want bij de gedachte alleen al voelde ze haar hart zowat ontploffen.

Leo en Maarten hadden de sirene ook gehoord. Ze wisselden een blik waarin veel lag besloten, maar Nikki kon niet duiden wat precies. In elk geval knikte Leo daarna beslist. 'Dan maar hier', zei hij. 'Het moet nu.'

Hij deed nog een stap naar voren, terwijl Nikki verder achteruitweek. Er was geen ruimte meer en ze voelde de houten omheining van het dakterras in haar rug. 'Nee!' riep ze toen de mannen aan weerszijden van haar kwamen staan. Maarten pakte haar arm, Leo bukte zich om haar benen te grijpen. Ze trapte uit alle macht en Leo vloekte luid. Daarna maakte ze de fout om omlaag te kijken en meteen werd haar adem afgesneden door de peilloze diepte. De auto's op straat leken speelgoedmodellen, de mensen mieren. Zelfs een val van de helft van deze hoogte zou ze al niet overleven. Automatisch opende ze haar mond en ze schreeuwde met alle kracht die ze in zich had.

*

Juan parkeerde met twee wielen op de stoep. Achter hen stopte het busje en de zes agenten sprongen eruit. Een van de leden van het team belde aan, ze wachtten tien seconden, toen nog een keer bellen. Weer even wachten, maar al snel volgden een geheven hand en een commando. Twee agenten hadden de stormram al uit het busje gepakt, namen een aanloopje en beukten tegen de deur, die meegaf maar nog niet openging. Bij de tweede keer lukte het wel. Het interventieteam rende naar binnen en verdeelde zich over de twee liften. Lena, Juan en Bernardo sprongen er vlug bij. 'Sneller', zei Lena mompelend voor zich uit, alsof de lift daarnaar zou luisteren. Ze zuchtte gefrustreerd toen het apparaat vaart minderde op de vijfde verdieping. De deuren schoven zuchtend open, een van de agenten riep '*Policía!*' en drukte snel op de knop om de deuren weer te sluiten. Lena ving een verbijsterde blik op van de vrouw die had willen instappen voor de zilvergrijze helften elkaar vonden en de lift zijn weg naar boven vervolgde.

De overige vier leden van het team waren er al toen ze op de bovenste verdieping kwamen. Iemand had al aangebeld, maar er werd amper tijd genomen om te wachten. Nog geen drie tellen later stond het tweetal met de stormram klaar, de rest week uiteen om hen erlangs te laten. Er klonk een knal en bij de eerste poging zwaaide de deur al open. Luid blaffend sprong een hond tevoorschijn. Lena pakte hem bij zijn band zodat haar collega's een vrije doorgang hadden. De zes agenten renden naar binnen en verspreidden zich vliegensvlug door het appartement. 'Niemand!' riep de een na de ander bij een controle van de kamers. De hond hield zich nu stil en keek angstig naar Lena. Ze klopte hem op zijn kop terwijl ze op haar onderlip beet. Waren ze al te laat?

*

Ze kwamen voor haar, dat wist Nikki nu zeker. Twee politievoertuigen waren op de stoep tot stilstand gekomen en er waren schreeuwende stemmen en gebonk dat zo luid was dat het zelfs op deze hoogte hoorbaar was. Een derde sirene naderde en in een flits zag Nikki een ambulance de straat in rijden.

Maarten en Leo hadden het tumult op straat natuurlijk ook opgemerkt en Maarten had haar ruw bij de rand weggetrokken. Ze was gestruikeld en had haar knieën bezeerd toen ze viel, maar hij had haar bruut overeind getrokken en naar de andere kant van het dakterras geduwd. De kant die vanaf de voordeur niet zichtbaar was. De kant waar ze naast de vuilcontainers zou vallen als ze...

Nee! In haar hoofd klonk alleen dat ene woord, geschreeuwd in een stem die misschien de hare was, misschien die van Suze. Met alles wat ze in zich had moest ze blijven vechten, voor zichzelf, voor de baby. Voor haar zus, haar vader, voor Joost. Ze had zoveel te verliezen en dus zoveel te winnen. Minuten, meer had ze niet nodig.

'Nu!' schreeuwde Maarten en deze keer was hij degene die haar benen pakte. Ze trapte wild en voelde hoe haar doodsangst haar kracht deed toenemen. Ze balde haar vuisten en bokste met wilde bewegingen om zich heen. Haar knokkels leken in brand te vliegen toen ze iets hards raakte. Maarten slaakte een kreet en haalde een hand over zijn gezicht. Bloed droop uit zijn neus. Leo vloekte luid en schreeuwde naar Maarten. 'Schiet op!'

Met z'n tweeën pakten ze nu haar benen en Nikki greep zich vast aan de rand van de omheining. Ze concentreerde zich en met een onverhoedse beweging wist ze haar linkerbeen los te maken uit de greep van Leo. Met datzelfde been zwaaide ze zo hard dat ze Maarten opnieuw in zijn gezicht raakte, daar waar het al pijn deed. Hij liet zijn greep even verslappen, net lang genoeg voor haar om haar been weg te trekken en een nieuwe aanval van Leo af te weren. Ze landde hard op de grond, krabbelde meteen op en sloeg opnieuw met haar vuist door de lucht, maar ze voelde aan alles dat ze begon te verliezen.

Zij waren sterker. De politie kwam te laat. Ze grepen haar weer vast en deze keer lukte het haar niet meer zo goed om weerstand te geven. Nog heel even, ging het door haar hoofd. Minuten, hooguit. Ze hapte naar lucht en voelde zich duizelig. Het laatste waar ze aan dacht toen ze al haar kracht verzamelde, was een heel klein babygezichtje waarin twee blauwe ogen haar aankeken. Twee blauwe ogen die precies leken op die van haar zus. Ze mocht niet opgeven. Niet voor Suze, niet voor dat kleine babygezichtje.

Nog één keer schreeuwde ze, nog één keer spande ze al haar spieren aan. Misschien was het verbeelding, maar ze meende een brekend geluid te horen toen haar voet iets hards raakte. Daarna volgde een kreet en een knal en het volgende moment zwermden in het zwart geklede agenten met geheven pistolen uit over het dakterras. Maarten schreeuwde, Leo vloekte opnieuw en het volgende moment werden ze beiden tegen de grond gewerkt. Nikki sloot haar ogen en voelde al haar kracht wegvloeien. Langzaam zakte ze in elkaar en toen ze de vertrouwde stem van Lena Gomez vlak naast zich hoorde, stroomden de tranen over haar wangen.

Vier maanden later

Hoofdstuk 17

HET WAS RAAR OM TERUG TE ZIJN OP DE PLEK DIE ZE inmiddels zo goed kende. Bij het inrijden van de straat voelde Nikki Peters hoe de haartjes in haar nek overeind gingen staan. Haar hartslag nam toe. Ze drukte het gaspedaal wat dieper in toen ze de benedendeur van het appartementencomplex passeerde. Ze keek expres niet naar de plek waar ze zou zijn...

Niet aan denken, zei ze streng tegen zichzelf. De val die ze niet had gemaakt, had haar al zoveel uren uit haar slaap gehouden. Het had geen zin om nu weer het lot dat haar niet had getroffen voor zich te zien.

Ze gaf richting aan en sloeg rechtsaf. Naast haar op de

passagiersstoel verschoof het doosje dat ze zorgvuldig in haar bagage had meegenomen. Het had haar een vreemd gevoel gegeven om het allemaal te verdelen: een beetje as om in Marbella te verstrooien, een beetje voor in Nederland. Drie kleine zakjes die ze had ingeleverd bij de juwelier. De gouden medaillons in de vorm van een hartje met daarin as van Suze hadden haar tranen in haar ogen bezorgd. En niet alleen haar. Ook Alexandra en Jorien hadden gehuild toen Nikki vanochtend aan elk van hen een hanger aan een gouden kettinkje had overhandigd. 'Zodat jullie altijd iets van haar energie bij je hebben', had ze erbij gezegd, waarna ze beide vrouwen had geknuffeld. Ook al had zowel Alexandra als Jorien inmiddels ander werk gevonden, dat betekende niet dat ze niet meer aan Suze dachten. Bijna dagelijks had Nikki appcontact met ze en het was pas na Suzes dood dat ze besefte hoe belangrijk deze twee vriendinnen voor haar zus waren geweest. Ze was blij dat ze hun allebei een sieraad kon geven, iets tastbaars van Suze.

Nu was het tijd voor wat ze het moeilijkste deel van haar trip naar Marbella vond. 'Ik ga met je mee', had Joost stellig gezegd. Het was lief, maar Nikki had liever dat hij in hun gehuurde appartement achterbleef. Wat ze te doen had, moest ze alleen doen.

Of nou ja, alleen... Toen ze stilstond bij het stoplicht, boog ze zich even naar de achterbank om te zien hoe Gijs prinsheerlijk lag te slapen in zijn maxicosi. 'Ja ja, nu wel', mompelde ze goedmoedig. Met zijn twaalf weken had de baby nog niet helemaal door hoe een dag-en-nachtritme precies werkte, wat ertoe leidde dat hij overdag urenlang sliep, maar 's nachts...

Ze verplaatste haar blik en zag nu zichzelf in het kleine spiegeltje. Ook al had ze inmiddels wallen tot haar knieën, ze kon zich met geen mogelijkheid meer voorstellen dat de baby er niet zou zijn. En als ze eerlijk was, kon ze hem ook niet in z'n eentje verantwoordelijk houden voor die wallen. Vaak gingen in de donkerste uren van de nacht als ze wakker lag na een voeding, haar gedachten met haar aan de haal. Niet zelden begon elke zin die in haar opkwam met 'wat als'. Wat als Suze Maarten nooit was tegengekomen? Wat als ze nooit succesvol was geworden als influencer? Wat als ze nooit naar Marbella was verhuisd? Wat als ze niet zo goed van vertrouwen was geweest? Wat als Nikki zélf beter had opgelet?

Hoe verder haar gedachten haar voerden, hoe minder realistisch ze waren. Hoe had Suze moeten weten wat Maarten in zijn schild voerde? En Nikki zelf? De recherche was heel duidelijk geweest: het netwerk van Maarten en zijn vader zat zeer ingenieus in elkaar en het was niet voor niets dat maanden aan recherchewerk er nog niet eens het kleinste barstje in hadden geslagen. Het was al meer dan tien jaar geleden dat Leo, samen met Nikki's moeder, naar een villa net buiten Marbella was verhuisd. Op papier runde hij een investeringsfonds, in de praktijk had hij zich vanaf dat moment diep ondergedompeld in de internationale vrouwenhandel en prostitutie. Omdat hij zorgvuldig en altijd onder de radar opereerde, waren zijn activiteiten lange tijd niet opgemerkt door politie en justitie. Marbella was in relatief korte tijd niet alleen populair geworden bij toeristen, maar ook bij drugscriminelen en daar had de politie vooral de handen vol aan gehad. Omdat drugscriminaliteit nu eenmaal zichtbaarder was en voor grotere problemen zorgde en omdat de politie zoals zoveel instanties structureel onderbezet was, had Leo relatief ongezien zijn werkzaamheden kunnen voortzetten en uitbreiden. Al snel had hij vriendschap gesloten met de op dat moment in opkomst zijnde makelaar Ben Karmgaard, wiens ambities groter waren dan zijn financiële mogelijkheden. Ben had zichzelf tot doel gesteld om binnen vijf jaar de grootste vastgoedmagnaat van Marbella te zijn – een doel dat hij niet had behaald. Daarom had hij naarstig gezocht naar manieren om zijn inkomsten uit te breiden en in de samenwerking met Leo had Ben grote mogelijkheden gezien. Dat wat ze deden niet legaal was, daar tilde hij niet zo zwaar aan.

Ben... Terwijl Nikki in de buurt van de boulevard kwam, dacht ze aan de man die voor haar altijd een onbeduidende figuur op de achtergrond was geweest. Ze had hem één keer ontmoet en toen had hij niet erg veel indruk gemaakt. Pas toen Suze in zijn huis om het leven was gebracht, had ze zich gerealiseerd dat Ben in Marbella een, zoals de politie het noemde, 'grote jongen' was, die het nodige geld had verdiend met de handel in vastgoed. Van Suze wist ze alleen dat Ben en Max het goed met elkaar konden vinden, maar zelf had haar zusje niet veel met Ben of zijn vriendin Theresa opgehad. En nu bleek het Ben te zijn die al die jaren het netwerk van Leo Zijlema had geholpen met het vinden, huren en soms kopen van locaties waar ze de geronselde vrouwen als prostituee voor zich konden laten werken. Ben bleek bijzonder bedreven in het snel en geruisloos verhandelen van panden, zo vaak en vlug dat de activiteiten die er plaatsvonden niet in het oog sprongen. Tegen de tijd dat er in een buurt of bij de politie argwaan ontstond, waren de vrouwen alweer naar een andere locatie verplaatst. En natuurlijk probeerden ze zoveel mogelijk van de vrouwen bij hun klanten thuis te laten werken, waar de pakkans voor de organisatie zo klein mogelijk was. Als het al eens gebeurde dat een van de vrouwen bij de politie terechtkwam, wierp de organisatie onmiddellijk zoveel rookgordijnen op dat het hele netwerk onzichtbaar werd.

Er klonk getoeter en Nikki realiseerde zich dat ze al secondelang voor een groen stoplicht stond. Vlug gaf ze gas. Uit de stilte op de achterbank maakte ze op dat Gijs nog altijd in slaap was. Speurend naar een beschikbare parkeerplek reed ze stapvoets verder door het drukke verkeer. Op haar telefoon zag ze een berichtje binnenkomen van Lena Gomez.

De gedachte aan de politievrouw bezorgde haar een glimlachje. Vanaf het moment dat ze Lena op het dakterras had gezien, wist ze dat ze haar leven aan haar te danken had. Dat was een grote uitspraak, maar in dit geval honderd procent de waarheid. Als Lena niet bij het zien van de foto zo adequaat had gehandeld, zou de politie pas veel later in actie zijn gekomen. Lena, en Juan natuurlijk. Het kwam door zijn oplettendheid dat Leo Zijlema onmiddellijk was herkend als de uiterst gevaarlijke figuur die hij was.

Ongemerkt was Nikki zo hard in het stuur gaan knijpen dat haar knokkels wit waren. Toen Gijs vier weken te vroeg werd geboren, had ze aan de gynaecoloog gevraagd of stress de oorzaak van de vroeggeboorte kon zijn. De arts had geantwoord dat dat mogelijk was, maar dat er nog tig andere oorzaken konden zijn en dat niet te achterhalen was wat de vroegtijdige komst van Gijs had veroorzaakt. Nikki wist echter instinctief wel dat de stress de baby geen goed had gedaan. Gelukkig was Gijs weliswaar klein maar helemaal gezond, en zittend naast de couveuse had Nikki op de eerste avond van zijn leven besloten dat ze er alles aan ging doen om Leo en Maarten Zijlema nooit meer macht over haar en haar emoties te geven. Het had vele therapiesessies gekost om dat waar te maken en nog steeds was het niet makkelijk. Maar de paniekaanvallen, hartkloppingen, nachtmerries en misselijkheid uit het begin waren gelukkig verdwenen. Al wist ze dat er voor altijd een deuk was geslagen in haar vertrouwen en dat ze moeite had om op haar eigen mensenkennis te vertrouwen.

Want was ze het niet met Suze eens geweest dat zij met Maarten een lot uit de loterij had getroffen? Was ze niet blij geweest voor haar zusje dat ze iemand had gevonden die precies hetzelfde in het leven stond? Toen ze Suze voor het eerst over Marbella had horen praten, had ze de glans in haar ogen gezien. Zelf had haar zusje nooit de wens gehad om in het buitenland te wonen, maar toen Maarten over de Spaanse stad was begonnen, was ze langzaam om gegaan. Eerst had ze nog talloze bezwaren gezien. Hoe moest het dan met werk? Zouden ze niet eenzaam worden? Maar Maarten bleek over meer contacten te beschikken dan Suze had geweten en hij had haar laten zien dat ze binnen een mum van tijd een netwerk zou opbouwen, zowel privé als qua werk. 'Het komt door zijn werk dat hij al zoveel mensen kent daar', had Suze gezegd en Nikki had het allemaal geloofd, omdat ze simpelweg geen reden had gehad om het niet te geloven.

Zijn werk, ja. Inmiddels was gebleken dat hij niet meer dan een paar uur per week aan zijn muziekcarrière had besteed, net genoeg om geen argwaan te wekken. De rest van de tijd werkte hij samen met zijn vader. Het was ook Leo geweest die erop had gehamerd dat hij naar Marbella verhuisde, Leo die het appartement voor hen had geregeld, uiteraard via Ben. Het was zelfs Leo geweest die jaren geleden Maarten op pad had gestuurd om het hart van Suze te veroveren.

Toen Lena dat aan Nikki had verteld, had ze fysiek de pijn gevoeld die daarbij hoorde. Maarten was nooit daadwerkelijk voor Suze gevallen, het was allemaal onderdeel van een vooropgezet plan. Suze was opkomend als influencer en Anneke had Leo gewezen op de toenemende bekendheid van haar eigen dochter. 'Zoiets moet je hebben', had ze erbij gezegd. 'Dit is de ultieme droom van jonge meiden. Als je ze zo'n carrière als die van Suze voorspiegelt, zullen ze alles doen wat je zegt.'

Het was voor Nikki niet te verteren dat haar eigen moeder Leo op het idee had gebracht om Suze te gebruiken voor zijn walgelijke praktijken. Nikki had gemerkt dat ze allerlei excuses verzon om dat gegeven te verzachten. Anneke had zich niet gerealiseerd waartoe dit allemaal zou leiden, Anneke wist niet wat haar man precies deed, Anneke had nooit kunnen vermoeden tot welke gruwelijke uitkomst het oorspronkelijke idee zou leiden. Dat laatste, had ze van de politie begrepen, was waar. Leo had zijn vrouw de laatste jaren zoveel mogelijk buiten zijn organisatie gehouden en ze had dan ook niet geweten in welk gevaar haar dochter was gekomen, maar Nikki was niet zo naïef om te denken dat haar moeder een willoos slachtoffer was. Ze was destijds gevallen voor Leo's mooie praatjes en had jarenlang genoten van haar luxe leven in Marbella zonder zich af te vragen waar dat vele geld toch vandaan kwam. Een leven met dure restaurants, mooie jachten en glinsterende sieraden waarvan ze vond dat het bij haar paste, een leven dat ze met Nikki's goudeerlijke en hardwerkende vader natuurlijk nooit zou hebben gekregen. Nikki was hierdoor alleen maar meer van haar vader gaan houden en ze had besloten dat het omzetten van zoveel leed in liefde de enige manier was om ermee om te gaan. Ze wilde niet verzanden en verbitteren in haat of wraakgevoelens.

Het was, vanuit het oogpunt van Leo's netwerk gezien, een geweldig idee geweest om Suze in te zetten. Nadat Anneke een mislukte poging had gedaan het contact met haar dochter met dat doel te herstellen, was Leo op een ander idee gekomen. Maarten, op dat moment een opkomende muziekproducer met een leuk leven in Amsterdam, had de opdracht gekregen dicht bij Suze in de buurt te komen, zichzelf een plek in haar leven toe te bedelen en misschien wel meer dan dat.

'Maar waarom deed hij dat?' had Nikki ademloos aan Lena gevraagd toen ze bij dit deel van het relaas waren gekomen. 'Hij had een mooie carrière voor zich, hij hoefde dit niet te doen. Bovendien had zijn vader hem keihard in de steek gelaten toen hij klein was.'

Bij dat laatste punt had Lena haar vinger in de lucht gestoken. 'Precies daarom', had ze gezegd. 'Als jongetje had hij natuurlijk nooit begrepen waarom zijn vader hem zo plotseling had verlaten. Zoals je vaker ziet bij kinderen, was hij het trauma op zichzelf gaan betrekken: als ík maar liever of beter was geweest, was hij niet vertrokken – dat idee. Zo'n gevoel kan heel sterk en allesbepalend zijn, ook als een kind de volwassen leeftijd bereikt.'

‘Bedoel je dan dat hij het deed om de goedkeuring van zijn vader te verdienen?’

‘Dat is wel wat onze psychologen hebben geconcludeerd’, had Lena knikkend gezegd. ‘Maarten is zichzelf daarin verloren. Zijn eerste opdracht was om Suze op een of andere manier aan zich te binden. Dan kon zij als voorbeeld worden gesteld voor de meisjes uit Oost-Europa die zijn vader liet ronselen. Kort gezegd kwam het erop neer dat die meiden foto’s en video’s van Suzes Instagram te zien kregen, waarna hun werd verteld dat Leo en Maarten haar groot hadden gemaakt. Een geloofwaardig verhaal, omdat Maarten natuurlijk veelvuldig op de foto’s van Suze te zien was. De meisjes kregen vervolgens te horen dat Leo en Maarten hen net zo succesvol zouden maken als Suze was.’

Nikki had niet eens een woord gevonden om te omschrijven wat Suze gevoeld zou hebben als ze dit had geweten: dat haar lieve zusje, die zo hard werkte en het oprecht leuk vond haar volgers te voorzien van foto’s en video’s, ergens diep in Oost-Europa werd gebruikt om naïeve meisjes met een grote droom de afgrond in te lokken.

‘Eenmaal in Spanje bleek er natuurlijk niets waar van die mooie praatjes’, had Lena verder uitgelegd. ‘Dan moesten ze als prostituee werken en raakten ze hun paspoort kwijt.’

‘Zoals Maria’, had Nikki automatisch aangenomen, maar Lena had haar hoofd geschud.

'Haar verhaal zit anders in elkaar. Maria is, op zoek naar een beter leven, zelf naar Marbella gekomen en heeft daar Ben Karmgaard ontmoet. Hij was gecharmeerd van haar en met in zijn achterhoofd het idee dat ze misschien wel wat voor de organisatie kon betekenen, is hij een relatie met haar begonnen. Toen ze in de gaten kreeg dat hij een crimineel was, heeft ze meteen de relatie verbroken, is in Piña gaan werken en ontmoette Suze en Celine. Ze heeft regelmatig op het punt gestaan naar de politie te gaan om te vertellen wat ze wist over Ben, maar Ben heeft het slim gespeeld. Hij heeft Maria's zusje naar Spanje gelokt en toen had hij iets om haar mee onder druk te zetten. Vanaf dat moment heeft Maria geprobeerd om haar zusje vrij te krijgen.'

Haar naam was Irina, wist Nikki inmiddels. Irina die op een dag haar zus een bericht stuurde dat ze bezig was met een geheim project waar ze pas over een tijdje over mocht praten. Dat ze naar Spanje kwam en daar een carrière zou opbouwen. Maria, die wist dat Ben zich bezighield met criminele activiteiten maar niet precies op welke manier, waarschuwde Irina om niet te gaan, maar het was al te laat. 'Toen Irina nog maar een paar weken in Spanje was, stuurde Ben een foto van haar naar Maria met het dreigement dat ze Irina nooit meer zou zien als ze met de politie zou praten', had Lena verteld. 'Maria is toen op onderzoek uitgegaan en heeft wat dingen over de organisatie ontdekt. Ze heeft van een van de andere vrouwen de foto gekregen die ze later naar jou heeft gestuurd.

Maar toen ze uiteindelijk toch naar de politie wilde gaan daarmee, was Ben haar voor en heeft haar meegenomen naar zijn huis. Vanaf haar telefoon stuurde hij berichten dat het goed met haar ging. Een paar weken lang is ze, vaak gedrogeerd, ingezet voor zijn organisatie en uiteindelijk vond Suze haar die avond in die kamer. In alle commotie die daarna volgde, heeft Maria geprobeerd te ontsnappen, maar ze is niet ver gekomen. Ze is weer door Ben en Leo gepakt en pas weken later heeft ze alsnog kunnen ontsnappen toen ze bij een klant was. Ze heeft via haar provider een simkaart van haar eigen nummer kunnen krijgen en het eerste wat ze heeft gedaan, is Suze dat bericht sturen vanaf een nieuwe telefoon. Ze wist toen natuurlijk niet dat Suze dood was, ze had helemaal geen nieuws of social media gevolgd.'

'Hoe wist ze Suzes nummer dan?' had Nikki verwonderd gevraagd bij het horen van dat verhaal.

'Maria had altijd een klein opschrijfboekje bij zich', was Lena's antwoord geweest. 'Al die tijd dat Ben haar in zijn greep had, is dat niet ontdekt. Daarin stond bijna niets, behalve de nummers van Suze, Celine en enkele familieleden.'

Maria was Bens lievelingetje geweest, had hij zelf bij de politie verklaard. Hij gunde haar alleen aan heel speciale gasten en die avond had hij een tuin vol met vrienden en kennissen. Daarom moest Maria er zijn, maar omdat ze weigerde ook maar iets te doen, had hij haar zware drugs toegediend. Zo zwaar dat ze zich niet kon herinneren dat ze Suze had gezien en dat ze getuige was geweest van die gruwelijke daad. Een daad die was gepleegd door degene die zogenaamd bezorgd had opgemerkt dat Suze verdwenen was en snel naar haar op zoek was gegaan voor ze dingen zag die niet voor haar ogen waren bestemd. Degene die te laat was gekomen en had gezien dat ze tegen Maria praatte. Degene die bang was dat alles vanaf dat moment uit zou komen en in een opwelling besloot om zijn eigen vriendin het zwijgen op te leggen.

'Maarten', had Nikki toen gezegd met vermoeidheid in haar stem. 'Maarten besloot haar te wurgen en daarna in het zwembad te gooien, zodat de sporen gewist zouden worden.'

'Zoals hij eerder besloot Celine over de rand de afgrond in te duwen', had Lena gezegd. 'Zodra iemand iets dreigde te ontdekken, nam hij geen enkel risico. Dat Celine aan Max had verteld over het bericht dat ze had ontvangen, is een fatale keuze geweest. Max was zich van geen kwaad bewust toen hij met Maarten besprak dat hun vrouwen ineens overal complotten zagen, ze hadden zelfs nog samen gegrinnikt om zoveel fantasie. Maar bij Maarten waren op dat moment alle alarmbellen afgegaan. Toen hij in de commotie rondom die steenbokken de kans kreeg om te voorkomen dat Celine zou gaan praten, aarzelde hij geen moment.'

'En dat allemaal om zijn vader trots te maken?' had Nikki toen ongelovig gezegd. 'Hij vond het geen probleem om een jonge vrouw de dood in te duwen en niet lang daarna zijn eigen vriendin te wurgen, omdat pappie anders boos werd?'

'Die beredenering is natuurlijk wat dun', had Lena gezegd. 'Er zal veel meer onderzoek door forensisch psychiaters nodig zijn om te ontdekken wat Maarten precies heeft gedreven. Vooralsnog is de aanname dat hij op zoek naar goedkeuring van zijn vader in de organisatie terecht is gekomen, onder andere doordat het was gelukt om Suze op de ultieme manier aan zich te binden en over te halen naar Marbella te verhuizen. Maar vanaf dat moment heeft hij natuurlijk op vele momenten een keuze kunnen maken om zijn eigen morele standaarden te bepalen en eruit te stappen, maar dat heeft hij niet gedaan. Het is een logische gedachtegang dat ook hij is gegrepen door een hang naar geld en macht en dat hij uit vrije wil een steeds grotere rol in de organisatie van zijn vader en Ben Karmgaard is gaan spelen.' Ze dacht even na. 'Hij is bij de moord op jouw zus behoorlijk koel en beredeneerd te werk gegaan. Als hij zichzelf wil neerzetten als een soort slachtoffer van zijn vaders organisatie waarin hij willoos is meegezogen, dan spreken de feiten hem op dit punt tegen. Hij had zelfs aandacht voor zo'n detail als haar horloge, dat hij heeft afgedaan omdat hij bang was dat er gegevens op te vinden waren die de politie informatie zouden geven.'

Wat, zo bedacht Nikki, ook zo was. Maar Maarten had niet doorgehad dat er een spraakmemo op te vinden was.

Ze vond eindelijk een parkeerplek en zette de auto er

soepel in. Gijs werd wakker en begon te huilen. Ze haalde de baby uit zijn maxicosi, voedde hem zittend op de passagiersstoel en deed hem daarna in de draagzak, waar hij al snel tevreden weer in slaap viel. Ze had nog vijftien minuten voor Lena er zou zijn. Met de slapende baby veilig in de draagdoek en het kleine doosje in haar hand liep ze vanaf de boulevard naar de waterlijn waar de Middellandse Zee het strand van Marbella op rolde. Hier, op nog geen vijftien minuten lopen van haar huis, had Suze zoveel gelukkige uren doorgebracht.

Nikki liep een stukje verder naar waar het rustig was. Ze staarde naar het water en drukte een kusje op het hoofdje van Gijs, dat naar baby en Zwitsal geurde. Daarna maakte ze het doosje open en ging op haar hurken zitten. Langzaam liet ze de grijze as in het water vallen, waar het meteen door het water werd opgenomen. Op Gijs' hoofdje drupten nu haar tranen. 'Dag zusje', fluisterde ze met verstikte stem voor zich uit en ze keek toe hoe het witte schuim van de golfjes het laatste restje as meenam. Daarna kwam ze overeind, veegde haar tranen weg en stuurde een bericht naar haar vader dat Suze nu daar was waar ze zich zo fijn had gevoeld. Daarna draaide ze zich om en begon te lopen.

Ze zag de hond amper, meer dan een lichtbruine bliksemschicht leek het niet te zijn. Vlak voor haar kwam Vaga met vier poten tot stilstand, maakte een gekke sprong als om haar te begroeten, maar rende toen door naar datgene wat hij nóg leuker vond. Blaffend stortte hij zich vervolgens met z'n volle gewicht in het zoute water. Nikki glimlachte.

'Ik hoop dat jullie een beetje dicht bij het strand wonen?' klonk toen de warme stem van Lena Gomez achter haar.

Nikki draaide zich om en begroette de politievrouw met een kus op haar wang en een omhelzing die wat onhandig was met de slapende baby tussen hen in. 'Ik vrees dat we er niet onderuit komen om hem elke week minstens één keer volledig in zout water onder te dompelen', zei ze toen glimlachend. 'Mijn vader heeft al aangekondigd daar zijn persoonlijke project van te maken.' Ze hield Lena op een armlengte afstand. 'Hoe is het met je?'

'Dat kan ik beter aan jou vragen', zei Lena en ze spiekte in de draagzak. 'Wat een schatje.'

'Als hij slaapt, ja', zei Nikki gekscherend, maar ze voelde de trots als een warme stroom door haar lichaam gaan. 'Zullen we een stukje lopen?'

Lena knikte en ze volgden in het spoor van Vaga, die inmiddels tientallen meters verderop naar de golfjes aan het happen was. 'Wij gaan hem missen, hoor', zei Lena lachend om de capriolen van de hond. 'Onze kat heeft nog niet eens de helft van zijn opgewekte karakter. Of zeg maar gerust: nog geen tien procent.'

De afgelopen weken had Vaga bij Lena en Juan een liefdevol opvangadres gevonden. De hond waar haar zusje zoveel van had gehouden, zou niet in een overvol asiel in een hok op een nieuw baasje moeten wachten, had Nikki meteen stellig gezegd. 'Hij komt bij ons wonen', had ze Joost meegedeeld. Dat bleek wat meer voeten in de aarde te hebben dan ze had gepland en de hondentrainers die ze om advies had gevraagd, hadden haar met klem aangeraden de hond pas over te brengen naar Nederland als ze tijd en gelegenheid had hem goed te begeleiden bij die grote verandering.

'Wij kunnen hem toch tijdelijk opvangen?' had Lena voorgesteld toen Nikki had gezegd dat ze zich zorgen maakte over de komst van de hond en de komst van de baby, en de gelijktijdigheid van die twee. 'Voor een korte periode is dat voor ons prima te doen. Tegen de tijd dat je er klaar voor bent, gaat hij naar Nederland.'

Dat aanbod was een geschenk uit de hemel en Nikki had het met beide handen aangepakt. Vandaag zou Vaga zich bij haar en Joost voegen en morgen zouden ze met hem naar Nederland vliegen. Maar niet voordat ze had bijgepraat met Lena.

'Nog nieuws over de zaak?' vroeg ze terwijl hun voetstappen automatisch in hetzelfde ritme kwamen.

Lena knikte. 'Het Organza-onderzoek naar de organisatie van Leo Zijlema en Ben Karmgaard gaat onverminderd door, het onderzoek naar de rol van Maarten bij de dood van Suze en Celine heeft de afrondende fase bereikt. Het is nu aan justitie om hem verder te vervolgen voor die twee zaken en de poging tot moord op jou. Later zal hij natuurlijk ook nog worden vervolgd voor zijn rol in zijn vaders organisatie, maar de verwachting is dat hij alleen al voor die twee moorden en de poging de hoogst mogelijke straf zal krijgen.'

Nikki knikte nadenkend. Natuurlijk kregen ze Suze er niet mee terug, maar het idee dat de dader kreeg wat hij verdiende, nam een heel klein beetje van de pijn weg. En dat gold niet alleen voor haar en voor haar vader, maar ook voor Max. Hij kampte met een enorm schuldgevoel omdat hij aan Maarten had verteld over het bericht op Celines Instagram, wat tot haar dood had geleid. Toen dat duidelijk was geworden, was hij nog verder ingestort en pas toen hij na een bijna fatale avond van veel te veel alcohol in het ziekenhuis was beland, kreeg hij de juiste hulp. Langzaam maar zeker begon hij op te krabbelen uit het woud aan drank en drugs waarin hij zo wanhopig had geprobeerd zijn pijn te verlichten. Omdat hij nu in een kliniek zat, kon Nikki hem niet bezoeken, maar gisteren had ze via een videoverbinding met hem gebeld. Hij was er nog lang niet, maar ze wist zeker dat Max uiteindelijk zijn leven weer zou oppakken.

Lena glimlachte toen Nikki haar dat vertelde. 'En Maria?' vroeg ze vervolgens. 'Spreek je haar nog veel?'

'Met enige regelmaat. Jij?'

Lena schudde haar hoofd. 'Niet nadat ze haar verklaring bij ons heeft afgelegd. Ze is daarna teruggegaan naar Slowakije, toch?'

'Ze is weer bij haar familie gaan wonen,' knikte Nikki, 'en ze probeert nu een leven op te bouwen. Dat haar zusje terug is, is voor haar natuurlijk de allergrootste opluchting.'

Lena humde wat en even liepen ze zwijgend naast elkaar. Niet voor het eerst probeerde Nikki zich voor te stellen hoe groot de angst moest zijn geweest die Maria had gevoeld. En hoe groot haar dapperheid was dat ze Suze die foto en het bijbehorende bericht had gestuurd. Als de foto in verkeerde handen was gevallen, had niet alleen haar zusje het met de dood moeten bekopen, maar ook Maria zelf, dat wist Nikki zeker.

Irina zelf had eerder via de telefoon die ze van een klant had gekregen, gezocht naar een manier om met haar zus in contact te komen. Dat was niet gelukt, maar in plaats daarvan had ze bij het googelen op Maria's naam ontdekt dat haar zus al een tijdje vermist was. Zo was ze uiteindelijk op de Instagram van Celine beland en had ze door de Slowaakse reactie het Spanishlife-account voldoende vertrouwd om een bericht te sturen met een account dat ze voor dit doel had aangemaakt. Irina had later verklaard dat op de foto die ze had meegestuurd, Ben Karmgaard te zien was. Ze had gedacht dat het veiliger was om de foto met de tijdelijke modus te versturen, zodat de informatie die erop stond echt alleen bij Celine terecht zou komen en niet daarna zou rondzwerven. Nikki voelde bijna fysieke pijn bij het idee dat als Celine de kans had gehad om wat ze wist daadwerkelijk met Suze te delen, haar zus die bewuste avond natuurlijk nooit naar dat feest zou zijn gegaan.

Het bericht van Irina had echter geleid tot Celines dood. Tegen die tijd was Irina's telefoon ontdekt en afgepakt. Gelukkig was zij zo slim geweest om alleen via de privémodus van de browser in te loggen op Instagram en dus was het bericht niet ontdekt. Doordat haar lijntje met de buitenwereld was afgesneden, had Irina tot aan haar bevrijding niet geweten wat er vervolgens was gebeurd.

Nikki hoopte dat ook Irina zich realiseerde hoe belangrijk haar rol was geweest. Het huisnummer 341 dat zij in een flits had gezien en had onthouden, was een schakel in het onderzoek die een paar zaken aan elkaar en vooral aan Ben Karmgaard had gelinkt. Al was het maar doordat de politie daardoor meteen op scherp had gestaan.

'Zonder Maria hadden we misschien wel nooit geweten wie er achter de moord op Suze zat', zei Nikki en ze huiverde bij dat idee. 'Dan hadden Maarten en Leo en al die anderen nog heel lang hun gang kunnen gaan, met alle vreselijke gevolgen van dien. Nu is ze nog niet zover, maar ik hoop dat ze op een dag trots zal zijn op zichzelf voor al die vrouwen die ze indirect heeft gered.'

'Ze heeft lang getwijfeld of ze die foto wel moest sturen', zei Lena. 'Dat vertelde ze in het verhoor.'

'Ze moest Suze wel honderd procent vertrouwen', zei Nikki.

'En dat deed ze', knikte Lena. 'Ze zei dat ze vanaf de eerste ontmoeting met heel haar gevoel wist dat Suze haar nooit zou laten vallen.'

Nikki knikte. Daarna wierp ze een blik op Vaga, die met zijn vier poten vrolijk door het zeewater plonsde. 'Onze kat zal hem nog missen', zei Lena. 'In het begin dacht ik dat Dushi hem zou afmaken, maar uiteindelijk werden ze vrienden. Hier, kijk.' Ze haalde haar telefoon tevoorschijn en liet Nikki een foto zien van de twee dieren gebroederlijk in een mand. Nikki glimlachte vertederd.

'Hé, en jij?' vroeg ze toen. 'Ik neem aan dat ze jou meteen promotie hebben aangeboden.'

Het was gekscherend bedoeld, maar Lena knikte serieus. 'Ik heb al vaker aangevraagd of ik de opleiding tot rechercheur mocht gaan doen, maar tot nu toe heeft de korpschef het telkens afgewezen.'

'Maar nu kan hij niet meer om je heen', raadde Nikki.

'Hij zei het niet met zoveel woorden, maar ik heb inderdaad toestemming gekregen om de opleiding te gaan doen en gedurende de looptijd alvast bij de recherche te gaan werken.'

'Wat goed', zei Nikki verheugd. 'En volkomen terecht natuurlijk. Je wordt de allerbeste rechercheur die ze in Marbella ooit hebben gekend.'

Lena gaf geen antwoord en ook Nikki zweeg. Naast elkaar liepen ze verder. In de draagzak bewoog Gijs in zijn slaap, verderop speelde Vaga met een andere hond. Het waren dit soort normale, bijna onbeduidende momenten waarop het gemis van Suze het grootst was. Nikki had inmiddels geleerd de pijn te aanvaarden, te voelen en daarna te laten gaan. Ze streek met haar vinger over Gijs' zachte haartjes en dacht aan de dag dat ze hem zou vertellen hoe dapper, lief en bijzonder zijn tante Suze was geweest.

Linda van Rijn is bestsellerauteur van vakantiethrillers, van haar boeken zijn zo'n drie miljoen exemplaren verkocht. In 2022 is bekendgemaakt dat Linda van Rijn het pseudoniem is van Mariëtte Middelbeek. Zij is journalist en auteur en publiceert ook onder haar eigen naam. Veel lezers kennen haar van haar succesvolle romans als *Single & Sexy, Turbulentie* en *De brief van tante Rosy*. Mariëtte schrijft ook bundels met waargebeurde verhalen (zoals *Verhalen van de mensen van de ambulance* en *Verhalen van de brandweer*), thrillers voor jeugd en volwassenen (*Flashback, Revanche*) en historische romans in de serie Vrouwen van Vechtlust (*Anna, Julia*).

Thrillers van Linda van Rijn

35. *Marbella*
34. *Ardèche*
33. *Terschelling*
32. *Beach Resort*
31. *Villa Algarve*
30. *Playa Blanca*
29. *Ciao Bella*
28. *Sneeuwblind*
27. *Provence*
26. *Zandvoort aan Zee*
25. *Familiediner*
24. *Bloedkoraal*
23. *Strandslag*
22. *Ibiza Club*
21. *Zoutelande*
20. *Costa Brava*
19. *Bestemming Bonaire*
18. *Zomernacht*
17. *Casa Ibiza*
16. *Winterwereld*
15. *Zomerhuis*
14. *Winterzon*
13. *Zeezicht*
12. *De Jaarclub*
11. *Vive la France*
10. *Ski Resort*
9. *Voetbalvrouwen*
8. *Villa Toscane*
7. *Off Piste*
6. *Viva España*
5. *Winter Chalet*
4. *Vakantievrienden*
3. *Blue Curaçao*
2. *Piste Alarm*
1. *Last Minute*

Colofon

Redactie: Karin Dienaar
Omslagontwerp: Riesenkind
Omslagbeeld: Olezzo | Dreamstime.com
Foto auteur: Hadewych Veys
Zetwerk: Mat-Zet bv, Huizen
Druk: Wilco

Eerste druk oktober 2024

ISBN 978 94 6068 673 3
E-ISBN 978 94 6309 908 0
NUR 305

Uitgeverij Marmer BV
Noorderstraat 55
3742 BB BAARN
+31 649881429
www.uitgeverijmarmer.nl
info@uitgeverijmarmer.nl

www.lindavanrijn.nl
@lindavanrijnthrillers
@lindavanrijnthrillers